LA VIE AVANT TOUT

DU MÊME AUTEUR

Saga LA VIE AVANT TOUT
Tome I, *Le destin en marche*, roman, Montréal, Hurtubise, 2020
Tome II, *En pleine action*, roman, Montréal, Hurtubise, 2020
Tome III, *La vérité sans compromis*, Montréal, Hurtubise, 2021

Saga LE TEMPS DE LE DIRE
Tome I, *Une vie bien fragile*, roman, Montréal, Hurtubise, 2017
Tome II, *Une vie nouvelle*, roman, Montréal, Hurtubise, 2017
Tome III, *Les années fastes*, roman, Montréal, Hurtubise, 2018
Tome IV, *La force du destin*, roman, Montréal, Hurtubise, 2018
Tome V, *Une vie débordante*, roman, Montréal, Hurtubise, 2018

Saga LA FORCE DE VIVRE
Tome I, *Les rêves d'Edmond et Émilie*, roman, Montréal, Hurtubise, 2009, format compact, 2012, 2017
Tome II, *Les combats de Nicolas et Bernadette*, roman, Montréal, Hurtubise, 2010, format compact, 2012, 2017
Tome III, *Le défi de Manuel*, roman, Montréal, Hurtubise, 2010, format compact, 2012, 2017
Tome IV, *Le courage d'Élisabeth*, roman, Montréal, Hurtubise, 2011, format compact, 2012, 2017

Saga CE PAYS DE RÊVE
Tome I, *Les surprises du destin*, roman, Montréal, Hurtubise, 2011
Tome II, *La déchirure*, roman, Montréal, Hurtubise, 2012
Tome III, *Le retour*, roman, Montréal, Hurtubise, 2012
Tome IV, *Le mouton noir*, roman, Montréal, Hurtubise, 2013

Saga LES GARDIENS DE LA LUMIÈRE
Tome I, *Maîtres chez soi*, roman, Montréal, Hurtubise, 2013
Tome II, *Entre des mains étrangères*, roman, Montréal, Hurtubise, 2014
Tome III, *Au fil des jours*, roman, Montréal, Hurtubise, 2014
Tome IV, *Le paradis sur terre*, roman, Montréal, Hurtubise, 2015

Saga IL ÉTAIT UNE FOIS À MONTRÉAL
Tome I, *Notre union*, roman, Montréal, Hurtubise, 2015
Tome II, *Nos combats*, roman, Montréal, Hurtubise, 2016

Saga IL ÉTAIT UNE FOIS À QUÉBEC
Tome I, *D'un siècle à l'autre*, roman, Montréal, Hurtubise, 2016
Tome II, *Au gré du temps*, roman, Montréal, Hurtubise, 2016

Un p'tit gars d'autrefois – L'apprentissage, roman, Montréal, Hurtubise, 2011
Un p'tit gars d'autrefois – Le pensionnat, roman, Montréal, Hurtubise, 2012

MICHEL LANGLOIS

LA VIE AVANT TOUT

4. PAR MONTS ET PAR VAUX

Hurtubise

Catalogage avant publication de Bibliothèque et Archives nationales du Québec et Bibliothèque et Archives Canada

Titre : La vie avant tout / Michel Langlois.
Noms : Langlois, Michel, 1938- auteur. | Langlois, Michel, 1938- Par monts et par vaux.
Description : Sommaire incomplet : tome 4. Par monts et par vaux.
Identifiants : Canadiana (livre imprimé) 20190037172 | Canadiana (livre numérique) 20190037180 | ISBN 9782897817428 (vol. 4) | ISBN 9782897817435 (PDF : vol. 4) | ISBN 9782897817442 (EPUB : vol. 4)
Classification : LCC PS8573.A58123 V54 2020 | CDD C843/.6—dc23

Les Éditions Hurtubise bénéficient du soutien financier du gouvernement du Québec par l'entremise du programme de crédit d'impôt pour l'édition de livres et de la Société de développement des entreprises culturelles du Québec (SODEC). L'éditeur remercie également le Conseil des arts du Canada de l'aide accordée à son programme de publication.

Financé par le gouvernement du Canada | Canada

Graphisme de la couverture : René St-Amand
Illustration de la couverture : Jocelyne Bouchard
Maquette intérieure et mise en pages : Andréa Joseph [pagexpress@videotron.ca]

ISBN 978-2-89781-742-8 (version imprimée)
ISBN 978-2-89781-743-5 (version numérique PDF)
ISBN 978-2-89781-744-2 (version numérique ePub)

Dépôt légal : 4e trimestre 2021
Bibliothèque et Archives nationales du Québec
Bibliothèque et Archives Canada

Diffusion-distribution au Canada :
Distribution HMH
1815, avenue De Lorimier
Montréal (Québec) H2K 3W6
www.distributionhmh.com

Diffusion-distribution en Europe :
Librairie du Québec/DNM
30, rue Gay-Lussac
75005 Paris FRANCE
www.librairieduquebec.fr

Imprimé au Canada
www.editionshurtubise.com

Personnages principaux

Cliche, Solange : veuve de Thomas Roy.

Légaré, Gilles : ami de Maxime Marion.

Leclerc, Annabelle : épouse de Georges-Aimé Rodrigue.

Marion, Flavie : sœur de Maxime Marion.

Marion, Florence : sœur de Maxime Marion.

Marion, Maxime : journaliste et romancier.

Marion, Médéric : frère de Maxime Marion.

Marquis, Yolande : épouse de Martial Rodrigue.

Morin, Charles : veuf d'Émérentienne Rancourt et frère de Rachel Morin.

Morin, Rachel : sœur de Charles Morin.

Rodrigue, Georges-Aimé : époux d'Annabelle Leclerc et cousin de Martial Rodrigue.

Rodrigue, Martial : époux de Yolande Marquis et cousin de Georges-Aimé Rodrigue.

Saint-Hilaire, Hélène : ex-fiancée de Norbert Poulin.

Personnage historique

Casgrain, Thérèse (1896-1981) : Fille de Rodolphe Forget et de Blanche MacDonald, elle naît le 10 juillet 1896 à Montréal. Issue d'une famille aisée, elle épouse en 1916 l'avocat et homme politique Pierre-François Casgrain. Femme engagée, elle participe à la fondation, en 1921, du comité provincial pour l'émancipation des femmes au Québec. Entre 1928 et 1942, elle dirige la Ligue des droits de la femme. Parallèlement à cela, elle anime dans les années 1930 la populaire émission *Fémina*. En 1951, elle est élue dirigeante provinciale du Nouveau Parti démocratique, devenant ainsi la première femme canadienne à être à la tête d'un parti politique. Elle conserve ce poste jusqu'en 1957. En 1969, elle est élue présidente de l'Association des consommateurs du Canada. L'année suivante, elle devient sénatrice, siégeant comme indépendante. Elle meurt le 3 novembre 1981 à Montréal.

PREMIÈRE PARTIE

REPORTAGES

1949-1984

Chapitre 1

Le point

À l'occasion de mes soixante ans, je rassemblai tous les carnets, une quarantaine, dans lesquels j'avais noté en détail les événements que j'avais couverts entre 1949 et 1984, comme reporter au journal *Le Soleil* de Québec. Il s'agissait là d'une documentation énorme, le résultat de trente-six années de travail. Presque toute ma carrière en fait, puisque j'avais été engagé au journal en 1942, quoique je n'aie pas fait de grands reportages au début. Au cours de ces décennies, il s'était passé énormément de choses dans notre belle province de Québec, tout comme ailleurs dans le monde. Dernièrement, mon patron m'avait proposé :

— Maxime, te rends-tu compte que tu as rapporté aux Québécois les faits les plus marquants des trente-six dernières années ? J'aimerais que tu fasses une sélection parmi tes articles pour publier un résumé de l'histoire moderne. Qu'en penses-tu ?

— C'est une excellente idée, mais comment m'y prendre pour choisir les textes les plus intéressants sans oublier des choses capitales ?

— À toi de voir !

J'eus d'abord l'idée de rappeler les catastrophes naturelles. Mais quel intérêt y avait-il réellement à ça ? À mes yeux, c'étaient là de tristes événements du passé qu'il valait mieux ne pas évoquer. Il y avait déjà bien assez des malheurs causés par les humains. Je décidai donc d'ignorer les incendies comme ceux de Rimouski et Cabano en 1950, ainsi que les inondations printanières comme celles qui survenaient chaque année en Beauce et qui auraient été si facilement évitables. En effet, il n'y aurait pas d'inondations en Beauce si de nombreuses maisons ne s'étaient pas construites pratiquement dans le lit de la rivière Chaudière. La rivière n'y était pour rien, elle qui suivait son cours et débordait chaque printemps au moment de la fonte des neiges. Fallait-il s'étonner alors que les maisons qui se trouvaient sur ses abords soient inondées ?

De plus, il ne valait probablement pas la peine de rappeler les glissements de terrain, comme celui de Nicolet en novembre 1955, qui avait fait trois morts, plusieurs blessés et des dégâts évalués à sept millions de dollars, sept édifices ayant disparu, non plus que celui de Saint-Jean-Vianney en mai 1971, qui emporta dans la mort pas moins de trente et une personnes. Je mis également de côté ce qui touchait les tremblements de terre.

Je pensai un instant me servir de mes notes pour rappeler les grands événements qui s'étaient déroulés à l'international au cours des années 1949 à 1984. Mais ils s'avéraient si nombreux qu'à les nommer uniquement, il y aurait eu de quoi remplir des pages et des pages. Je pensai notamment à l'arrivée de Fidel Castro à la tête de Cuba, à la guerre de Corée, aux assassinats des frères Kennedy et de Martin Luther King, aux mouvements de contestation de 1968, à la conquête de la Lune en 1969, etc. Je résolus néanmoins d'en retenir quelques-uns, ceux qui avaient occupé le plus longtemps l'actualité.

Après mûre réflexion, puisque mon patron me demandait de dresser en quelque sorte un portrait des trente-six dernières années, je décidai de m'intéresser aux affaires criminelles les plus marquantes arrivées chez nous, aux avancées les plus percutantes survenues dans le monde au cours de ces années, ainsi qu'aux grands courants d'évolution de notre société.

Chapitre 2

Sault-au-Cochon

Il ne faut pas croire que, même dans notre société profondément chrétienne, nous échappions aux plus mauvais instincts de la race humaine. Des drames, propres à nous rappeler que là où il y a des hommes il y a de l'hommerie, n'arrivaient pas qu'ailleurs. Tout le monde chez nous ne se comportait pas comme les saints et les saintes du paradis, en dépit de ce qu'auraient souhaité nos prêtres et nos évêques.

Les journaux nous rapportaient tout ce qui se brassait de catholique et de pas catholique dans le monde. Nous apprenions les méfaits de la mafia en Italie, en feignant d'ignorer qu'elle était bel et bien établie chez nous. Nous étions du genre à fermer les yeux sur ce qui se passait dans notre propre milieu. Mais cette année 1949 allait nous rappeler que nous n'étions pas meilleurs que les autres, et qu'il existait chez nous aussi des gens capables de poser des gestes impardonnables.

Au mois de septembre de l'année 1949 allait se produire un des événements les plus invraisemblables qu'on puisse imaginer. Moi qui rêvais de réaliser un reportage d'importance, mon souhait fut exaucé à cette occasion. Le journaliste qui devait normalement couvrir ce genre d'affaires venait de tomber malade. Cela m'ouvrit la porte vers ce qui, par la suite, deviendrait mon gagne-pain, soit la couverture de faits hors de l'ordinaire, meurtres, scandales, péripéties en tous genres, de quoi tenir un homme occupé pour le reste de ses jours.

Tous ceux qui vivaient à cette époque ont entendu parler de Sault-au-Cochon. Ce nom sonne drôle à nos oreilles et a de quoi attirer l'attention. Avant le drame qui s'y déroula, qui connaissait cet endroit situé à une trentaine de milles à l'est de Québec, sur la rive nord du fleuve ? Je m'étais laissé raconter qu'on avait nommé ce lieu ainsi en raison du fait qu'un ruisseau qui passait par là obligeait les cochons à le sauter pour ne pas être emportés vers le fleuve. Quoi qu'il en soit, Sault-au-Cochon serait resté dans l'ombre si un avion ne s'y était pas écrasé en 1949.

Le 9 septembre de cette année-là, les équipages de deux navires en route sur le fleuve entendirent une explosion dans les airs. Ils virent des débris se disperser dans le ciel et suivirent du regard la chute de l'avion dont ils provenaient. L'appareil alla s'abîmer dans la région du Cap-Tourmente. Aussitôt, des secouristes furent envoyés sur les lieux. Quand ils y arrivèrent, ce fut pour constater que tous les passagers à bord, dix-neuf en tout, plus les quatre membres de l'équipage, avaient péri dans cet écrasement.

Nous apprîmes qu'il s'agissait d'un DC-3 de la Canadian Pacific Airlines ayant fait escale à L'Ancienne-Lorette et se dirigeant vers Baie-Comeau. Comme nous étions maintenant habitués à des accidents aériens de la sorte, dont certains encore plus meurtriers que celui-ci, nous pensions qu'on nous mentionnerait quelques jours plus tard un bris mécanique ou encore une erreur de pilotage comme cause de la tragédie. Nous compatissions avec les familles en deuil.

Une enquête fut immédiatement entreprise. Les marins avaient déclaré que, selon eux, l'avion avait explosé dans les airs. À quoi alors attribuer cette déflagration ? Le jour même de l'écrasement, deux experts se rendirent sur place pour tâcher d'en déterminer la cause. Des chimistes et plusieurs techniciens les accompagnèrent. Ils ne tardèrent pas à découvrir que l'explosion avait eu lieu dans la soute à bagages à l'avant de l'appareil. Après quelques jours d'enquête, ils en vinrent à la conclusion qu'un colis piégé contenant de la dynamite avait été déposé dans l'appareil lors de son escale à L'Ancienne-Lorette. Dès lors, les choses se corsèrent et, dans un sens, devinrent plus intrigantes. Qui aurait été assez audacieux et sans-dessein pour placer une bombe à retardement dans cet avion, et pour quelle raison ?

L'enquête passa aux mains des spécialistes en affaires criminelles. Mon patron me confia la tâche de la suivre du début à la fin et je le fis avec un très vif intérêt. Entre-temps remis de sa maladie, le journaliste ordinairement chargé de couvrir ce genre d'événement demanda à s'en occuper. Fort heureusement, mon patron l'informa que, comme j'avais commencé les reportages, il préférait me laisser mener cette histoire jusqu'au bout. Frustré de se voir ainsi dépourvu de sa tâche, ce collègue ne m'adressa plus la parole pendant des mois.

Comme journalistes, nous avons rarement l'occasion de pouvoir faire nos preuves afin d'obtenir une promotion et d'avoir accès à des événements de plus grande portée. Je n'allais pas manquer le bateau. Par chance, les policiers ne se traînèrent pas les pieds dans cette affaire, car après seulement quelques jours, ils trouvèrent une piste prometteuse. Voici comment je rapportai le tout dans le journal :

Il y a du nouveau dans l'affaire de l'écrasement de l'avion DC-3 à Sault-au-Cochon le 9 septembre dernier. Puisque l'appareil s'est abîmé à la suite d'une explosion, et comme il y avait à bord trois dirigeants de la Kennecott Copper Corporation, entreprise new-yorkaise, les autorités américaines ont insisté pour que soit rapidement faite la lumière sur cet attentat que certains attribuent déjà aux communistes.

Les policiers ont eu la bonne idée de consulter la liste des passagers et des passagères de l'avion. Ils ont remarqué que madame Rita Morel, l'épouse de monsieur Albert Guay, un citoyen de Québec, est une des victimes de cet accident. Poussant leur investigation, ils se sont rendu compte que le matin même de l'écrasement, monsieur Guay a contracté une assurance de dix mille dollars en cas de mort accidentelle de son épouse. Simple hasard ? Il y a lieu d'en douter. À la Gendarmerie royale, on est à la recherche d'une femme vêtue de noir qui a apporté un colis à l'aéroport avant le décollage de l'avion.

Nous vous tiendrons informés dès que nous en apprendrons davantage à ce sujet.

L'information concernant cette femme qui aurait livré ce colis le jour même de l'incident eut des répercussions sur la suite des choses. Je le soulignai en ces termes :

Nous apprenons que monsieur Généreux Ruest, un résident de la paroisse Saint-Roch de Québec, s'est présenté à la police pas plus tard qu'hier pour déclarer que sa sœur Marguerite, qui devait six cents dollars à monsieur Albert Guay, s'était vu confier par ce dernier, pour l'annulation de sa dette, un colis à aller porter à l'aéroport.

Interrogée par la police, madame Marguerite Ruest-Pitre a confirmé qu'à la demande de monsieur Guay, elle a déposé un colis à l'aéroport le 9 septembre dernier. Selon les dires de monsieur Guay, il contenait une statuette devant être livrée à Baie-Comeau.

Albert Guay fut arrêté le 23 septembre à son domicile du quartier Saint-Roch, deux semaines après l'attentat. Étonnamment, je connaissais ce colporteur qui était venu au *Soleil* quelques semaines plus tôt pour tenter de nous vendre des montres qui nous avaient paru être des copies de marques célèbres. Les gens furent bouleversés en apprenant qu'un des nôtres avait commis un pareil attentat. Nous ne doutions toutefois plus que cet homme fût le coupable, tant les preuves s'accumulaient contre lui. Au bout d'un mois, je fus en mesure d'écrire ce qui suit :

L'enquête policière au sujet de la mort de vingt-trois personnes à Sault-au-Cochon fait des pas de géant. Arrêté et emprisonné depuis le 23 septembre dernier, le jour même de ses trente et un ans, le citoyen de Québec Albert Guay n'a pas pu être libéré sous caution.

Il semble que ce n'était pas le bonheur parfait entre lui et son épouse. Nous apprenons que Guay se querellait souvent avec elle parce qu'il ne lui était pas fidèle. Il souhaitait divorcer de sa femme. Le divorce n'étant pas permis par l'Église catholique, qui veut divorcer doit obtenir un bill *privé d'Ottawa, ce qui l'oblige à débourser une somme considérable. Ce serait ce motif qui aurait poussé Albert Guay à recourir à des moyens extrêmes. L'enquête préliminaire dont la date a été fixée au 4 octobre prochain saura sans doute nous éclairer davantage sur cette histoire.*

Le 4 octobre, je me rendis au palais de justice et assistai aux délibérations de l'enquête. Je résumai dans un article les témoignages des personnes appelées à s'exprimer à propos de cette affaire sordide.

L'enquête préliminaire sur l'écrasement d'un avion à Sault-au-Cochon le 9 septembre dernier se tient présentement au palais de justice de Québec. Appelé le premier à témoigner, monsieur Lucien Carreau a certifié qu'Albert Guay, vers Pâques de cette année, lui avait offert cinq cents dollars pour empoisonner sa femme. Témoignant ensuite, d'une voix calme et posée, madame Arthur Pitre a déclaré qu'à la demande d'Albert Guay, elle était allée déposer un colis devant être transporté par l'avion de la Canadian Pacific Airlines le matin même du drame. Monsieur Guay lui avait laissé entendre qu'il s'agissait d'une statuette. Puis elle a révélé qu'elle avait acheté de la dynamite pour Albert Guay au cours du mois d'août. Il lui avait affirmé qu'il comptait s'en servir pour défricher un terrain qu'il possède sur la Côte-Nord.

Selon Victor Duclos, un pêcheur de Sault-au-Cochon, et l'un des premiers arrivés sur les lieux de l'accident, les vêtements retrouvés dans les débris de l'avion sentaient la dynamite.

L'enquête se poursuivit le lendemain. Les témoignages entendus en ce deuxième jour d'enquête étaient fort incriminants. Je les résumai ainsi :

Généreux Ruest, un paralytique des jambes habile de ses mains, a été entendu le premier. Selon ses dires, monsieur Guay est venu le voir pour qu'il lui fabrique un mouvement d'horlogerie permettant de provoquer une explosion de dynamite en la chronométrant, dans le but d'épierrer un terrain. Monsieur Guay avait toutefois insisté pour ne pas que monsieur Ruest parle de cette conversation.

Généreux Ruest a été l'une des douze personnes appelées à témoigner en cette affaire. Poursuivant son témoignage de la veille, madame Pitre a avoué que Guay lui avait suggéré d'écrire un mot où elle se déclarait coupable de la chute de cet avion et de se suicider ensuite au moyen de somnifères. Monsieur Ovide Côté, pour sa part, a raconté comment Albert Guay lui avait demandé de lui expliquer la façon dont on pouvait provoquer une explosion à l'aide de batteries.

Nous avons ainsi eu droit à de nombreux témoignages de différentes personnes dont les services avaient été réquisitionnés par monsieur Guay. Il a également été question du fameux colis que Guay avait demandé à madame Pitre de livrer pour lui. Ce paquet pesait vingt-six livres et était adressé à monsieur Alfred Plouffe, 180, rue Laval à Baie-Comeau. Il a été placé dans le compartiment des bagages de l'avion. Le nom de l'expéditeur était celui de monsieur Delphis Bouchard de Saint-Siméon de Charlevoix. Après enquête par le caporal Gérard Houle de la Gendarmerie royale, il s'est avéré que les adresses apparaissant sur le paquet étaient toutes deux fausses.

Après ces témoignages, voici les points principaux recueillis sur cette affaire. Il est établi que Guay a fait acheter de la dynamite un mois avant l'accident. Il s'est informé auprès de plusieurs personnes de la manière dont il pouvait l'utiliser. Il a fait fabriquer par monsieur Ruest un mouvement d'horlogerie chronométré pouvant provoquer une explosion. Il a fait porter un colis fragile à l'aéroport.

Les enquêteurs découvrirent ensuite le véritable motif qui avait poussé Guay à tuer sa femme. Il était amoureux d'une jeune serveuse de restaurant, âgée de dix-sept ans, et voulait l'épouser. Il se mit à chercher comment se débarrasser de son épouse. Il songea d'abord à l'empoisonner, mais y renonça, sachant que le poison laisse des traces. Puis lui vint l'idée d'offrir à sa femme d'aller visiter sa parenté à Baie-Comeau et d'en profiter pour faire exploser une bombe dans l'avion où elle se trouverait. Mais comment obtenir cette bombe ? Tout simplement en demandant à Généreux Ruest, bricoleur hors pair, de la lui fabriquer.

Ce dernier, avec la dynamite, produisit une bombe à retardement, constituée d'un mécanisme d'horlogerie et de piles de lampes de poche. Cette bombe devait exploser quand l'avion serait au-dessus du fleuve ; de cette manière, toutes les preuves disparaîtraient sous l'eau. Malheureusement pour Guay, l'avion décolla de L'Ancienne-Lorette avec cinq minutes de retard. Au lieu de tomber dans le fleuve, il s'écrasa au sol, ce qui permit aux enquêteurs de découvrir la cause de l'explosion et de remonter jusqu'à lui.

Voilà comment cette triste affaire pouvait être résumée. Au début du procès, seul Albert Guay était accusé. Les experts démontrèrent sans équivoque que l'avion s'était écrasé parce que Guay y avait fait poser une bombe. L'assurance de dix mille dollars sur la vie de son épouse, prise le matin même de la catastrophe, était une preuve flagrante de ses intentions. Le 14 mars 1950, Guay fut reconnu coupable et condamné à être pendu le 23 juin suivant.

Ce dernier n'allait pas laisser aller les choses comme ça. Il accusa Marguerite Ruest-Pitre et son frère Généreux Ruest d'être ses complices. À une semaine d'intervalle, les deux Ruest furent arrêtés et emprisonnés. Le procès de Généreux Ruest se déroula au mois de novembre suivant et celui de sa sœur, en mars 1951. Ils déclarèrent tous les deux ignorer que Guay voulait se servir de cette bombe pour assassiner sa femme. Ils furent tout de même reconnus coupables de complicité de meurtre et condamnés à mort.

Les trois responsables de cette tuerie furent respectivement pendus, Albert Guay le 12 janvier 1951, Généreux Ruest le 25 juillet 1952 et sa sœur Marguerite Ruest-Pitre, le 9 janvier 1953. Elle fut la dernière femme à être pendue au Canada. Les ultimes paroles de Guay avant d'être exécuté furent: «Au moins, je meurs célèbre.»

Plusieurs années plus tard, je reçus la visite d'un de nos romanciers les plus célèbres de l'époque, monsieur Roger Lemelin, l'auteur du roman *Les Plouffe* et du populaire téléroman *La famille Plouffe*. Il me pria de regrouper pour lui tous les textes que j'avais écrits sur cette affaire. Je me demandai si c'était le fait que le paquet expédié à Baie-Comeau portait la fausse adresse d'un Plouffe qui lui avait donné l'idée de continuer l'histoire des Plouffe en s'inspirant de cette affaire sordide.

J'avoue que je ne fis rien pour devenir l'ami de cet homme que, de prime abord, je trouvai très imbu de lui-même. Il désirait écrire un roman en impliquant Ovide, un des personnages des Plouffe, dans une tragédie similaire à celle de Sault-au-Cochon. Ce livre parut d'ailleurs en 1982 sous le titre *Le crime d'Ovide Plouffe*. J'eus donc l'occasion de faire la connaissance de Roger Lemelin, qui compte parmi les personnes les plus orgueilleuses que j'aie croisées dans ma vie.

Chapitre 3

L'arrivée de la télévision

De temps à autre, des inventions venaient changer certains de nos comportements que nous pensions les plus immuables. C'est précisément en 1952 qu'arriva chez nous un appareil qui chamboulerait complètement nos vies. Il y avait bien des années que nous entendions parler de l'invention d'un écran sur lequel apparaissaient des images animées ou même de vraies personnes. Cependant, même si elle datait déjà de plus d'un demi-siècle, elle ne nous avait pas encore atteints.

Curieux, je me documentai sur l'histoire de cette invention si extraordinaire. J'appris que les premières images transmises par télévision avaient été réalisées par un ingénieur allemand du nom de Paul Gottlieb Nipkow. La façon de transmettre des images fut grandement améliorée en 1907 par le chercheur anglais A. A. Campbell-Swinton et le scientifique russe Boris Rosing, grâce à la création d'un tube à rayons cathodiques. En 1923, l'Américain Charles Jenkins conçut le premier système pratique de télévision et, en 1926, l'ingénieur écossais John Logie Baird fut le premier à transmettre une image en direct à la télévision.

Ainsi virent le jour les premiers téléviseurs diffusant des images en noir et blanc. Un brevet pour un téléviseur en couleur avait même été déposé en Allemagne dès 1904. La Deuxième Guerre mondiale fut l'occasion de percées quant à tout ce qui touchait la transmission d'images.

Je fus étonné d'apprendre qu'au Québec, la première expérimentation en ce domaine avait eu lieu dès 1932, avec la chaîne de télévision VE9EC, basée à Montréal. Toutefois, elle cessa ses activités en 1935 et la Deuxième Guerre mondiale mit provisoirement fin aux expériences télévisuelles. Il fallut attendre le début des années 1950 pour que la télévision prenne enfin son envol. Au mois de juin de cette année 1952, les journaux publièrent les premières réclames vantant différentes marques de téléviseurs. J'en conservai quelques-unes. La compagnie Electrohome ouvrit le bal au début de juin en offrant ses appareils à 399,50 $. Il y eut la « Townsman » de RCA Victor, avec son grand écran de 17 pouces dont tout le monde parlait, et qui se vendait à 329,50 $. Admiral proposait également un appareil doté d'un écran de 17 pouces et comportant une radio intégrée pour seulement 369,95 $. Si on en croyait l'annonce, le tiers des récepteurs vendus jusqu'alors au Canada étaient de marque Admiral. La compagnie Philips n'était pas en reste avec son téléviseur muni d'une antenne à même l'appareil.

Pourquoi tout ce battage publicitaire ? Parce que Radio-Canada était à la veille de diffuser sa toute première émission sur les ondes de CBFT. La première officielle eut lieu à Montréal, le 25 juillet 1952. Il s'agissait d'une partie de baseball, entre les Royaux de Montréal et les Cubs de Springfield.

Chose étonnante, alors que la télévision s'installait chez nous et qu'elle allait changer les loisirs d'une grande partie de la population, tout en ouvrant une porte sur le monde, les journaux comme *Le Soleil* restèrent muets sur cet événement. J'eus beau insister auprès de mon patron pour écrire un article à ce sujet, il refusa net, peu intéressé.

L'opinion publique en 1952 était ailleurs, car à la une du *Soleil*, le lendemain de cette première et mémorable émission télévisée, il n'en était pas question. On pouvait plutôt lire : « Faveurs insignes signalées : Affluence énorme au sanctuaire de Beaupré. Plusieurs faits extraordinaires ont été rapportés aux RR. PP. Rédemptoristes alors que des milliers de pèlerins affluent au sanctuaire pour la fête de la grande thaumaturge. »

Pendant qu'à Sainte-Anne-de-Beaupré des pèlerins prétendaient assister à des miracles dans leur vie, le miracle de la télévision, lui, devenait une réalité dont on ne pourrait plus se passer.

Chapitre 4

La conquête de l'Everest

Un autre événement marqua l'histoire de l'humanité quand, en 1953, l'Everest, la plus haute montagne du monde, fut enfin conquis.

Les hommes ont toujours été impressionnés par la grandeur et la splendeur des montagnes. Ne désignait-on pas les plus majestueux sommets par des noms de déesses ? Du côté de la chaîne de montagnes de l'Himalaya, les regards étaient tournés vers la plus haute, l'Everest. Elle se dressait comme un défi, entourée de ses semblables, et ils étaient des centaines à vouloir atteindre son sommet en premier.

En 1921, une première expédition dirigée par l'Anglais Charles Howard-Bury échoua, tout comme celle de 1922. Un des alpinistes, George Mallory, participa également à une autre tentative deux ans plus tard. Mallory et son compagnon Andrew Irvine disparurent dans la montagne le 8 juin 1924, sans qu'on puisse savoir jusqu'où ils s'étaient réellement rendus. Certains soutinrent qu'ils avaient atteint le sommet, ce qu'on ne put cependant jamais établir avec certitude.

De nombreuses autres expéditions anglaises furent organisées sur l'Everest par la suite et notamment au cours des années 1930, sans succès. Pour tenter leur chance, les grimpeurs devaient obtenir l'autorisation du gouvernement du Tibet. Quand le Tibet cessa de délivrer des autorisations, le Népal prit le relais et, après la Deuxième Guerre mondiale, c'est par la voie népalaise que les alpinistes, à l'aide des porteurs locaux, se mirent à acheminer l'équipement nécessaire à pareille ascension.

En effet, les hommes devaient transporter des tonnes de nourriture et de matériel divers au pied de la montagne. L'air se raréfiant au fur et à mesure de la montée, on ne manquait pas d'apporter des bonbonnes d'oxygène. On mettait en place un camp de base, puis différents autres camps tout au long de l'ascension.

En 1952, une expédition suisse faillit atteindre le sommet, mais échoua en raison du mauvais temps. L'Everest ne se laissait pas conquérir facilement. Les alpinistes ne pouvaient s'y aventurer que pendant une période restreinte de l'année, quand le temps était suffisamment clément, pour réaliser leur ascension.

Les Anglais qui, jusque-là, pouvaient être considérés comme les grands initiateurs de cette conquête ne voulurent pas se faire damer le pion par une autre nation. En 1953, ils mirent le paquet pour atteindre leur but. C'était la neuvième expédition qui tentait de conquérir la montagne. De Darjeeling au nord de l'Inde jusqu'au pied de l'Everest, il fallait compter un mois de marche. Le transport du matériel et des vivres fut assuré par des chevaux, des ânes, des yaks et des dizaines de porteurs. L'expédition commença sa marche d'approche le 10 mars 1953 et fut à pied d'œuvre le 13 avril. Les connaissances acquises au cours des huit ascensions antérieures servirent grandement. Chacun des membres de l'expédition connaissait parfaitement son rôle. Ils avaient été choisis pour effectuer des tâches précises.

Les camps d'assaut se constituèrent rapidement, de façon ordonnée. Il ne fallut pas moins de trente porteurs d'altitude et trois cents *coolies* pour acheminer les dix tonnes d'équipement et de provisions du camp de base jusqu'aux camps supérieurs. Deux équipes d'alpinistes tentèrent en vain l'ascension sans l'aide d'oxygène.

Le 29 mai 1953, l'Anglais Edmund Hillary et le sherpa Tensing Norgay quittèrent le camp au petit jour. Ils atteignirent le sommet de l'Everest à onze heures trente. Ce fut dans l'allégresse que Londres apprit la nouvelle le 2 juin, jour du couronnement de la reine Élisabeth. Il avait fallu neuf expéditions étalées sur une trentaine d'années pour que soit réalisée la conquête du plus haut sommet du monde.

Chapitre 5

Mon métier

La vie de journaliste n'est pas de tout repos. Pour dénicher le premier les nouvelles importantes, ce qu'on appelle dans le métier un *scoop*, cela demande beaucoup de flair. De plus, nous devons parfois affronter des scènes difficiles à supporter. Ce qui m'affecte le plus, ce sont les affaires dans lesquelles des enfants sont impliqués.

Il y a quelques années, je fus appelé à me rendre sur les lieux d'un accident. Une famille entière avait été décimée. Quelle tristesse de voir les dépouilles ensanglantées de trois jeunes enfants ! C'est le genre d'image qui se grave à jamais dans notre mémoire et nous rappelle la fragilité de la vie. Puis, sans trop nous en rendre compte, nous tournons la page, parce que nous sommes appelés à suivre de près un tout autre événement. Nous, les journalistes, sommes un peu comme ces plongeurs qui explorent des eaux nouvelles en ignorant chaque fois ce qu'ils y découvriront.

Ainsi, un jour, après avoir réalisé un reportage sur une bagarre dans la Beauce, j'eus à couvrir un bien triste événement, soit la mort d'un couple dans la soixantaine, logeant rue de la Salle à Québec, et de leur petite-fille de sept ans qui était en visite chez eux. Tous trois avaient été asphyxiés par les émanations d'un poêle à gaz. Il m'était difficile de rendre compte froidement d'un pareil drame. Ce couple habitait un appartement au troisième étage d'une maison de chambres dans Saint-Roch. Ils auraient allumé le poêle à gaz à leur retour, qui s'était éteint à leur insu tout en continuant à émettre ce gaz mortel, cause de leur décès. Ces gens ne vivaient là que depuis neuf mois. Cette tragédie se déroula le jour du Nouvel An de 1954.

Pour exercer le métier de journaliste, il faut être préparé à couvrir toutes sortes d'événements, souvent malheureux. Pourquoi malheureux? Parce qu'en général, et il semble que ce soit ancré dans la nature humaine, les gens portent plus attention au malheur qu'au bonheur des autres. Voilà pourquoi les journaux sont la plupart du temps porteurs de mauvaises nouvelles. À titre d'exemple, si on feuilletait au hasard un exemplaire du *Soleil* de l'année 1954, au 8 juillet, qu'y lirait-on? «Les Nations unies se meurent»; «La marine explique le désastre sur le lac Ontario»; «Grève dans les usines Goodyear aux États-Unis»; «Inondation désastreuse d'un centre manitobain», etc. Tout cela à la une. À la page suivante vous sauteraient aux yeux des titres tels que: «Le jeune Gérard Tremblay tué par un camion»; «J. Malenfant tué accidentellement par une balle de fusil à Saint-Hubert»; «L'eau de Cap-Santé serait polluée».

Qu'on prenne n'importe quel exemplaire du *Soleil* publié au long des ans, on obtiendrait chaque fois le même résultat. Le métier de journaliste nous oblige à fermer les yeux sur un tas de méfaits, voire à oublier après coup toutes ces mauvaises nouvelles, autrement nous deviendrions neurasthéniques. Nous baignons dans ce jus jour après jour, heure après heure, et cela déteint forcément sur notre façon d'aborder la vie.

Ne me demandez donc pas d'être concentré longtemps sur une même chose. Il survient toujours un événement qui m'éloigne de ce qui occupe mon attention. Un journaliste, selon moi, est un éternel distrait.

Chapitre 6

L'affaire Coffin

Quelques années plus tard, notre petit monde était encore secoué par le drame de Sault-au-Cochon. On avait toujours de la difficulté à admettre qu'un pareil événement ait pu se produire chez nous. Mais cette malheureuse tragédie n'était en réalité que le commencement de ce que nous allions être appelés à vivre.

Mon patron me confia par la suite des reportages un peu similaires à celui-là. Puis, en 1954, je dus couvrir l'affaire Wilbert Coffin, qui fit beaucoup jaser chez nous. Ce Gaspésien fut accusé du meurtre de trois chasseurs américains, soit Eugène Lindsey, son fils Richard Lindsey et un ami, Frederick Claar. Il ne cessa jamais de clamer son innocence.

Appelé lors de l'enquête préliminaire à donner sa version des faits, Coffin raconta être venu en aide aux trois chasseurs américains le 10 juin 1953, car leur camion était en panne. La pompe, précisa Coffin, ne fonctionnait plus. Il conduisit le jeune Lindsey à Gaspé pour y acheter une nouvelle pompe et de l'essence. À son retour dans la forêt, Lindsey père et son compagnon Claar se trouvaient en compagnie de deux autres Américains. Coffin obtint quarante dollars américains pour son aide et, selon son récit, ne revit plus les chasseurs. Les corps de ces derniers furent découverts un mois plus tard.

Toujours lors de cette enquête, un jury du coroner déclara que Richard Lindsey et Frederick Claar avaient été assassinés par une ou des personnes inconnues. Quant à Eugène Lindsey, le père, il avait succombé à des blessures non déterminées. Cependant, on avait retrouvé son porte-monnaie vide le jour suivant, délesté de sept cents dollars américains.

Mon premier reportage sur cette affaire se lisait comme suit:

Comme il a été le dernier homme à avoir vu vivants Eugène Lindsey, son fils Richard et un ami de la famille, Frederick Claar, Wilbert Coffin a vite été soupçonné de les avoir tués. Arrêté le 10 août 1953 et accusé du meurtre de Richard Lindsey, son procès a débuté à Percé le 19 juillet de cette année 1954. Douze hommes font partie du jury, six anglophones et six francophones qui parlent aussi anglais. Parmi eux, on compte deux pêcheurs, deux cultivateurs, deux commis de bureau, un menuisier, trois manœuvres, un électricien et un chauffeur de camion.

Les premiers témoins appelés à la barre ont été madame Eugène Lindsey, dont le mari et le fils ont été tués, et monsieur Clarence Claar, père de l'autre victime. Madame Lindsey a mentionné que les dernières nouvelles qu'elle a eues de ses proches lui sont parvenues par une carte postale de son fils, datée du 11 juin 1953. On y lisait entre autres: «Bonjour, maman, il fait très froid ici… Nous sommes prêts à pénétrer dans la forêt demain. Il y a beaucoup de travail par ici.»

Rappelons que les corps criblés de balles de ces malheureux n'ont été retrouvés qu'un mois plus tard. L'enquête qui a suivi a duré presque un an et elle aboutit en ce moment au procès. Les premiers témoins à comparaître, madame Lindsey et monsieur Claar, ont été d'abord appelés pour procéder à l'identification de plusieurs objets ayant appartenu aux trois chasseurs. On s'attend à ce que ce procès dure de trois à six semaines, car pas moins de quatre-vingt-cinq personnes doivent y témoigner.

Mes prévisions sur la durée du procès de Wilbert Coffin se révélèrent exactes. Les témoignages n'ayant pas tous la même valeur, je me contentai de relever dans mes comptes rendus ceux qui me paraissaient les plus pertinents. Ainsi, voici ce que je rapportai le 20 juillet :

Le procès de Wilbert Coffin débute à peine. Déjà, Jean-Guy Hamel, un des témoins, vient d'être arrêté pour parjure. Ce Hamel est en réalité un détective privé qui, par esprit de vengeance contre un des procureurs de la défense, a fait une fausse déclaration, si bien que le juge Lacroix a demandé aux membres du jury de ne pas tenir compte également des témoignages du capitaine J. Alphonse Matte et du sergent Pat Mercier de la police provinciale.

Le témoignage de Hamel contredisait celui du sergent Pat Mercier, selon lequel Hamel aurait affirmé que maître Raymond Maher était la dernière personne ayant eu en sa possession la présumée arme du crime. Il avait déclaré que cette arme avait été trouvée à une soixantaine de pieds du camp de Coffin et rapportée en sa présence à Québec par maître Maher qui l'avait jetée dans le fleuve du haut du pont de Québec. Hamel a ensuite nié avoir raconté cela.

Le moins qu'on pût dire à propos de ce procès, c'était qu'il était bien mal parti. Je fis d'autres rapports dans les jours suivants, reproduisant entre autres les témoignages des officiers de police qui avaient découvert les corps des victimes.

Au procès de Wilbert Coffin, les choses s'éclairent au fur et à mesure des témoignages. Ces trois chasseurs américains, faut-il le rappeler, ont été trouvés morts en pleine forêt en juillet 1953, leurs corps dévorés en partie par les ours et portant des traces de balles. Personne n'a été témoin de ce qui s'y est passé. En conséquence, il n'existe aucune preuve directe en ce qui a trait à leur mort. Ces derniers jours, on a tenté de préciser les déplacements de l'accusé après qu'il a rendu service aux chasseurs le 10 juin 1953. Des témoins ont déclaré qu'il buvait beaucoup, qu'il a pris le fossé avec sa camionnette le 13 juin et que, durant cette période, il était très généreux en pourboires. Ainsi, il aurait donné un dollar à un cireur de bottes pour un service qui vaut habituellement dix cents. Le 4 juillet suivant, le garagiste qui a remorqué la camionnette de Coffin a eu droit à deux dollars américains. Toutefois, l'arme ayant servi à abattre les trois victimes n'a pas été retrouvée.

Les témoignages continuaient d'affluer. La Couronne avait assigné quarante-trois témoins après neuf jours d'audience et l'avocat de la défense comptait en appeler cent cinq à la barre. On estime que deux cents personnes auraient témoigné à ce procès. Par contre, les choses commençaient à se corser pour l'accusé. Benny White, gérant d'un hôtel de Gaspé, soutint qu'un soir de juin de l'année précédente, Coffin lui avait donné vingt dollars américains pour payer une caisse de bière. Mais la preuve la plus accablante fut la mention qu'on avait retrouvé des objets ayant appartenu aux victimes chez la conjointe de Coffin, à Montréal. D'ailleurs, en juin, Coffin s'était rendu dans cette ville.

Plus le procès progressait, plus les preuves s'accumulaient sur la tête de l'accusé. Cependant, des irrégularités se laissaient voir. William Baker, un témoin de la Couronne, assura, à la demande de l'avocat de la défense, qu'on faisait des efforts pour que des témoins au procès de Coffin changent leur version des faits. Un nommé Patterson de Toronto aurait été envoyé à Gaspé et il aurait offert de l'argent à diverses personnes pour les inciter à revenir sur leur témoignage. Le juge laissa entendre que tout cela n'était que des ouï-dire.

La Couronne ayant terminé la présentation de ses témoins, maître Dorion, le procureur, fit son plaidoyer et affirma que Coffin avait assassiné Richard Lindsey pour s'emparer de son argent et de ses biens. Maître Maher, de son côté, répliqua que la Couronne n'avait pas pu relever une seule preuve directe contre son client qui, par le fait même, devait être innocenté, car il subsistait un doute raisonnable sur sa culpabilité.

Le juge Gérard Lacroix annonça aux membres du jury qu'ils se devaient de rendre un verdict de culpabilité ou d'innocence. Après seulement trente-quatre minutes de délibération, les jurés déclarèrent à l'unanimité Wilbert Coffin coupable du meurtre de Richard Lindsey. Le juge Lacroix le condamna à être pendu le 23 novembre. Son avocat étudia la possibilité de faire appel.

Cette saga n'était pas terminée car, incarcéré à la prison des plaines d'Abraham à Québec, Wilbert Coffin interjeta appel. Il subit un refus de la Cour d'appel du Québec. Après avoir appris en septembre 1955 que le juge Abbott de la Cour suprême du Canada rejetait également son appel, Coffin parvint à s'évader de la prison le 6 septembre 1955, à l'aide d'un pistolet sculpté dans un savon. Il enferma cinq gardiens dans sa cellule, s'empara des clés et se sauva en pleine nuit. Il héla un taxi et se rendit à Charny avant de revenir à Québec chez son avocat, maître Maher, qui lui conseilla de retourner à la prison, ce qu'il fit sans se faire prier davantage.

Son exécution fut remise à sept reprises, au cours d'une longue bataille juridique, marquée de précédents et d'interventions de toutes sortes. Il ne cessa jamais d'affirmer son innocence. Il espérait obtenir deux choses avant son exécution : pouvoir épouser sa conjointe Marion Petrie afin de légitimer l'enfant qu'ils avaient eu ensemble et voir sa peine être commuée en emprisonnement à vie. Il n'obtint ni l'une ni l'autre. Quand son avocat lui annonça qu'il serait pendu en février, Coffin répondit que, s'il avait été coupable, il ne se serait jamais livré à la police après son évasion de la prison de Québec. Cet argument plein de sens ne lui épargna pas la peine de mort. Il fut pendu à la prison de Bordeaux comme prévu, le 10 février 1956.

Ce procès fit couler beaucoup d'encre. À peine Coffin avait-il été exécuté que sa culpabilité fut remise en question. Convaincu de son innocence, le journaliste et futur sénateur Jacques Hébert publia deux volumes sur ce sujet, le premier en 1958, intitulé *Coffin était innocent*, et le second en 1963, *J'accuse les assassins de Coffin*. Tout cela fit en sorte qu'on s'interrogea vivement quant à la pertinence de la peine de mort. Le gouvernement de Jean Lesage créa la commission Brossard, chargée de faire la lumière sur le procès de Wilbert Coffin.

Cette commission en arriva à la conclusion que Jacques Hébert avait manqué de rigueur dans ses ouvrages et, accusé d'outrage au tribunal, il dut rendre compte de ses propos en justice. L'avocat qui le défendit fut son ami Pierre Elliott Trudeau. Hébert fut acquitté lorsque sa cause fut portée en appel. De plus, une commission fut créée pour discuter de l'abolition de la peine de mort au Canada, qui existait depuis 1859 et qui fut effectivement abolie en 1976.

Chapitre 7

Ma famille

En tant que journaliste, je dois réaliser des reportages qui me mènent un peu partout dans la province. On est souvent portés à voyager dans les pays étrangers pour le plaisir d'être dépaysés, mais nous pouvons nous vanter de vivre dans un très beau pays. Mes nombreux déplacements m'ont permis de le constater.

Tout au long de ces années, je fus tellement accaparé par mon travail que je ne nouai pratiquement aucune relation. Je comptais quelques amis parmi mes confrères de travail et c'était amplement suffisant. Je décidai de ne pas me marier. Parfois, j'allais chez madame Duchesne pour me soulager dans les bras de l'une ou l'autre de ses filles. Je n'étais pas très fier d'agir de la sorte, mais au moins je conservais ma liberté et ne faisais pas le malheur d'une épouse trompée. Vivre de la sorte me comblait. Mon travail faisait foi de tout.

Il m'arrivait de prendre le temps de visiter les membres de ma famille à l'occasion des Fêtes. Parmi ceux-ci, seul mon grand frère Nicolas demeurait réellement en contact avec moi. On peut imaginer combien sa mort accidentelle me bouleversa, d'autant plus que je l'appris d'une bien curieuse façon.

J'arrivais au bureau un matin, quand un confrère journaliste, nouveau dans la place, m'aborda en ces termes :

— Tu es un Marion ?

— En effet.

— Sais-tu qu'il y a un nommé Marion qui s'est noyé hier soir ?

— Où ça ?

— Dans le bout de Pointe-au-Père. Il était pilote de navire.

Il n'eut pas besoin d'en dire plus pour que le cœur se mette à me débattre. Comprenant que ce qu'il venait de m'apprendre m'avait particulièrement secoué, il s'excusa.

— C'est un parent à toi ? Je n'aurais pas dû te dire ça.

Je me précipitai à la salle des nouvelles. Sur le pupitre étaient empilées diverses informations reçues au cours de la soirée et de la nuit, et je tombai sur celle que je n'aurais pas voulu lire. Il s'agissait bien de Nicolas. Il avait perdu l'équilibre en montant l'échelle de corde du navire qu'il s'apprêtait à piloter et il était tombé à l'eau. On lui avait lancé des bouées de sauvetage, sans qu'il réussisse à en attraper une. Il s'était vite noyé. Son corps ne fut pas retrouvé.

Sa disparition m'affecta beaucoup. Toute la famille se rassembla à Saint-Jean-Port-Joli pour une cérémonie à sa mémoire. Sa veuve vint avec ses enfants. Une fois de plus, je me rendis compte à quel point je ne connaissais pas les miens. Nous pûmes au moins nous consoler en sachant que notre belle-sœur ne vivrait pas dans la misère, car elle toucherait une pension de l'Association des pilotes du Saint-Laurent, prévue précisément pour ce genre de malheur.

Je profitai de mon séjour à Saint-Jean pour renouer avec mes sœurs Florence et Flavie et aussi avec mon frère Médéric qui gagnait toujours sa vie en sculptant. Je visitai son atelier et pus voir de belles pièces sorties de ses mains.

Médéric a bien du talent, mais c'est un taciturne qui, comme moi, n'est pas marié et n'est pas intéressé à le faire. J'ai l'impression qu'il me ressemble, trop accaparé par son travail. Nous n'avons hélas pas beaucoup de choses à nous dire. Quant à mes neveux et nièces, je n'en connais même pas les noms. Je fais partie de cette famille simplement parce que j'y suis né. Étant entré jeune au pensionnat, je me suis éloigné des miens. J'aurais pu et j'aurais dû rester également en contact avec Médéric, Florence et Flavie. Mais j'ai toujours été tellement occupé par mon travail que je ne me suis pas donné cette peine. Un jour, Médéric m'a dit que j'étais devenu un étranger pour eux; cela m'avait blessé sur le coup. Malgré tout, je suis bien obligé d'accepter cette idée, car c'est la vérité.

Nicolas était en réalité le seul de la famille avec qui j'étais resté en contact. Quand nous soupions ensemble au Vendôme, à Québec, il me rapportait les nouvelles les plus récentes à propos de notre famille. Maintenant qu'il n'est plus là, je me sens beaucoup plus seul. On dit qu'il n'est jamais trop tard pour bien faire, mais il faut croire que ma vie est décidément ailleurs qu'avec les miens.

Chapitre 8

Les orphelins de Duplessis

Dans les années 1950, si quelqu'un désirait voir une société soumise et rigoureusement gouvernée, il n'avait qu'à venir au Québec. Tout y était régenté à la fois par le clergé et le gouvernement de Maurice Duplessis. Ce dernier fut premier ministre de 1933 à 1939, puis de 1944 à 1959. Au cours de la deuxième période où il gouverna, avec l'aide du clergé, il garda les Canadiens français dans ce qu'on qualifiera plus tard de Grande Noirceur. Sa mainmise sur les orphelinats fut particulièrement décriée.

Habitué de mener sa barque à sa façon, le premier ministre ne fit rien pour éviter le scandale causé par la manière dont on s'occupait de ces orphelins. Le célibataire qu'il était ne dut pas être très heureux d'entendre l'expression « les orphelins de Duplessis » pour désigner ces milliers d'enfants qui furent faussement déclarés malades mentaux par son gouvernement et confinés dans des institutions psychiatriques entre les années 1940 et 1960.

Enlevés pour plusieurs à leur mère célibataire, battus, agressés sexuellement et parfois même tués, ces enfants vécurent dans des conditions inacceptables, pourtant tolérées par le gouvernement, le clergé et la société de cette époque. J'eus à me pencher sur ce sujet quand un grand nombre de ces enfants devenus adultes réclamèrent des compensations monétaires pour les mauvais traitements qu'on leur avait infligés. J'écrivis donc sur cette question ce qui suit.

De tout temps, l'argent a mené le monde. Nos gouvernants n'y échappent pas et l'un des exemples les plus flagrants que vit le Québec à ce sujet est ce que plusieurs appellent désormais le scandale des orphelins de Duplessis. Comme s'occuper de milliers d'enfants sans parents coûtait des sommes considérables au gouvernement Duplessis, on a trouvé la façon de mettre la main sur des subventions provenant du gouvernement fédéral. En effet, dans les années 1940, des allocations quotidiennes de soixante-dix sous étaient versées par le gouvernement fédéral pour les enfants vivant dans les orphelinats. Par contre, la somme quotidienne octroyée par le fédéral pour les enfants atteints de maladies mentales s'élevait à deux dollars et vingt-cinq sous. Du coup, il n'y avait qu'un pas à faire pour que la majorité des orphelins dont le gouvernement provincial avait la charge soient déclarés malades mentaux, et que le gouvernement provincial en retire des profits.

Rien n'était plus facile pour un médecin que de diagnostiquer un retard mental chez un enfant et de l'expédier dans une institution psychiatrique. Dès lors, des milliers d'orphelins ont ainsi été confiés à des établissements de soins de santé entre 1940 et 1960. On en trouvait à Mont-Providence, Baie-Saint-Paul, Huberdeau, Saint-Jean-de-Dieu, Saint-Michel-Archange, Saint-Ferdinand d'Halifax et La Doré.

Ces institutions étaient tenues par des religieux et des religieuses qui avaient pour tâche de soigner et d'éduquer ces enfants.

Or, devenus adultes, ceux-ci ont révélé les abus dont ils avaient été victimes lors de leur détention dans ces milieux corrompus. C'est à faire frémir d'indignation. Ces orphelins racontent qu'ils ont été maltraités physiquement et mentalement, qu'ils ont été traités comme des esclaves en plus de subir des sévices sexuels. Voilà ce que nous découvrons de jour en jour au travers des témoignages de certains d'entre eux qui ont décidé d'exiger du gouvernement justice et réparation pour ces actes injustifiés et impardonnables.

Il n'y avait pas d'excuses. Dès 1961, l'attention du public avait été attirée sur ce sujet par la parution du volume de Jean-Charles Pagé intitulé *Les fous crient au secours*. Il y décrivait la situation de ces pauvres enfants diagnostiqués débiles mentaux et placés dans ces institutions en compagnie d'adultes réellement atteints de maladies mentales et traités souvent comme ces derniers par électrochocs, etc. Mais il aura fallu attendre le regroupement des victimes pour que le scandale éclate.

À partir de 1960, ces enfants furent réintégrés dans la société. Mais vu leurs traumatismes et leur manque d'instruction, nombreux furent ceux qui ne purent se construire une vie décente. Le livre de Jean-Guy Labrosse intitulé *Ma chienne de vie*, paru en 1964, donnait une idée de ce qu'avaient vécu ces pauvres orphelins.

Est-ce parce que nous sommes encore trop honteux comme peuple d'avoir laissé se produire de pareils abus qu'il en est rarement question au moment où j'écris ces lignes ? Ce sujet, j'en suis persuadé, remontera à la surface dans les années à venir et, cette fois, personne ne pourra fermer les yeux sur ces pratiques inadmissibles dans une société civilisée.

Chapitre 9

Le quotidien des Québécois

Pour dresser le portrait de la société québécoise des années 1950, nous n'avions qu'à examiner le quotidien des gens. Il était facile de constater que leurs journées se déroulaient au gré des enseignements de l'Église catholique. Pour rappeler la journée de la mort du Christ, le vendredi, un bon chrétien ne mangeait pas de viande, seulement du poisson. Il se rendait également à la messe chaque dimanche et les jours de fête. Tout le calendrier tournait autour des célébrations religieuses. Rien n'avait été oublié.

L'année débutait par le jour de l'An, fête religieuse par excellence où le père de famille était appelé à bénir ses enfants. Suivait, six jours plus tard, l'Épiphanie, une fête chrétienne soulignant la visite des rois mages à l'Enfant Jésus. La réjouissance du jour consistait à consommer la galette des Rois. La personne qui, en dégustant son morceau de galette, tombait sur le pois qui y avait été inséré devenait du coup le roi ou la reine du jour. Février donnait droit à une célébration particulière, la Chandeleur, une ancienne fête païenne célébrant la lumière et qui rappelait la présentation de Jésus au Temple. On ne pouvait oublier en mars l'Annonciation, renvoyant au jour où la Vierge Marie avait appris qu'elle deviendrait la mère de Dieu. En mars ou en avril, selon les années, après un jeûne de quarante jours étaient célébrées en grand la mort et la résurrection du Christ. Cinquante jours après Pâques, c'était au tour de la Pentecôte, qui soulignait la venue de l'Esprit-Saint sur Marie et les apôtres.

Également, avec l'arrivée du printemps, les fidèles célébraient la fête de la Saint-Joseph en mars et celle de Marie, pendant tout le mois de mai. C'était au tour du Sacré-Cœur de se voir honorer en juin. Ainsi, Dieu lui-même avait droit à sa fête, laquelle comportait une importante procession.

Ces fameuses processions remontaient au début de la colonie, où nos ancêtres étaient appelés à les suivre à l'occasion de certaines fêtes religieuses. Ils ne manquaient pas de le faire et ils défilaient dans l'ordre, par exemple lors de la procession pendant laquelle on rendait grâce pour le travail. Chaque corps de métier s'y pressait fièrement pour rendre hommage à son saint patron : saint Joseph pour les menuisiers, saint Honoré pour les boulangers, saint Nicolas pour les bouchers, sainte Cécile pour les musiciens, etc.

Cette tradition ne se perdit pas à travers les siècles. C'est ainsi que, dans les années 1950, l'événement le plus marquant de l'été était la procession du Sacré-Cœur. En partant de l'église paroissiale, ostensoir en tête de cortège, on se dirigeait vers le reposoir qui avait été érigé ailleurs dans la paroisse. À Québec, cette procession menée par le bon père Victor Lelièvre devint un événement grandiose. On ne l'aurait pas manquée pour tout l'or du monde. On estime à vingt et même à trente mille le nombre de personnes qui y participaient à l'époque. Outre le défilé lui-même, le plus remarquable était les décorations des maisons, lesquelles étaient ornées de drapeaux, de statuettes, de fleurs, de banderoles, de croix et de lampions. De quoi se croire au temps des Fêtes en plein été.

À partir de 1920, d'une année à l'autre, cette procession prit de plus en plus d'ampleur. Commençant dans la Basse-Ville de Québec, le défilé se poursuivait jusqu'à la Haute-Ville, avec un arrêt au reposoir placé devant le Parlement de Québec, et ce, en présence de tous les membres du gouvernement. Cette procession atteignit son apogée en 1950. Cette année-là, elle se termina au parc Victoria par la célébration d'une messe et la tenue d'une veillée de prières qui attira pas moins de soixante mille personnes.

Le lendemain, à la une du *Soleil*, on pouvait lire : « Foule immense au pied du Sacré-Cœur ». Je fus appelé à décrire cet événement majeur. Je le résumai ainsi :

L'hommage populaire organisé par le révérend père Victor Lelièvre pour la fête du Sacré-Cœur a été cette année un véritable succès. La messe a été célébrée au reposoir du parc Victoria par le cardinal Maurice Roy et le sermon a été prononcé par Son Excellence monseigneur Édouard Jetté. Soixante mille hommes et femmes se sont agenouillés au pied de l'ostensoir hier soir pour souligner la fête du Sacré-Cœur. Trois évêques, d'autres dignitaires ecclésiastiques ainsi qu'une centaine de prêtres réguliers et séculiers ont contribué à l'éclat de cette affirmation de notre foi. Cent cinquante confessionnaux installés autour du parc Victoria ont été assiégés durant toute cette nuit de prières et de réparation. Les prêtres présents ont distribué la communion durant plus d'une heure à l'immense foule de croyants. Pendant l'heure d'adoration qui a précédé la messe, la foule recueillie, avec des milliers de flambeaux qui dominaient les têtes, offrait un spectacle fort édifiant. Dans sa vibrante allocution, monseigneur Jetté a invité les fidèles à répondre à l'invitation du Sacré-Cœur et à faire pénitence afin d'épargner à la Jérusalem moderne le sort de la Jérusalem historique. « Devant le dérèglement des mœurs, a rappelé le prédicateur, Dieu a dû sévir en permettant deux guerres en guise de punition. Nous devons remercier Dieu de ces avertissements même s'ils ont été sévères, et répondre à l'exhortation à la pénitence formulée par la Vierge de Fatima. »

Avec un dynamisme qui ne se dément pas malgré ses soixante-quatorze ans, le père Lelièvre a dirigé les prières depuis dix heures du soir jusqu'à deux heures du matin. L'exemple de Québec est maintenant suivi par Montréal cette année. « Demain soir, a rappelé le bon père, je serai le porte-voix du Sacré-Cœur à Montréal. Le souvenir du bon frère André m'a inspiré à organiser cette nuit de prière à l'Oratoire Saint-Joseph. » Il a ensuite incité les fidèles à bien vivre leur vie terrestre, qui est une préparation constante à la vie éternelle. Il a invité les gens à réciter quelques dizaines de chapelets à l'intention des prisonniers et à faire célébrer des messes pour les défunts.

Au mois d'août était célébrée la fête de l'Assomption de la Vierge. Novembre débutait par la Toussaint, ou fête de tous les saints, suivie le lendemain par la fête des Morts. L'Immaculée Conception marquait le début du mois de décembre, qui se terminait par Noël et la célébration de la naissance du Christ.

Relire cet article des années plus tard me laissa songeur, mais pas nostalgique du tout. Je constatai à quel point les choses avaient changé depuis cette époque où tout le Québec se mettait volontiers à genoux au moindre appel du clergé.

Chapitre 10

Le monstre de Pont-Rouge

La vie poursuivait ainsi son cours et, avec la mort du premier ministre Maurice Duplessis, le 7 septembre 1959, les années 1950 allaient être reléguées aux oubliettes pour faire place à de profonds bouleversements tout au long de la décennie suivante.

Pendant ce temps, la société québécoise continuait à être secouée par des crimes troublants. Un drame en particulier allait rester dans les annales, soit l'affaire Léopold Dion, surnommé le monstre de Pont-Rouge.

Certains individus sont plus malchanceux que d'autres, leur vie se révélant un long calvaire. Ce fut le cas de Léopold Dion. Ce meurtrier vécut en effet bien des malheurs avant de commettre les crimes affreux qu'on lui attribua. Né en 1920 d'une mère qui termina ses jours dans un institut psychiatrique et d'un père alcoolique, il ne put jamais vivre une enfance normale. Négligé sur tous les plans, il se retrouva dès l'âge de onze ans dans un orphelinat où il s'adonna à des jeux sexuels avec ses compagnons. Pris sur le fait, il fut expédié à quatorze ans dans une école de réforme où il travailla en cuisine. Un religieux de l'institution lui fit subir de nombreuses agressions sexuelles. À dix-sept ans, en compagnie d'un de ses frères, il viola et poignarda une jeune femme à Pont-Rouge. Les deux hommes abandonnèrent leur victime sur la voie ferrée, la laissant pour morte, ce qui n'était pas le cas. Arrêté, Dion aboutit à la prison de Québec où il fut agressé par d'autres codétenus. Condamné à la prison à perpétuité, il en sortit au bout de seize ans.

Le 20 avril 1963, alors qu'il était en libération conditionnelle, il se rendit en voiture à Québec. Là-bas, il tenta d'entrer en contact avec des jeunes garçons pour les convaincre de le laisser les prendre en photo, se faisant passer pour un photographe professionnel. Il leurra ainsi Guy Luckeniuck, âgé de douze ans, qu'il entraîna avec lui sur les plaines d'Abraham et qu'il finit par étrangler après avoir cherché à satisfaire avec lui ses bas instincts. Il enterra ensuite sa victime à Pont-Rouge.

Durant le mois qui suivit, il sévit à Québec. Le 6 mai, on signala la disparition depuis la veille de deux jeunes garçons, Alain Carrier, âgé de huit ans et Michel Morel, âgé de dix ans. Ils avaient été vus pour la dernière fois sur les plaines d'Abraham. Dans les jours suivants, ils restèrent introuvables. La police se perdait en conjectures à leur sujet. Un de leurs camarades d'école affirmait les avoir croisés avant leur disparition, en haut de l'escalier Champlain menant à la Basse-Ville. Ce jeune compagnon revenait de visiter la frégate française *Commandant Bourdais*. Alain Carrier et Michel Morel lui auraient dit qu'ils s'en allaient la visiter eux aussi. On se demanda s'ils ne se s'étaient pas noyés. Toutefois, le chef adjoint de la police municipale de Québec, Aimé Guillemette, ne croyait pas à une noyade. Il soutenait qu'il y avait trop de monde sur les quais pour que deux jeunes garçons tombent à l'eau dans ce secteur sans que personne ne s'en aperçoive. Il croyait plutôt que quelqu'un les avait enlevés.

La police diffusa les photos des deux enfants et demanda aux citoyens de garder l'œil ouvert. Comme c'est le cas lorsqu'une disparition survient, de nombreuses personnes étaient certaines de les avoir vus et en avertirent la police. Malheureusement, la plupart de ces informations s'avérèrent sans fondement. Une jeune femme raconta tout de même avoir vu deux jeunes garçons monter dans une voiture le dimanche après-midi sur les plaines d'Abraham.

La disparition d'un autre garçon, nommé Pierre Marquis, âgé de treize ans, fut signalée le 26 mai. Elle fit grandement monter l'inquiétude parmi la population. Dans le journal *Le Soleil* du 27 mai, on pouvait lire: «Disparition d'un quatrième enfant, faudra-t-il attendre une autre victime pour se poser des questions?»

Se fiant à la description que leur avait faite un autre garçon qui avait échappé à Dion, la police l'arrêta le 27 mai. L'enquête préliminaire débuta quelques mois plus tard. À son procès, Dion fut défendu par le criminaliste Guy Bertrand qui plaida pour lui l'aliénation mentale. Accusé de quatre meurtres, il fut reconnu coupable de celui de Pierre Marquis uniquement et condamné à être pendu le 10 avril 1964.

Par la suite, le gouverneur Vanier accepta de commuer sa sentence de mort en un emprisonnement à vie. Dion fut incarcéré à la prison des plaines d'Abraham à Québec, où il fut tué par un codétenu le 17 novembre 1972.

Je suis persuadé que si mon grand-père Roméo avait eu connaissance de cette affaire, il aurait dit: «Quel étrange destin que celui de ce malheureux, qui fit également le malheur des autres!»

Chapitre 11

La lutte des femmes

Depuis des années, les femmes au Québec luttaient pour obtenir plus de droits. En 1974, mon ami François Hertel rédigea un article intitulé *La supériorité de la femme*. À ma demande, il m'en fit parvenir une copie. Je me servis de cet article élogieux pour contacter madame Thérèse Casgrain, une des pionnières du mouvement féministe québécois, qui avait largement mené le combat et continuait de le faire avec courage afin que les femmes puissent acquérir plus d'autonomie et l'égalité avec les hommes. Je souhaitais qu'elle me raconte en détail cette immense bataille entreprise par les femmes.

Avant cette rencontre, pour ne pas paraître inculte, je pris d'abord le temps de me documenter du mieux que je le pus sur le sujet. Ainsi, grâce à différents écrits, j'appris qu'en 1954 il y avait eu une importante réforme du Code civil. À cette occasion, on avait procédé à l'abolition du principe qui stipulait qu'une femme ne pouvait demander une séparation pour cause d'adultère, excepté dans le cas où le mari ferait vivre sa concubine dans la résidence familiale. Une telle restriction ne s'appliquait pas au mari, qui pouvait obtenir en tout temps la séparation d'avec sa femme pour cause d'adultère.

Il s'agissait là d'une injustice flagrante, cautionnée par les commissaires chargés en 1929 d'étudier les droits civils de la femme au Québec. Ils avaient jugé qu'il fallait conserver cette norme pour la bonne et simple raison que, comme ils l'écrivaient: «La blessure faite au cœur de l'épouse n'est pas réellement aussi vive que celle dont souffre le mari trompé par sa femme.» Ce raisonnement simpliste reconduisait le *statu quo*, et il fallut attendre 1954 pour que soit rectifiée cette loi. Quand on pense que, depuis le début de la colonie, les femmes mariées ne pouvaient signer aucun contrat et qu'en réalité c'était le mari qui décidait de tout, l'abolition de ce principe marquait un autre pas dans la bonne direction.

Ma première visite à madame Thérèse Casgrain, en 1976, fut l'occasion pour moi d'en apprendre davantage sur les débuts du mouvement des suffragettes. Ce mouvement naquit en 1921 au Québec. Des militantes francophones et anglophones s'unirent pour la même cause: l'obtention du droit de vote pour les femmes. En 1927, le mouvement se scinda, les anglophones prenant un côté et les francophones, un autre. Madame Casgrain devint présidente de la partie francophone, alors rebaptisée la Ligue des droits de la femme. Elle me raconta comment sa tâche n'était pas facile. On considérait ni plus ni moins les femmes comme des citoyennes de seconde classe dont les seuls devoirs, tout au long de leur existence, consistaient à tenir la maison, s'occuper de l'éducation des enfants et obéir à leur mari.

Je mesurai tout le chemin que les femmes du Québec avaient réussi à parcourir jusqu'à ce jour. Jamais je n'aurais cru le fossé si vaste et si profond en ce domaine. Je voyais bien que, pour obtenir l'égalité avec les hommes, les femmes étaient obligées de remuer ciel et terre. Madame Casgrain m'apprit qu'en 1935, profitant de l'anniversaire du roi George V, elles avaient eu l'audace de lui faire parvenir une pétition de dix mille signatures, lui demandant son appui en faveur du suffrage féminin dans la province de Québec.

Je fus enchanté de cette première rencontre avec cette femme exceptionnelle et je me promis de revenir la voir pour clarifier certaines demandes des femmes, notamment la question du droit de vote au Québec. Alors que les femmes pouvaient voter au fédéral depuis 1918, elles avaient dû attendre jusqu'en 1940 pour obtenir ce droit au provincial. Je voulais connaître sa version des faits et surtout apprendre par sa bouche pourquoi elles avaient dû lutter si longtemps avant de gagner leur cause.

Pour cette deuxième visite, l'année suivante, j'avais mis la main sur un article du journaliste Henri Bourassa du journal *Le Devoir*, datant de 1918, où il s'exprimait avec virulence à propos de cette revendication des femmes. Je tenais à faire lire cet article à madame Casgrain pour entendre ses commentaires à ce sujet. Je craignais toutefois de l'offenser ou de la bouleverser, au cas où elle n'en aurait pas déjà eu connaissance. Je me doutais bien cependant qu'elle avait dû le lire dans *Le Devoir* lors de sa parution, ce qui était le cas.

Elle me rappela que nombreux étaient les hommes qui s'opposaient vivement à l'émancipation des femmes. Elle prit le temps de relire le texte d'Henri Bourassa qui n'y allait pas de main morte.

Les insanités du féminisme ont déjà troublé des cervelles féminines et masculines, éveillé chez une foule de femmes un tas d'idées baroques, d'instincts pervers, d'appétits morbides… Soustraite aux salutaires contraintes de la vie religieuse et de la maternité, ou déchue de sa réelle royauté familiale et sociale, la femme, plus délicatement, mais plus aveuglément passionnée que l'homme, arrive plus vite que lui aux pires injustices, aux plus mesquines étroitesses, à la plus complète immoralité cérébrale, aux égarements les plus pervers du jugement.

J'avais peine à croire qu'un journaliste si réputé ait pu écrire un pareil texte. Après sa lecture, madame Casgrain me regarda en fronçant les sourcils et me fit la réflexion suivante: «Cet homme doit certainement avoir vécu de mauvaises expériences avec les femmes. Ces écrits ne peuvent provenir que de quelqu'un de déçu ou de frustré. Il prête aux femmes qui se tiennent debout et se savent égales aux hommes des perversions très loin de la réalité. Au contraire, les femmes que je côtoie lors de nos réunions sont en majorité d'honnêtes mères de famille qui ne cherchent qu'une chose: nous sortir, nous les filles d'Ève, de la cage où les hommes nous tiennent enfermées depuis le début du monde.»

Elle me confia également que le retard quant au droit de vote des femmes au Québec était surtout dû à l'opposition de l'ensemble du clergé. «Enfin, me dit-elle, en cette année 1977, le droit à l'égalité sans discrimination fondée sur le sexe vient d'être inscrit dans la Charte canadienne des droits et libertés des personnes. Vous rendez-vous compte, monsieur Marion, que nous les pauvres femmes, nous attendions ce moment depuis l'arrivée de nos premiers ancêtres en Nouvelle-France? Je ne peux pas croire que nous sommes désormais considérées comme égales aux hommes.»

Cette femme admirable qui, outre toutes les luttes qu'elle mena dans sa jeunesse, fut à la tête du Nouveau Parti démocratique pendant six ans, et même sénatrice pendant près d'un an, joua un rôle énorme dans l'avancement des droits de toutes les femmes de la province, et même du reste du Canada. Elle avait toute mon admiration et je me passai souvent la remarque que nombre de nos politiciens ne lui arrivaient pas à la cheville.

Chapitre 12

Évolution rapide

En 1960, le Québec stagnait depuis trop longtemps. Il devait au plus tôt rattraper le reste du monde. Le nouveau gouvernement de Jean Lesage n'eut pas le choix de procéder à une grande restructuration, ce qui donna lieu à une foule d'innovations. Les années 1960 allaient se révéler marquantes en ce sens. Des ministères, des commissions, des conseils et des comités furent ainsi créés pour changer en profondeur l'image même de la province.

Dès 1961 apparurent les ministères du Revenu, des Affaires culturelles et des Richesses naturelles. Puis furent institués la Commission royale d'enquête sur l'enseignement, mieux connue sous le nom de Commission Parent, le Comité d'étude sur l'enseignement agricole et celui sur l'enseignement technique et professionnel. Furent également fondés le Conseil d'orientation économique, le Conseil des arts du Québec et l'Office de la langue française.

Tout se mit à bouger. En 1962, on vit les débuts de la construction du métro de Montréal. Le pont Champlain fut ouvert à la circulation entre Montréal et la Rive-Sud et on assista à l'inauguration de la route Transcanadienne. L'année

1963 vit la création du ministère du Tourisme, de la Chasse et de la Pêche et celle de la Société générale de financement, de même que la nationalisation de l'électricité. L'année 1964 marqua la création du ministère de l'Éducation, puis celle du Conseil supérieur de l'éducation et du Conseil de la recherche médicale. L'année suivante, ce fut au tour du ministère de la Justice et de la Société québécoise d'exploration minière d'être mis sur pied.

Au moment où toutes ces mesures commençaient à prendre effet, comme si les Québécois craignaient que les choses changent trop vite, un nouveau gouvernement fut élu en 1966, celui de l'Union nationale avec Daniel Johnson. En 1966, après trois semaines de grève, fut signée la première convention collective du milieu hospitalier, suivie d'une première convention collective des professeurs. Le bureau de censure du cinéma créé sous Duplessis fut aboli en 1967, quelque temps avant l'ouverture de l'exposition universelle de Montréal. La même année eut lieu la création des cégeps. L'année 1968 vit naître le Parti québécois et l'ouverture des premières polyvalentes et des premiers cégeps, de même que celle du réseau de l'Université du Québec. En 1969, sous le gouvernement de Jean-Jacques Bertrand, fut créée la Régie de l'assurance maladie du Québec, et les Expos de Montréal jouèrent leur première partie de baseball.

Le Québec prenait désormais la route du progrès et de la modernité. Tout était mieux structuré. Les libéraux reprirent le pouvoir avec Robert Bourassa, mais furent aux prises avec le Front de libération du Québec, ce qui mena à la crise d'Octobre, durant laquelle le ministre Pierre Laporte perdit la vie. Les années suivantes se déroulèrent sans heurts majeurs. L'année 1971 vit le lancement du projet de développement hydroélectrique de la Baie-James. En 1974 fut adoptée la Loi sur la langue officielle, faisant du français la langue officielle du Québec. L'année suivante, la Charte des droits et libertés des personnes était adoptée à l'unanimité par l'Assemblée nationale du Québec. Les Jeux olympiques d'été, tenus à Montréal en 1976, mirent le Québec sur la carte. Surprise! Cette même année, le Parti québécois mené par René Lévesque prit le pouvoir. La Charte de la langue française fut adoptée dès l'année suivante. Tout cela mena au référendum de 1980, qui portait sur le projet de souveraineté du Québec. L'idée fut toutefois rejetée par près de soixante pour cent des Québécois.

Voilà en gros ce que je rapportai dans mes articles tout au long de ces années. Un simple coup d'œil à ces grandes lignes révèle l'avancée notoire de notre province pour se sortir de la Grande Noirceur. Tout cela, il va sans dire, eut des répercussions profondes sur la place de la religion dans la société.

Chapitre 13

La religion en berne

Dès 1950, avec la proclamation du dogme de l'Assomption par le pape Pie XII, on avait commencé à entendre des réflexions quelque peu désobligeantes sur la pratique religieuse. « On ne croit plus au père Noël, disaient certains, pourquoi doit-on croire à ce qui ressemble en tous points à une légende ? Des anges qui transportent le corps de la Vierge Marie directement au ciel après sa mort ? Où ont-ils été cherché ça et, s'ils y croient, pourquoi ont-ils attendu plus de mille neuf cents ans pour nous en parler ? »

Peu à peu, les gens devinrent de plus en plus sceptiques à propos des miracles, des reliques, des apparitions de la Vierge Marie, etc. On notait avec suspicion que sainte Bernadette avait eu ses apparitions à Lourdes après la proclamation du dogme de l'Immaculée Conception en 1854. Y aurait-il de nouvelles apparitions de la Vierge pour appuyer le dogme de l'Assomption ? Le pape Pie XII, après l'avoir proclamé, prit prétexte du centenaire des apparitions de la Vierge à Lourdes et fit de 1954 une année mariale. Au cours de cette année-là, la Vierge Marie apparut à une douzaine de femmes dans autant de pays différents. Il y avait lieu de se demander si, à force d'y penser, ces femmes n'avaient pas fini par croire au fruit de leur imagination. Je m'étais permis d'écrire un article sur le sujet. Ce texte fut publié dans ma chronique « Le saviez-vous ? »

Saviez-vous que pas moins de 20 000 apparitions de la Vierge Marie auraient été signalées dans l'histoire de l'Église depuis l'an 1000 ? Toutefois, depuis le concile de Trente en 1545, l'Église a confié l'approbation des apparitions de la Vierge Marie aux évêques des lieux où elle se manifeste et au pape lui-même. S'il faut en croire tous les témoignages, seulement en France, la Vierge aurait été vue à plus de 200 endroits différents. Décidément, elle aime beaucoup ce pays. Depuis 1944, elle se serait manifestée 400 fois, particulièrement dans les six pays suivants : en Italie, aux Pays-Bas, en Allemagne, en Espagne, en France et aux Philippines. En 1954, année mariale, on a dénombré une bonne douzaine d'apparitions dont une dans une église de Jérusalem et une première au Venezuela. Tout cela est-il bien réel, et si tel est le cas, quand aurons-nous droit à une pareille apparition chez nous ?

Ce dogme de l'Assomption, quelque peu tiré par les cheveux, marqua ainsi le commencement d'une vague de méfiance et de critiques chez beaucoup de gens de chez nous, d'autant plus qu'un nombre considérable de membres du clergé réclamait des changements en profondeur au sein de l'Église. Tout cela mena au concile Vatican II convoqué par le pape Jean XXIII en 1962. On espérait que ce concile apporte un vent de fraîcheur dans les pratiques de l'Église. Malgré la bonne volonté de certains, les résultats attendus ne se matérialisèrent pas et le concile fut considéré comme un échec par de nombreux membres progressistes du clergé.

En conséquence de quoi, nombre de prêtres et de religieux quittèrent les ordres. Les journaux de l'époque rapportèrent cet événement. Voici ce que je relevai dans *Le Soleil* du 17 août 1966 :

Depuis six mois, dix mille prêtres ont demandé au Vatican la permission de se marier. Depuis deux ans, soixante mille prêtres catholiques ont défroqué parce qu'ils ne pouvaient plus endurer le célibat. On sait d'ailleurs que cette obligation est un règlement purement ecclésiastique qui n'a aucun fondement dans la loi naturelle non plus que dans les Écritures. En conséquence, l'Église pourrait le changer à tout moment. Le concile avait laissé espérer un assouplissement de cette règle du célibat des prêtres qui, soit dit en passant, n'existe dans l'Église que depuis le douzième siècle. En effet, cette obligation n'a été mise en vigueur qu'en 1139 lors du deuxième concile du Latran. Jusque-là, les prêtres pouvaient se marier. Des milliers de prêtres comptaient sur Vatican II pour voir cette règle changer. Faut-il s'étonner que, déçus de constater que rien ne sera fait en ce sens, ces derniers adressent depuis leurs requêtes à Rome pour exiger que cette règle soit abolie ?

Le pape reste imperturbable sur cette question. Il pourrait pourtant intervenir par un décret de grâce, qui correspond un peu à un pardon de chef d'État. Par un semblable décret, qui échappe au droit canonique, le pape peut relever un prêtre de ses vœux et peut même reconnaître son mariage. Mais le pape ne bouge pas et ils sont des milliers à ne pas l'accepter.

Pour pallier cette situation catastrophique, on se mit à penser au sacerdoce des femmes. Cette question avait déjà été débattue maintes et maintes fois. Pourquoi les femmes n'avaient-elles pas le droit d'accéder au sacerdoce ? Après tout, il y avait des femmes qui faisaient partie du clergé dans d'autres religions que l'Église catholique. Aux yeux de Dieu, la femme n'était-elle pas égale à l'homme ?

Jean Daniélou, préfet des études à l'Institut catholique de Paris, déclara que le seul obstacle qui empêchait le sacerdoce des femmes était la tradition catholique. En effet, on se référait à une lettre de saint Paul, dans laquelle il affirmait que la femme ne pouvait enseigner à l'église, pour refuser aux femmes l'accès à la prêtrise. Pour ce saint, la femme était nettement inférieure à l'homme. Ainsi, on se servait de textes vieux de près de deux mille ans pour cautionner des décisions qui n'avaient pratiquement plus leur raison d'être. Au moment même où les femmes se battaient pour leur autonomie, il devenait évident que cette Église menée par des mâles était dépassée.

Tout cela engendra un autre problème, celui de la relève. Il n'y avait plus suffisamment de jeunes hommes qui désiraient devenir prêtres. Les noviciats des différentes communautés religieuses étaient vides. Interrogés là-dessus, les jeunes répondaient que le noviciat ne remplissait pas le rôle qui devait être le sien, celui d'une période d'essai.

Quand on s'attardait à lire les journaux de la fin des années 1960 et du début des années 1970, on relevait une multitude de signes du déclin de la religion catholique chez nous et dans le monde. J'écrivis le reportage suivant :

Par les temps qui courent, un observateur ne peut s'empêcher de constater à quelle vitesse la religion qui, il n'y a pas bien longtemps encore, prenait toute la place chez nous, décline à vue d'œil. L'Église catholique me fait penser à un paquebot de croisière que les membres d'équipage et les passagers désertent graduellement à chaque escale.

Il y a lieu de se demander à quoi est due cette évasion massive. Une foule de facteurs contribuent à cette saignée majeure. Le monde bouge comme jamais. Les sciences amènent des réponses à de plus en plus de problèmes que l'on croyait depuis toujours insolubles. Par exemple, qui aurait cru il y a vingt ans qu'on parviendrait à contrôler les naissances à l'aide d'une pilule ? Que serait remis en question de façon sérieuse le célibat des prêtres ? Que l'idée du sacerdoce des femmes serait ramenée sur la table ? Toutes ces possibilités auxquelles l'Église s'oppose encore et toujours devaient trouver réponse aux yeux des fidèles. C'est ce qui a provoqué la mise en place du concile Vatican II. Mais les débats se sont étirés au point que le pape Jean XXIII, qui était à l'origine de ce concile, est mort et que son successeur, Paul VI, a dû le remettre en marche, pour que, finalement, il ne donne pas les résultats escomptés par les membres progressistes de l'Église.

Il est évident que l'Église s'entête à ignorer tous les changements qui s'opèrent partout dans le monde et qu'elle n'est pas à l'écoute de ses fidèles. Elle ne cède pas sur la question du mariage des prêtres ni sur l'indissolubilité du mariage en général. Le pape limite même le pouvoir des évêques à donner des dispenses de mariage. L'Église continue à interdire l'usage de la pilule contraceptive aux catholiques. La seule concession qu'elle fait là-dessus consiste en une utilisation pour aider à régulariser le cycle menstruel. Pour faire montre d'un peu de bonne volonté, elle a cédé sur l'obligation aux moins de quatorze ans de faire abstinence les vendredis et durant le carême, et elle a aboli l'excommunication à laquelle s'exposaient les catholiques qui osaient contracter un mariage mixte. Ces derniers n'ont plus désormais à s'engager par écrit à faire baptiser et élever leurs enfants dans la foi catholique.

D'autres signes en ce moment démontrent que l'Église est en déclin. Les fabriques vont désormais payer le salaire des curés et des vicaires. Le cardinal Roy, archevêque de Québec, a expliqué la chose en ces termes: «Le réajustement des salaires s'impose de toute urgence en raison des circonstances présentes.» Il attribue ce réajustement à l'augmentation du coût de la vie, mais il faut bien comprendre que la situation est d'abord et avant tout causée par le fait que les quêtes aux messes du dimanche rapportent beaucoup moins, en raison de la diminution de la fréquentation des églises par les fidèles. D'ailleurs, afin de dissiper les inquiétudes des prêtres, il se sent l'obligation de les encourager, en leur disant d'avoir confiance en l'avenir. Il leur recommande de rester fidèles à leur idéal même si tous se rendent compte que le peuple québécois ne leur réserve plus le même accueil qu'auparavant. C'est sans compter que plus de soixante pour cent des prêtres et des religieux sont âgés de cinquante à soixante-dix ans. En raison de la désertion des églises, la plupart sont aux prises avec le problème d'une seconde carrière.

Se cherchant des appuis, l'Église catholique tente de se réconcilier avec les autres Églises du monde, mais elle se bute à deux obstacles majeurs: leurs membres n'acceptent pas la présence réelle du Christ dans le pain et le vin, non plus que la succession apostolique qui permet, par l'intermédiaire des évêques, la communication du sacerdoce.

Pendant ce temps, un autre sujet, plus terre à terre, vient hanter les marguilliers et les fabriques, celui de l'entretien des églises. Au ministère des Affaires culturelles, bien que le tiers des monuments classés historiques soit relié à la religion, seulement cent mille dollars sont attribués annuellement à leur entretien et restauration. Si on parvient avec cet argent à restaurer une ou deux églises par année, que deviennent les milliers d'autres? Déjà, on devine la réponse: on ne pourra pas toutes les préserver. Il est possible que de nombreuses églises soient éventuellement démolies ou encore utilisées à des fins profanes.

C'est ainsi qu'un manque d'ouverture et une trop grande rigidité de la part des dirigeants de l'Église catholique sont à l'origine du désintérêt envers la religion qu'éprouvent de plus en plus les gens de chez nous.

Chapitre 14

Les Apôtres de l'Amour infini

À la fin des années 1960, les Québécois furent informés d'une étrange histoire se déroulant à Saint-Jovite. Je fus appelé à suivre le fil des événements touchant la secte des Apôtres de l'Amour infini. Voici le reportage complet qui en découla plus tard:

Il y a toujours eu dans l'histoire des personnes qui, à la suite d'une prétendue vision, se proclament porteuses d'une mission divine. Ce fut le cas de Gaston Tremblay, né à Rimouski en 1928, et du Français Michel Collin, né en Lorraine en 1905. Ensemble, ils créèrent la secte des Apôtres de l'Amour infini.

En 1940, alors âgé de douze ans, Gaston Tremblay eut une vision d'une statue de Notre-Dame du Sacré-Cœur, laquelle lui apprit qu'il fonderait une «Compagnie de Marie». En 1944, Tremblay entra chez les frères de la Charité. Il vécut une deuxième vision, en 1949. Selon ses dires, Dieu lui apparut pour lui donner comme mission de fonder son propre ordre religieux. En 1952, il décida de passer à l'action. Il quitta la communauté religieuse et présenta une demande au cardinal Paul-Émile Léger pour fonder les Frères de Jésus-Marie. Celle-ci fut acceptée en 1953. Tremblay changea son nom pour Jean de la Trinité. La nouvelle communauté déménagea dans une ferme à Saint-Jovite, dans les Laurentides.

Tremblay recrutait ses disciples parmi des familles de la campagne et les amenait demeurer avec lui. Cet homme jouissait certainement d'un très fort don de persuasion, car les personnes qui adhéraient à sa secte étaient tenues de lui céder tous leurs biens.

Cette secte se donnait comme mission d'être la seule vraie Église de Jésus-Christ dont le pape était choisi directement par Dieu. Elle voyait à transmettre les enseignements des saints docteurs de l'Église romaine et à former des apôtres religieux et laïques à l'image des disciples de Jésus.

En 1961, Gaston Tremblay rencontra à Montréal Michel Collin, un prêtre français défroqué qui s'était donné le titre de pape des Apôtres de l'Amour infini, une autre secte. Les deux hommes décidèrent d'unir leurs congrégations. Collin, qui s'était lui-même rebaptisé Clément XV, laissa alors entendre qu'il voyait Tremblay comme son successeur sur le trône papal. L'année suivante, l'évêque Eugène Limoges de Mont-Laurier, ayant eu vent de leurs activités, interdit la secte. Ils l'ignorèrent certainement, car avec les dons reçus de leurs disciples, ils se firent construire un grand monastère à Saint-Jovite en 1963.

La secte commença alors à prendre de l'expansion, mais elle attira également l'attention des autorités. Des disciples qui en sortaient portaient plainte à la police, car leurs enfants étaient en quelque sorte séquestrés au monastère de Saint-Jovite.

Ces disciples affirmaient qu'ils étaient maltraités et privés de tout contact avec le monde extérieur. On racontait entre autres le cas d'une fillette dont le pupitre avait été entouré d'une cloison pendant un an parce qu'elle n'était pas assez sage, et que tous oubliaient jusqu'à ce qu'elle lève le bras au-dessus de sa cellule pour signaler son existence. Il était aussi question de coups de bâton, de bains glacés et de séances d'exorcisme. On rapportait des épisodes de visages frottés sur le verglas, nettoyés à l'aspirateur ou enveloppés dans un drap mouillé d'urine. Les frères et les sœurs d'une même famille étaient séparés et ne pouvaient pas se parler durant des mois. Ces enfants devaient se soumettre à une vie rude sans recevoir la moindre éducation.

En 1966, le juge Léandre Prévost, après avoir déclaré irresponsables les vingt-deux couples qui avaient confié leurs enfants à cette secte, ordonna le retrait de ces derniers du monastère de Saint-Jovite pour qu'ils soient placés en familles d'accueil. La police fit une descente au monastère le 28 décembre afin d'en retirer quatre-vingts jeunes. Parmi eux, soixante-neuf étaient âgés de moins de dix-huit ans.

Cependant, quand la police se présenta au monastère, les enfants avaient tous disparu. L'avocat de la secte fit savoir qu'ils étaient cachés chez des sympathisants. D'autres descentes de police eurent lieu en 1967 et 1968. La saga se poursuivit quand le juge Duranleau, le 1er mars 1968, renversa la décision du juge Prévost, évaluant qu'on n'avait pas suffisamment de preuves que ces enfants vivaient dans des conditions mettant en danger leur santé et leur esprit.

Les enfants retirés purent donc retourner au monastère. Par contre, le fait que Gaston Tremblay était désormais considéré comme un des dix criminels les plus recherchés par Interpol sema la zizanie entre lui et son ami Michel Collin, alias le pape Clément XV. Cela créa un schisme entre les deux Églises. Collin désavoua son collègue canadien. Dès lors, Gaston Tremblay reçut en 1968 une nouvelle vision de Dieu qui l'amena à se proclamer lui-même pape, sous le nom de Grégoire XVII.

Le 26 juin 1976, le monastère de Saint-Jovite passa au feu. Certains prétendirent qu'il s'agissait d'un incendie criminel. D'autres racontèrent que c'était plutôt la foudre qui avait déclenché l'incendie. Qu'à cela ne tienne, le monastère fut reconstruit un an plus tard.

En 1977, une femme qui vivait dans la secte depuis des années parvint à en sortir avec ses cinq enfants. Elle porta plainte à la police.

Cette fois, les preuves de maltraitance des enfants parurent suffisantes aux yeux des autorités. Le 25 avril 1977, Gaston Tremblay, alias Grégoire XVII, fut arrêté pour outrage après avoir refusé d'obtempérer à l'ordre de la cour de remettre trois enfants à leur père. Il continua à tenir tête au tribunal et fut condamné en 1978 à six mois de prison pour outrage au tribunal. Poursuivant son combat contre les autorités, il vit sa peine passer à deux ans de prison en 1979, cette fois pour séquestration.

Voilà donc où en est rendue cette malheureuse histoire des Apôtres de l'Amour infini.

Chapitre 15

En vacances

J'ai beau me noyer dans l'ouvrage, nous avons quand même de bonnes conditions de travail, ce qui me permet de m'offrir des vacances. Je prends deux semaines au milieu de l'hiver pour me rendre quelque part en Europe profiter du soleil et de la mer. Je me suis tout particulièrement attaché à l'Espagne et à sa Costa del Sol, en Andalousie. En février, c'est l'hiver là-bas, mais en réalité on y est exactement comme chez nous dans les plus belles journées du printemps.

L'endroit ne s'appelle pas pour rien la Costa del Sol, car presque chaque fois que je m'y rends, je suis pratiquement assuré de deux semaines de beau temps, sauf une année où je suis tombé sur deux semaines de vent et de pluie. J'en avais cependant tiré profit parce que je m'étais mis à l'écriture de mon premier roman, intitulé *Le testament de ma mère*, qui fut publié par la suite avec un certain succès.

L'Espagne est chargée d'histoire. Conquise par les Maures entre 711 et 726, la partie sud en particulier a été transformée par les envahisseurs qui, après avoir débarqué à Cadix, se sont emparés de Séville et de là ont assujetti

Grenade, Malaga, Cordoue et plus au nord Tolède. Les musulmans ont fait la pluie et le beau temps dans la péninsule ibérique du huitième au quinzième siècle, avant d'en être expulsés par les rois catholiques en 1492, l'année où Christophe Colomb a découvert l'Amérique.

Les traces du passage des musulmans en Espagne se voient encore dans le style des habitations et notamment dans les monuments religieux essaimés de Séville à Cordoue.

L'Espagne est un merveilleux pays à visiter en raison de ce mélange de deux civilisations. Les monuments majeurs que sont l'Alhambra de Grenade et la grande mosquée de Cordoue témoignent du passage des Maures en ces lieux. Mes vacances, je les passe à visiter ces endroits magnifiques, mais je les écoule également au bord de la mer, à profiter du soleil en regardant se dérouler la vie. Assis à la terrasse d'un café avec devant moi la Méditerranée, je sors mon calepin de ma poche de chemise et je décris de mon mieux ces journées :

Sur la berge, le défilé habituel des touristes en vacances, des amoureux la main dans la main, des maîtres avec leurs chiens en laisse, trois de préférence, des visages pâles, d'autres brûlés par le soleil, et sur la plage un étalage de chair à griller. Le long de la rive, la tête des palmiers ploie à peine sous le vent. Des perroquets verts très animés les envahissent. Le soleil peint d'argent le sable dont les vagues se retirent. Un homme tenant son chien en laisse longe la rive. Il salue au passage une femme en quête de coquillages. Des pigeons passent en bandes, suivis d'hirondelles occupées à arpenter le ciel.

Dans les restaurants tout autour l'alcool coule à flots, sangria, bière, gin, whisky. Les serveurs se fendent en quatre pour satisfaire tout ce beau monde. Plusieurs plats circulent, plus appétissants les uns que les autres. Au large, des voiliers se suivent à la queue leu leu. Couché sur l'horizon, un paquebot de croisière trace sa route vers des destinations de rêve. Les vagues laissées sur son passage viennent lécher au loin les remparts protecteurs du port. Des familles entières pique-niquent sur la plage à l'ombre de parasols multicolores. Un soleil généreux, peu de vent et des airs de musique, voilà le cocktail idéal pour oublier les malheurs qui parsèment nos vies.

La Costa del Sol, c'est Malaga avec ses restaurants et sa cathédrale, Torremolinos et sa rue San Miguel, Benalmadena et son port de plaisance, Fuengirola où je m'installe chaque hiver dans une petite villa, les pieds presque dans l'eau à prendre le temps de respirer et de vivre.

Quand je reviens au pays, le printemps est à nos portes. Je rapporte de mon séjour le souvenir de beaux jours où la vie se laisse apprivoiser dans ses plus beaux atours de mer et de soleil.

Chapitre 16

Ouverture au monde

Nous avons souvent tendance à nous attarder aux événements malheureux. Or, l'année 1967 fut marquée par un événement heureux qui soulignait les cent ans de la Confédération et qui se révéla, en quelque sorte, comme l'aboutissement de la Révolution tranquille. Le Québec sortait enfin de la Grande Noirceur : finies les menaces d'excommunication, la censure à outrance, l'obligation de jeûner, l'interdiction de danser. La vie pouvait apporter tout de suite et maintenant sa part de bonheur. Pourquoi alors s'en priver, puisque nous vivions dans un pays qui nous offrait désormais la possibilité d'adhérer à ce style de vie ?

Le Québec était sorti pour de bon de sa torpeur. D'ailleurs, trois ans plus tard, Renée Claude chantait :

C'est le début d'un temps nouveau
La terre est à l'année zéro
La moitié des gens n'ont pas trente ans
Les femmes font l'amour librement

En cette année 1967, le monde entier tourna les yeux vers Montréal, où se déroulait l'Exposition universelle. Six mois de célébrations pendant lesquels défilèrent plus de cinquante millions de visiteurs. Ce gigantesque projet nécessita un agrandissement de l'île Sainte-Hélène et la création de l'île Notre-Dame, où furent érigés les pavillons de la majorité des soixante et un pays participants.

En tant que journaliste, j'eus l'occasion de suivre au jour le jour la création de ces chefs-d'œuvre. Quel magnifique spectacle ! Sous le thème « Terre des hommes », inspiré du titre éponyme du roman d'Antoine de Saint-Exupéry, l'exposition prit petit à petit sa place au soleil. Ce thème soulignait le désir de solidarité entre les nations.

Elle attira à Montréal un nombre considérable de personnalités venues du monde entier, par exemple le général de Gaulle qui en profita pour lancer son fameux cri de ralliement : « Vive le Québec libre ! »

L'Expo 1967 fut en quelque sorte une bouffée d'air frais dans notre ciel laurentien. Quelle joie de pouvoir visiter les pavillons des différents pays avec toutes les merveilles qui y étaient exposées ! Que de beautés à admirer ! Les pavillons eux-mêmes par leur architecture étaient un enchantement pour l'œil. On se souviendra entre autres du dôme géodésique d'une hauteur de vingt étages du pavillon des États-Unis, celui de l'Allemagne de l'Ouest, une immense tente avec ses huit mâts, celui en verre de l'Australie, la tour entourée d'eau de la Grande-Bretagne et le bâtiment circulaire de la France composé de neuf niveaux qui, à eux seuls, valaient une visite.

Dans chacun des pavillons, on pouvait assister à des films, ainsi qu'à des spectacles de chants et de danses. Des hôtesses vêtues de costumes représentatifs de chaque pays accueillaient les visiteurs. Cette exposition contribua largement à ouvrir le Québec au reste du monde.

Dans la foulée, nos écrivains purent se faire valoir à l'international. Puisque la littérature est le reflet de la société qui la produit, l'évolution profonde de la société québécoise dans les années 1960 et 1970 s'y manifesta. D'ailleurs, les autres domaines artistiques ne tardèrent pas à suivre la même voie. Pour aborder ce sujet, je fis plusieurs recherches qui, alliées aux conseils de l'écrivain et critique littéraire François Hertel, me servirent à écrire le reportage suivant :

La Révolution tranquille des années 1960 a apporté chez nous de profonds changements de mentalité. En 1965 est paru sous la plume d'Andrée Maillet un roman intitulé Les remparts de Québec. *L'auteure y raconte la vie d'une jeune femme qui ne se sent pas bien dans son milieu et rêve de partir. Son impatience et son désir de changement, elle les partage avec tout un peuple. L'héroïne va jusqu'à dire : « Nue et les mains vides, effrayée par l'inconnu, je ressemble à ma nation. »*

Comme une voix libérée, la littérature québécoise explore ensuite différents genres. Ainsi paraissent dans les quinze années suivantes des titres importants comme : Une saison dans la vie d'Emmanuel *de Marie-Claire Blais,* L'avalée des avalées *de Réjean Ducharme,* Kamouraska *d'Anne Hébert,* La grosse femme d'à côté est enceinte *de Michel Tremblay, et d'Antonine Maillet,* Pélagie-la-Charrette. *Cette dernière se voit même décerner le prix Goncourt pour son livre. Le roman de chez nous a désormais vraiment trouvé sa place hors des frontières du Québec.*

Notre cinéma également s'ouvre tranquillement au monde. En 1963, Michel Brault et Pierre Perreault réalisent le documentaire

Pour la suite du monde. *Ce film livre des images exceptionnelles de la nature en relatant la chasse aux marsouins à L'Isle-aux-Coudres. Il est même projeté au Festival de Cannes.*

Une nouvelle génération de cinéastes est née avec Claude Jutra ainsi que Gilles Groulx, qui obtient un certain succès avec son film Le chat dans le sac. *Ils sont suivis par Gilles Carle qui réalise* La vie heureuse de Léopold Z. *Pendant ce temps, Pierre Perreault continue de surprendre avec des films comme* Le règne du jour *(1967) et* Les voitures d'eau *(1968), qui s'intéressent à la vie des gens de L'Isle-aux-Coudres.*

Jean-Claude Labrecque s'inscrit à son tour dans le cinéma direct avec La visite du général de Gaulle au Québec *(1967) et* La nuit de la poésie 27 mars 1970 *(1971). On ne s'étonne pas de voir sortir en 1974 un film faisant référence à la crise d'Octobre de 1970 avec* Les Ordres *de Michel Brault.*

Puis les cinéastes s'attaquent aux tabous de la sexualité avec Valérie *de Denis Héroux (1969) et* Deux femmes en or *de Claude Fournier (1970). En 1971 sort le film* Mon oncle Antoine *de Claude Jutra et, en 1972,* La vraie nature de Bernadette *de Gilles Carle. Denys Arcand arrive en 1973 avec* Réjeanne Padovani *et Jean Beaudin, en 1976, avec son magnifique film* J. A. Martin, photographe.

Le monde de la chanson n'est pas en reste. Félix Leclerc, précurseur dans les années 1950, pave la voie vers la France avec des chansons comme Notre sentier, Moi, mes souliers *et* Le p'tit bonheur. *Lui emboîtent le pas, avec un vif succès, Jean-Pierre Ferland et Claude Léveillée.*

Avec Feuilles de gui, *Ferland remporte le concours* Chansons sur mesure *à Bruxelles. Claude Léveillée, qui a écrit des chansons pour Édith Piaf et a séjourné à Paris en 1959, produit au cours des années 1960 ses plus grandes réussites :* Frédéric, La légende du cheval blanc *et* Les vieux pianos.

Gilles Vigneault et Robert Charlebois font à leur tour leur entrée. Vigneault se fait connaître avec ses chansons La danse à Saint-Dilon, Pendant que *et* Jack Monoloy. *Charlebois assure sa place avec* Lindberg, Les ailes d'un ange *et* Je rêve à Rio, *même s'il ne reçoit d'abord qu'un accueil mitigé à l'Olympia de Paris en 1969.*

En 1974, au spectacle de la Saint-Jean sur les plaines d'Abraham, Charlebois, Vigneault et Leclerc font fureur avec une chanson qui reste gravée dans toutes les mémoires, J'ai vu le loup, le renard, le lion.

En humour, Yvon Deschamps occupe une place de premier plan tout comme Les Cyniques qui font le bonheur des Québécois. Une femme, Clémence Desrochers, attire également un nombreux public à ses spectacles où elle présente des monologues mémorables. Le Québec livre désormais au monde entier le meilleur de lui-même.

Chapitre 17

La conquête de l'espace

Je m'étais toujours intéressé à la conquête de l'espace, et cela depuis mon adolescence, grâce aux volumes de Jules Verne. Dès 1865, il avait publié son roman *De la Terre à la Lune* dans lequel il racontait l'histoire d'une association d'artilleurs qui, aidés de scientifiques et de militaires, parvenait à expédier trois hommes sur la Lune à l'intérieur d'un obus. Puis en 1869, il avait rédigé le livre *Autour de la Lune*. Rarement vit-on roman aussi prémonitoire. Dans celui-ci, trois hommes allaient dans l'espace à bord d'une capsule. Après avoir accompli une orbite autour de la Lune, ils revenaient vers la Terre avant d'amerrir dans l'océan. C'est ce que vécurent réellement, cent ans plus tard, les trois astronautes d'Apollo 8 en 1968.

La course vers la Lune se classa parmi les événements les plus marquants de la fin des années 1960, résultant en une compétition entre les Américains et les Russes, à savoir qui conquerrait l'espace en premier.

Les Russes prirent de vitesse les Américains en lançant, le 4 octobre 1957, Spoutnik 1, le premier vaisseau à réaliser une sortie dans l'espace et le premier satellite artificiel. Puis les Russes parvinrent les premiers à survoler la Lune avec la sonde Luna 1, le 2 janvier 1959. Le 12 avril 1961, ils fouettèrent l'orgueil des Américains en envoyant dans la fusée Vostok l'astronaute Youri Gagarine, qui fut le premier humain à effectuer un vol dans l'espace. Moins d'un mois plus tard, les Américains envoyèrent à leur tour Alan Shepard.

Le président John Kennedy fit sortir de l'ombre la NASA en lui donnant pour défi de conquérir la Lune avant la fin de cette fameuse décennie. Dès lors, la course vers le satellite de la Terre était enclenchée pour de bon. Tout au long des années 1960 se multiplièrent les vols spatiaux, à coups de satellites Spoutnik et de fusées Apollo.

Le Canada participa même en 1962 en faisant expédier par une fusée américaine le satellite Alouette 1. Les Italiens et les Français se joignirent à la fête en 1964.

Pendant que les Russes envoyaient une première femme dans l'espace en 1963, les Américains se préparaient sérieusement à explorer la Lune. Ils imitèrent les Russes en plaçant en orbite autour de la Terre d'abord des engins inhabités, puis des vaisseaux habités. Le programme Apollo débuta mal quand les trois premiers astronautes qui devaient s'envoler dans l'espace moururent au sol lors d'un essai. Le programme ne fut cependant pas annulé.

Les Russes leur damèrent le pion en réussissant un premier alunissage. La sonde soviétique Luna 9 se posa en douceur sur la Lune le 3 février 1966. Après le retard dans la course pour mettre en orbite des humains, les Américains se reprirent en expédiant trois hommes dans l'espace avec Apollo 7, le 11 octobre 1968. Les astronautes firent de nombreuses révolutions autour de la Terre pendant onze jours. Suivit Apollo 8, le 21 décembre 1968, qui devint le premier vol habité hors de l'orbite terrestre. Les trois astronautes effectuèrent dix orbites autour de la Lune et firent parvenir les premières images de la Terre prises par des humains dans l'espace.

Le 16 juillet 1969, Neil Armstrong et Edwin Aldrin posaient le pied sur la Lune. Leur compagnon Michael Collins les attendait dans le vaisseau spatial Apollo 11. À partir de là, six missions permirent à douze astronautes d'atteindre la Lune, d'y réaliser des expériences scientifiques et d'y récolter des échantillons de roches.

À ce jour, la conquête de l'espace n'en est encore qu'à ses balbutiements. Il est question de construire dans l'espace une Station spatiale internationale.

Chapitre 18

Un sérieux avertissement

À la fin des années 1960, alors que ma quarantaine était bien entamée, j'étais dans une période de ma vie où je me sentais réellement invincible. Je maîtrisais mon métier. J'avais vu certains de mes compagnons de travail prendre congé parce qu'ils se sentaient au bout du rouleau. C'était loin d'être mon cas. J'en étais rendu à travailler pratiquement jour et nuit. Je n'arrêtais pas. J'avais la tête pleine de tous les reportages sur lesquels je planchais. Je cherchai même à réactiver mon ancienne chronique « Le saviez-vous ? », dans laquelle je rapportais toutes sortes de faits divers que je récoltais un peu partout dans la presse quotidienne. Il me semblait qu'autrement nous laissions filer une foule d'informations intéressantes à faire connaître à nos lecteurs.

Je pris donc l'habitude de noter des faits de ce genre afin que, lors de mes insomnies, je puisse rédiger mes textes en pleine nuit au moyen de la vieille machine à écrire que j'avais chez moi. Ma première chronique allait comme suit :

Saviez-vous que la planète Terre n'est qu'une des milliards de planètes semblables qui gravitent dans l'univers ? La galaxie la plus proche de la Voie lactée, dont la Terre fait partie, est celle d'Andromède, située à environ 2,5 millions d'années-lumière. Quand on sait qu'une année-lumière équivaut à 9 460 530 000 000 kilomètres, soit donc 9 billions, 460 milliards et 530 millions de kilomètres, on peut mesurer l'ampleur de la distance qui nous sépare de notre voisine.

Une comparaison peut nous aider à mieux imaginer ce que cela implique. Si nous étions dans un avion filant à 600 kilomètres à l'heure, afin de nous rendre sur la Lune, située à seulement 385 000 kilomètres de notre planète, nous mettrions un mois, alors que la lumière parcourt cette distance en une seconde et quart !

Toujours à une vitesse de 600 kilomètres à l'heure, cela nous prendrait 28 ans pour nous rendre au Soleil qui se trouve à 150 millions de kilomètres de la Terre. Pourtant, la lumière du Soleil ne prend que 8,5 minutes à se rendre à la Terre. En réalité, le Soleil est déjà levé depuis 8,5 minutes quand sa lumière nous touche, et couché depuis la même durée quand sa lumière cesse de nous parvenir.

Pour atteindre Pluton, qui est situé à 6 milliards de kilomètres de nous, cela nous prendrait 1 000 ans alors que la lumière le touche en 5,5 heures.

Revenons à la galaxie d'Andromède. Située à 2,5 millions d'années-lumière de la Voie lactée, à la vitesse de notre avion, cela nous prendrait 5 millions de millions d'années pour parvenir là-bas. Comme il faut 2 milliards de millions d'années pour parcourir un milliard d'années-lumière, traverser l'univers nous prendrait donc 15 milliards de millions d'années.

Cette première chronique visait à faire prendre conscience à mes lecteurs de notre petitesse dans l'univers. On entendait si souvent parler de soucoupes volantes et de visiteurs d'autres planètes que ces chiffres avaient de quoi faire réfléchir. Ces soi-disant visiteurs devaient avoir des technologies fort avancées pour franchir de telles distances. Je n'avais qu'à y penser pour me rendre compte que toutes ces histoires de soucoupes volantes relevaient probablement de l'imagination de ceux qui prétendaient en avoir vu.

Dans ma seconde chronique, il était question du corps humain : le nombre d'os, la quantité de litres de sang, la vitesse à laquelle battait le cœur, etc.

Je n'allai guère au-delà de ces deux chroniques, car au rythme d'enfer auquel je travaillais, il m'arriva ce qu'il arrive quand le travail prend le dessus et que plus rien d'autre n'existe dans la vie. Un beau matin, je tombai en miettes comme un vieux pain sec. Tandis que je me pressais afin d'être le premier journaliste sur une scène de crime tout en allumant ma septième ou huitième cigarette en deux heures, tout se mit à tourner autour de moi. Quand je repris connaissance, j'étais dans un lit de l'Hôtel-Dieu à me demander ce qui s'était passé.

Mon cœur venait de me rappeler que je devais ralentir, autrement il pouvait s'emballer et me jouer un mauvais tour. Je passai une semaine à l'hôpital avant qu'on puisse rétablir mon rythme cardiaque. Mon cœur avait pris la fine épouvante un peu comme un cheval qui prend le mors aux dents. Le médecin me prescrivit deux mois de congé. Moi qui étais habitué à me démener comme un écureuil en cage, je me demandais bien comment j'allais y arriver.

Mon médecin me parla alors d'un appareil appelé stimulateur cardiaque, que l'on pouvait implanter sous la peau du patient et qui empêchait que le cœur ne s'emballe subitement, comme le mien venait de le faire. J'attendis quelque temps avant de subir cette chirurgie. Je vis depuis avec cet appareil qui veille à ce que je ne dépasse pas les bornes.

Chapitre 19

La crise d'Octobre

Lorsqu'on évoque certaines années, nous viennent tout de suite à l'esprit un ou des événements marquants auxquels on se réfère sans hésiter. L'année 1970 se grava à jamais dans les mémoires à cause de la crise d'Octobre. Il vaut la peine d'en rappeler les grandes lignes. Cette crise constituait en quelque sorte l'aboutissement de plusieurs années de frustration chez les membres du Front de libération du Québec ou FLQ. Ce groupe, qui avait commencé ses activités en 1963, souhaitait voir le Québec devenir un pays. Position légitime, mais ce qui l'était moins aux yeux de la grande majorité des Québécois et des Québécoises, c'était que les membres de ce groupe soient prêts à recourir à la violence au besoin.

Ce genre de mouvement nationaliste surgit tout naturellement quand les choses vont plus ou moins bien dans une société. Or, au début des années 1960, les travailleurs québécois se sentaient lésés parce que mal payés et exploités par des patrons en grande partie de langue anglaise. On comptait de nombreux chômeurs. Les mouvements indépendantistes avaient la cote. Le Rassemblement pour l'indépendance nationale (RIN) prenait du galon. Quelques-uns de ses membres prônaient l'utilisation de la force pour accéder à l'indépendance. Voyant que ce n'était pas le but du RIN, ces personnes plus extrémistes se regroupèrent pour fonder le Front de libération du Québec. Selon elles, le Québec ne pourrait obtenir son indépendance qu'en se révoltant.

Composé de petites cellules qui travaillaient à la séparation d'avec le reste du Canada et au renversement du gouvernement pour créer une société de travailleurs, le FLQ poursuivait l'idée d'obtenir cette indépendance coûte que coûte. Il passa à l'action dès 1963, comme pour marquer par un coup d'éclat sa naissance. Au cours de la nuit du 7 au 8 mars, trois bombes incendiaires furent lancées simultanément sur trois casernes de l'Armée canadienne, symbole de colonialisme aux yeux du FLQ. Le communiqué que les felquistes firent paraître ne pouvait pas être plus explicite :

Avis à la population de l'État du Québec, le FLQ est un mouvement révolutionnaire composé de volontaires prêts à mourir pour la cause de l'indépendance politique et économique du Québec.

Un autre tract du FLQ promettait l'élimination des traîtres et en appelait à la lutte clandestine. Aussitôt, les services de police de Montréal et la Gendarmerie royale du Canada se mirent à l'œuvre pour contenir ces débordements. Toutefois, les revendications ne se faisaient pas entendre qu'à Montréal. À Québec, dans la nuit du 28 au 29 mars, la statue du général Wolfe sur les plaines d'Abraham fut déboulonnée et se cassa en plusieurs morceaux en se fracassant au sol. Le 1er avril, une semaine avant l'élection fédérale, trois autres attentats eurent lieu. Une bombe explosa dans l'édifice de l'Impôt fédéral à Montréal et une autre à la Centrale des chemins de fer nationaux. Une troisième fut posée sur la voie ferrée du CN à Lemieux, comté de Nicolet. Elle fut repérée et désamorcée une heure avant le passage du train dans lequel prenait place John Diefenbaker, le premier ministre du Canada.

La police infiltra le FLQ et effectua des descentes dans les cafés, les bars et autres endroits où elle arrêtait membres et sympathisants du mouvement. Des protestations s'élevèrent contre ces arrestations illégales et on ne s'étonna pas lorsqu'une bombe éclata ensuite contre un mur du quartier général de la Gendarmerie royale.

Dans la nuit du 20 au 21 avril, un nouvel attentat causa la mort d'un gardien de nuit du Centre de recrutement de l'Armée canadienne. En guise de représailles, des drapeaux fleurdelisés furent décrochés et brûlés. Le gouvernement du Québec offrit une somme de cinquante mille dollars, à laquelle la Ville de Montréal ajouta dix mille dollars, à quiconque fournirait des renseignements pertinents sur les membres du FLQ. Le mouvement fut infiltré et un délateur, Jean-Jacques Lanciault, fournit à la police une liste des membres du FLQ. Il toucha la prime promise. Quelques jours plus tard, vingt-trois membres du mouvement étaient arrêtés. Ils se déclarèrent prisonniers politiques et furent ainsi défendus en justice. À l'exception de quelques-uns, ils furent tous condamnés à différentes peines de prison.

Au gouvernement fédéral, on croyait avoir mis fin à ce mouvement. Cependant, non seulement le FLQ n'était pas mort, mais il se créa en plus l'ALQ ou Armée de libération du Québec et le journal clandestin *La Cognée*. L'ALQ poursuivit ses interventions à un rythme régulier, ce qui donna lieu au cours de l'année suivante à toutes sortes de manifestations révolutionnaires à coups de bombes et de vols d'armes dans les casernes militaires de Montréal et de Shawinigan. La police parvint à démanteler l'ALQ en arrêtant huit de ses membres actifs. Toutefois, l'idée de l'indépendance du Québec grandissait dans la population. Le ministre libéral René Lévesque déclara que l'indépendance pouvait se faire sans fusils ni dynamite. Le FLQ l'invita à quitter le gouvernement libéral et à se joindre à ses rangs.

Par chance, les bombes qui explosaient un peu partout ne causaient le plus souvent que des dégâts matériels. L'ARQ ou Armée révolutionnaire du Québec, qui succéda à l'ALQ en 1964, commit une bourde monumentale le 29 août de cette année-là. Le vol d'armes perpétré dans une armurerie de la rue Bleury de Montréal se solda par deux morts. Cette fois, les auteurs de ce vol furent arrêtés. Deux d'entre eux furent condamnés à mort, avant de voir leur peine commuée en emprisonnement à vie. Cela marqua la fin de l'ARQ.

La visite de la reine Élisabeth II à Québec le 10 octobre 1964, durant cette période troublée, fut perçue comme un affront par les différents groupes indépendantistes. Vu la répression policière qui avait sévi lors de cette visite, cette journée fut baptisée le Samedi de la matraque. *Le Soleil* du 12 octobre fit part de ce qui s'était passé sous le titre: «La population a fait preuve de froideur». Quant à la police, elle fit du zèle en matraquant les manifestants et en procédant à trente-quatre arrestations. Le premier ministre Jean Lesage fut blâmé pour avoir sollicité la visite royale.

Le FLQ continua son œuvre dans les mois suivants. L'année 1965 débuta par l'explosion d'une bombe au

Consulat des États-Unis à Montréal. Elle fut suivie par une marche de protestation le 24 mai, fête de la Reine, qui se termina par une démonstration de violence. Pas moins de deux cent trois personnes furent arrêtées. Il s'avéra qu'une des têtes pensantes du FLQ n'était autre que le journaliste Pierre Vallières.

Le 6 mars 1966, une bombe explosa à la compagnie de chaussures La Grenade à Montréal, causant la mort d'une employée et faisant six blessés. Quinze personnes furent interrogées sur cette affaire. Les enquêteurs de la police ne mirent pas beaucoup de temps pour relier l'attentat au FLQ. Le journaliste Pierre Vallières fut soupçonné d'y avoir participé et prit la fuite aux États-Unis. Là-bas, afin de protester contre la condition difficile des Québécois, qu'il estimait être exploités par les patrons et étouffés par le gouvernement fédéral, il entama une grève de la faim au siège même des Nations unies à New York.

Arrêté et emprisonné par les autorités américaines, il profita de son séjour en prison pour écrire le volume qui le rendit célèbre, *Nègres blancs d'Amérique*. Il y comparait la situation des Québécois au Canada à celle des Noirs américains. Extradé au Canada, il fut arrêté avec son ami Charles Gagnon et inculpé de meurtre non prémédité dans l'affaire de La Grenade. Deux procès suivirent. Vallières déclara qu'il n'avait en rien participé à cet attentat. Il ajouta qu'il n'avait jamais, par ses écrits, glorifié la violence. Néanmoins, comme il fallait un bouc émissaire, le 6 avril 1968, il fut condamné pour avoir contribué « par ses écrits, ses paroles et ses attitudes » à la mort d'un être humain. Le mouvement de protestation qui suivit ce jugement fut mené par les artistes et les écrivains québécois les plus notoires. Vallières fit une nouvelle grève de la faim à la prison de

Bordeaux. La Cour d'appel statua sur son cas et déclara sa condamnation injuste.

Trois ans plus tard débuta la révision de son procès. Il se défendit lui-même et fut condamné à six ans et sept mois pour outrage au tribunal. Il commença une autre grève de la faim en affirmant: «Je quitterai la prison avant l'été, mort ou vif.» Finalement, il fut libéré sous caution quelque temps plus tard, après quatre années de prison.

Mais la véritable crise se produisit au cours du mois d'octobre 1970. Tout le monde au Québec suivit attentivement le déroulement de ce drame. Une cellule du FLQ, appelée Libération, avait planifié l'enlèvement d'un diplomate. Cette cellule était composée de Jacques Lanctôt, sa sœur Louise Lanctôt, Jacques Cossette-Trudel, Marc Carbonneau, Nigel Barry Hamer et Yves Langlois alias Pierre Séguin.

Ils passèrent à l'action le 5 octobre au matin. Ils enlevèrent à son domicile de Montréal l'attaché commercial britannique James Cross. Ils le séquestrèrent dans un logement de la rue des Récollets. Tout le Québec et le Canada furent rapidement informés de l'événement par des bulletins spéciaux de la radio et de la télévision. Les requêtes des kidnappeurs furent divulguées, accompagnées d'un manifeste de huit pages.

Le 6 octobre, *Le Soleil* publia les lignes suivantes:

Les ravisseurs réclament une réponse à leurs exigences d'ici demain matin sinon ils vont exécuter leur otage. Ces exigences sont: la non-intervention de la police; la diffusion du manifeste du FLQ; la libération des vingt-trois prisonniers politiques du FLQ; que l'on fournisse aux ravisseurs un avion pour leur transport en toute sécurité vers Cuba ou l'Algérie, et qu'y soient déposés 500 000 dollars; le réengagement par le ministre des Postes des «gars de Lapalme»; et enfin le nom et la photo du délateur responsable du démantèlement de la dernière cellule du FLQ.

Les gouvernements du Québec et du Canada s'allièrent pour gérer la situation. Un deuxième communiqué des ravisseurs fut divulgué, accompagné d'une lettre de monsieur Cross à sa femme. Ils renouvelaient le délai de vingt-quatre heures accordé aux autorités pour accepter leurs demandes. Après cela, ils exécuteraient leur otage. Un autre communiqué et une autre lettre suivirent dans la même journée. Pour gagner du temps, le gouvernement du Québec rejeta l'ultimatum, tout en affirmant qu'il était prêt à négocier.

Parallèlement, la police était en chasse. Elle soupçonnait une foule de membres du FLQ. Elle en arrêta plusieurs, mais dut les relâcher parce qu'ils ne savaient rien de l'affaire. Comme preuve de bonne volonté du gouvernement, les kidnappeurs demandèrent à ce que leur manifeste soit lu à la radio. Avant même que monsieur Choquette, le ministre de la Justice, n'accorde cette autorisation, un journaliste de la station de radio CKAC le lut intégralement le 7 octobre.

Le 8 octobre, commençant à s'impatienter, les ravisseurs déclarèrent dans un communiqué que si rien ne bougeait avant minuit, le diplomate serait exécuté. Le 10 octobre, le ministre de la Justice annonça à la télévision que le gouvernement québécois rejetait toutes les demandes du FLQ, à l'exception d'un sauf-conduit vers un pays étranger en échange de la libération de James Cross.

Sur ces entrefaites, Paul et Jacques Rose, de même que Francis Simard et Bernard Lortie, membres d'une autre cellule du FLQ, décidèrent de faire diversion pour aider la cellule Libération. Le 10 octobre au soir, la cellule Chénier enleva le ministre québécois du Transport et de l'Immigration, Pierre Laporte, devant sa demeure de Saint-Lambert.

Le lendemain, quelques minutes avant la fin de l'ultimatum lancé à la suite de ce nouvel enlèvement, le premier ministre Bourassa annonça qu'il était prêt à négocier. Il acceptait de libérer les membres du FLQ en prison, mais demandait une garantie comme quoi les deux otages auraient la vie sauve. Dès lors, les négociations commencèrent entre les ravisseurs et le gouvernement du Québec.

De son côté, le gouvernement fédéral de Pierre Elliott Trudeau procéda à la mise en place de la *Loi sur les mesures de guerre*. Le Québec fut envahi par l'armée canadienne. La police multiplia les descentes, arrêtant toute personne qu'on soupçonnait d'être membre ou sympathisant du FLQ. Pas moins de cinq cents personnes furent écrouées et plus de trente mille perquisitions eurent lieu. La ville de Montréal surtout était considérée comme une zone de guerre et contrôlée par huit mille soldats armés. Aucune accusation ne fut portée contre les personnes arrêtées, mais elles passèrent au moins une semaine sous les verrous, certaines y restant même jusqu'à vingt et un jours.

Le 17 octobre, deux journalistes de la station CKAC reçurent le message suivant: «Face à l'arrogance du gouvernement fédéral et à son valet Bourassa, face à leur mauvaise foi, le FLQ a donc décidé de passer aux actes. Pierre Laporte, ministre du chômage et de l'assimilation, a été exécuté à 6 h 18 ce soir par la cellule Dieppe (Royal 22e). Vous trouverez le corps dans le coffre d'une Chevrolet verte (no 9J 2420) à la base de Saint-Hubert. Deuxième entrée.

Nous vaincrons.» Le corps de Pierre Laporte fut en effet retrouvé peu après.

Le journal *Le Soleil* rapporta ainsi l'événement:

Laporte torturé. Le lieu de la séquestration a été découvert à un demi-mille de là où on a trouvé le corps du ministre. Il aurait été torturé cruellement avant d'être étranglé au moyen d'un fil de fer. L'assassinat du ministre Laporte suscite de partout des sentiments d'indignation, d'horreur et de honte. On craint de plus en plus pour la vie de monsieur Cross. Mais une lettre de ce dernier rassure tout le monde. Les ravisseurs le considèrent comme un prisonnier politique et n'attenteront pas à sa vie. Ils le traitent bien. Sa libération est conditionnelle au relâchement de leurs camarades.

Le FLQ fut vivement blâmé pour ce meurtre, mais le refus de négocier des deux gouvernements ainsi que l'application de la *Loi sur les mesures de guerre* ne le furent pas moins. Le 2 décembre, Jacques Cossette-Trudel et Louise Lanctôt furent arrêtés. En échange de la remise en liberté de monsieur Cross, on promit à tous les membres de la cellule Libération et à leur famille un sauf-conduit pour Cuba. Le 3 décembre, escortés par les policiers, les ravisseurs relâchèrent leur otage et montèrent dans un avion Yukon des Forces armées canadiennes pour s'envoler vers Cuba. Cinquante-neuf jours après son enlèvement, James Cross fut enfin libéré.

Entre 1978 et 1982, les membres de la cellule Libération rentrèrent graduellement au Canada. Louise Lanctôt et Jacques Cossette-Trudel, après avoir désavoué publiquement le FLQ, furent condamnés à deux ans de prison et libérés après huit mois. Jacques Lanctôt revint au pays au début de 1979. Parce qu'il refusa de désavouer ses actions de 1970, il fut condamné à trois ans de pénitencier. Les autres exilés, Marc Carbonneau, Nigel Barry Hamer et Yves Langlois, eurent tous trois à purger des peines de prison.

Quant aux membres de la cellule Chénier, qui avaient enlevé et assassiné le ministre Pierre Laporte, ils durent également faire face à la justice. Paul et Jacques Rose, ainsi que Francis Simard, furent arrêtés le 28 décembre. Avec Bernard Lortie, ils furent tous accusés. Paul Rose et Francis Simard furent condamnés à la prison à vie, Bernard Lortie, à vingt ans d'emprisonnement et Jacques Rose, à huit ans.

Voilà donc en résumé ce que fut l'action du FLQ au Québec.

Chapitre 20

L'affaire Marion

À la fin des années 1970, un événement retint particulièrement mon attention : l'enlèvement d'un certain Charles Marion. Étant moi-même un Marion, je m'intéressai de près à cette séquestration, dont la durée s'étala du 6 août au 27 octobre 1977 et nous tint tout ce temps en haleine.

Curieusement, le journal *Le Soleil* ne rapporta le rapt que le 10 août, sous le titre : « Mystérieux enlèvement à Sherbrooke. Un million exigé en échange de Marion ». L'article se lisait comme suit :

Une soixantaine de policiers de la Sûreté du Québec, dont un groupe de spécialistes en provenance de Montréal, n'ont pas encore retrouvé Charles Marion, le gérant de crédit de la Caisse populaire Desjardins de Sherbrooke-Est, qui a été kidnappé samedi soir dernier, le 6 août. Les ravisseurs réclament une rançon d'un million de dollars. Par contre, le véhicule ayant servi à l'enlèvement a été repéré dans le stationnement de l'aéroport de Sherbrooke. Les ravisseurs ont expédié deux messages. Le premier invite monsieur Nebets à entrer en contact avec monsieur Noiram. Il s'agit tout simplement d'inverser les lettres de ces deux noms pour constater qu'on demande à monsieur Steben, directeur de la caisse populaire en question, d'entrer en contact avec monsieur Marion.

Rappelons que monsieur Marion était à son chalet de Stoke, à quinze milles de Sherbrooke, en compagnie de mademoiselle Aline Yergeau, une secrétaire de la caisse populaire, quand il a été kidnappé par deux individus cagoulés. Mademoiselle Yergeau a été retrouvée ligotée à un cabinet d'aisances derrière le chalet. C'est elle qui a raconté comment s'est déroulé l'enlèvement.

Cette séquestration serait la plus longue jamais vue au Québec. Les ravisseurs firent parvenir une photo de leur otage avec un revolver braqué sur sa tempe droite et tenant contre sa poitrine un exemplaire d'un hebdomadaire dominical. C'était du sérieux et la police le savait. Sur la photo, monsieur Marion ne portait pas les mêmes vêtements que lors de son rapt.

Cette affaire donna lieu à de nombreuses rumeurs. Certains prétendirent que des sommes considérables d'argent avaient été transportées de Montréal à Sherbrooke. D'autres laissèrent plutôt entendre que monsieur Marion aurait organisé lui-même son enlèvement, pour mettre la main sur le montant de la rançon.

Le Soleil du 13 août titrait: «Marion recouvrirait la liberté sous peu». C'était un message des Caisses populaires Desjardins aux ravisseurs qui laissait croire à cette proche libération. En effet, le Mouvement Desjardins était prêt à verser le million demandé pour la rançon. Par ailleurs, monsieur Marion avait écrit un mot à sa famille, accompagné d'une photographie où il avait le visage ensanglanté, et dans lequel il se disait en danger de mort. On n'avait aucune idée de l'endroit où se terraient les criminels. Ces derniers faisaient parvenir des messages difficiles à interpréter.

Un grand mystère entourait cet enlèvement. La police ne pouvait plus dire avec certitude si monsieur Marion était toujours vivant. Dans la population, on était d'avis qu'une vie humaine valait bien un million, mais qu'il ne fallait pas céder au chantage et qu'il fallait mettre au plus vite la main au collet des ravisseurs.

On spécula sur le dernier message de monsieur Marion à son épouse. Il lui écrivait qu'il l'aimait depuis qu'il avait fait sa connaissance à l'âge de dix-huit ans. Or, il ne l'avait rencontrée qu'à l'âge de vingt-deux ans. Certains y voyaient là un code secret envoyé par Marion. Était-ce un ultimatum signifiant la date du 18 août? Était-il détenu à dix-huit milles de Sherbrooke?

Des membres de la famille Marion demandèrent en vain aux kidnappeurs de relâcher leur otage. Rien ne progressait dans cette affaire. Le quotidien anglophone *The Gazette* mentionna que les criminels utilisaient un sigle faisant penser à un enlèvement terroriste. La police traita d'irresponsable le journaliste qui avait avancé cette hypothèse et qualifia cette assertion de foutaise. Douze jours après l'enlèvement, les ravisseurs cessèrent d'envoyer des messages, laissant présager le pire.

Toutes sortes de spéculations furent émises dans les journaux au sujet du montant de la rançon qui serait passé d'un million à trois cent mille puis quatre cent mille, puis deux cent mille dollars.

L'affaire Marion ne progressant pas, beaucoup de policiers et de journalistes quittèrent Sherbrooke. On espérait un dénouement de l'affaire au milieu du mois de septembre. Même si la rançon avait baissé à deux cent cinquante mille dollars, les deux parties ne s'entendaient pas sur les modalités de l'échange. Le 16 septembre tout était mis en place pour qu'aboutisse la transaction. Le lendemain toutefois, un dernier litige demeurait. Les bandits n'acceptaient pas de libérer Charles Marion au moment même où ils recevraient l'argent de la rançon. Deux jours plus tard, à cause de ce point en suspens, Desjardins refusait d'agir avant que les ravisseurs promettent de libérer leur otage quand ils recevraient l'argent. Les criminels indiquèrent qu'ils relâcheraient Charles Marion entre une heure et demie et trois heures après avoir reçu l'argent. La Caisse Desjardins de Sherbrooke-Est accepta finalement ce marché. Cependant, la tentative de remise de l'argent aux ravisseurs le 23 septembre échoua. La rançon devait être déposée dans le rang 9 de Saint-Gérard, à une quarantaine de milles de Sherbrooke. Deux gardes-chasses qui passaient par là firent malgré eux avorter l'opération.

Un nouveau plan fut élaboré. Le dernier jour de septembre, la rançon devait être déposée dans la région de Lennoxville. L'échange échoua également. Le montant avait pourtant doublé et était passé à cinq cent mille dollars. De délai en délai, il y avait maintenant cinquante-six jours que Charles Marion était détenu.

Ce ne fut que le 27 octobre que les ravisseurs mirent la main sur l'argent de la rançon. Quant à Charles Marion, il fut relâché près de l'aéroport de Sherbrooke vingt-quatre heures plus tard. En fin de compte, la rançon n'était pas de cinq cent mille dollars, mais bien de cinquante mille dollars. Pierre Marion, le fils de l'otage, et son ami Jean Martineau l'apportèrent. Il n'y eut pas d'arrestations. La famille Marion, par l'intermédiaire de Céline, la fille de Charles Marion, communiqua la nouvelle aux médias. Son père avait été transporté à l'hôpital Saint-Vincent-de-Paul. Son état était satisfaisant. Certains soupçonnaient encore Charles

Marion d'avoir orchestré lui-même son enlèvement. La famille dut blanchir sa réputation.

Le 29 octobre, le journal *La Tribune* de Sherbrooke titrait: «Quatre-vingt-deux jours dans la vermine». On apprit quel avait été le sort de monsieur Marion pendant toute sa détention. Il avait été attaché par le cou, la taille et une cheville à des chaînes ancrées dans un plancher de ciment. Tous les quatre à cinq jours, un des ravisseurs lui apportait de la nourriture et lui faisait copier et signer des documents dans ce lieu infect et plein de vermine. Charles Marion avait beaucoup maigri et semblait avoir vieilli de dix ans. Il avait vécu là une très dure épreuve.

Comme il arrive toujours dans ce genre d'événement, les journalistes firent toutes sortes de spéculations à la fois sur le lieu de détention de Marion et sur le nombre de ses ravisseurs, puis après avoir consacré des pages et des pages à cette affaire, ils se désintéressèrent du sujet jusqu'au 28 juin 1978, quand furent arrêtés les présumés auteurs de l'enlèvement, Claude Valence et Michel De Varennes. Ils avaient été repérés après que De Varennes eut utilisé un billet de banque, partie de la rançon, que Desjardins avait pris soin de marquer à la demande des policiers. Apparemment, les deux hommes préparaient cet enlèvement depuis 1975 et, pour ce faire, ils avaient construit à Gould la cache où ils comptaient enfermer leur otage. Ils subirent leur procès devant jury. De Varennes fut condamné à douze ans de prison et Valence à seulement six ans pour extorsion.

Pour démontrer à quel point les gens sont des voyeurs, pas moins de quinze mille personnes se rendirent en une fin de semaine à la cache où Charles Marion avait été détenu. Des planches d'un des murs de cette cachette furent même emportées en guise de souvenirs.

Chapitre 21

Les aléas de la vie

Quand tout va bien dans notre vie, nous enfilons les jours sans trop nous soucier de ce qui pourrait nous arriver. Chaque jour, j'entrais au journal tôt le matin. J'y restais pratiquement jusqu'au soir, le nez dans ma paperasse. J'étais si absorbé que je ne voyais pas les jours et les semaines filer. Puis, un beau jour de la toute fin de décembre 1983, ma vie tourna au cauchemar.

J'étais en marche vers le bureau. Juste comme je traversais la rue Saint-Vallier, une voiture taxi surgit brusquement. Je courus afin d'éviter d'être heurté et glissai sur une plaque de glace. Mes deux pieds partirent en l'air et je tombai de tout mon poids sur le dos. Ma tête heurta violemment le trottoir.

Quand je repris connaissance, près de deux semaines plus tard, j'étais de nouveau dans un lit de l'Hôtel-Dieu, coincé dans un carcan de plâtre. On m'expliqua ce qui m'était arrivé. En tombant sur le trottoir, en plus de m'être assommé, je m'étais fracturé quelques côtes et une hanche.

J'en avais donc pour plusieurs semaines à être immobilisé. J'avais toujours été un homme actif. Au bout de quelques jours, je me mis à souffrir autant de mon inactivité que de mes fractures. Par chance, je pouvais me servir de mes mains. Je me rappelai qu'avant mon accident, je travaillais sur un nouveau reportage. Je demandai à un confrère venu me visiter de m'apporter de quoi écrire avec la documentation qui se trouvait sans doute encore sur mon bureau. Ainsi, je pus me remettre au travail.

Durant mon séjour, je tombai amoureux de Marjolaine, une des infirmières et, dès que je fus de nouveau sur pied, je me mis à la fréquenter. De retour au bureau, à la suggestion de mon patron, je consacrai mes journées à réfléchir à ce qui avait marqué le plus le Québec et le reste du monde au cours de ma longue carrière de journaliste.

C'est ainsi que je fis un survol de divers événements importants, comme celui de la lutte des femmes pour obtenir l'égalité, tout comme ceux reliés à la politique ou à la religion, sans oublier ceux du monde de la littérature et des arts. J'occupai donc mon temps à bon escient durant cette période de convalescence.

Chapitre 22

Les derniers milles

À la fin du printemps 1984, je terminai ma grande rétrospective des principaux événements qui avaient marqué ma carrière. Elle fut publiée dans *Le Soleil*. J'étais fort heureux d'avoir accompli ce travail. Toutefois, à force de me replonger dans les faits majeurs des trois dernières décennies, je me rendais compte à quel point mon travail m'avait accaparé tout ce temps. Une fois de plus, je me louai d'être resté célibataire. Comment aurais-je pu m'occuper d'une famille, tandis que mon métier bouffait toute ma vie ? Néanmoins, j'étais très content de compter désormais sur une compagne comme Marjolaine.

Puisque j'étais bien remis de mes blessures, mon patron me confia un nouveau reportage. L'occasion se présenta au mois de juin dans le cadre des fêtes *Québec 84*, lesquelles soulignaient les quatre cent cinquante ans de la venue de Jacques Cartier à Québec. Au programme, on comptait pas moins de mille cinq cents activités : concerts, soupers champêtres, banquets, parades militaires, soirées de danses, compétitions sportives de toutes sortes, courses navales, discours patriotiques et humoristiques, etc. Mon patron me demanda de rapporter ce qui avait trait à la venue à Québec des grands voiliers du monde entier et en particulier à la parade à laquelle ils prendraient part. J'étais vraiment heureux de couvrir cet événement grandiose. Ces célébrations, j'en étais persuadé, marqueraient à jamais nos vies.

L'arrivée des premiers grands voiliers à Québec fut en quelque sorte le coup d'envoi des soixante-trois jours de festivités de *Québec 84*. Malgré un temps plutôt maussade, pas loin de deux cent cinquante mille personnes se retrouvèrent au Vieux-Port de Québec en trois jours. À lui seul, le spectacle de Robert Charlebois attira vingt mille spectateurs. La parade de ces imposants voiliers se déroula le 30 juin. J'en fis le reportage suivant:

On estime qu'un million de personnes ont assisté au défilé des grands voiliers sur le Saint-Laurent le 30 juin. Une soixantaine de ces grands navires provenant de différents pays ont paradé devant Québec, avant de poursuivre leur trajet vers la mer. Que d'émotion de voir défiler ces bateaux à voiles, rappelant par leur passage la venue sur nos rives, en 1534, de Jacques Cartier dans sa frêle embarcation! C'est tout un monde d'histoire ancienne qui a été évoqué par ces vaisseaux, tel le splendide navire Simon Bolivar, *du Venezuela. Debout sur les vergues, une soixantaine de marins de ce bateau criaient à l'unisson: «Au revoir, Québec!» et «Vive les Québécois!». Le géant des mers, le quatre-mâts* Kruzenshtern *russe, avec ses deux cents membres d'équipage, fut également chaudement applaudi, tout comme le* Mlodziezy *de Pologne et le* Sagres, *ce navire-école portugais arborant de grandes croix rouges sur ses voiles.*

Si on se fie aux applaudissements et aux coups de klaxon venant des deux rives, ces voiliers ont provoqué un fort ravissement chez tous ceux et celles qui ont eu le privilège de les admirer.

Il y avait de quoi se réjouir. L'un après l'autre, ces magnifiques rois des mers ont soulevé l'enthousiasme. Le simple fait de les voir filer majestueusement, pavillons au vent, entourés de dizaines de petites embarcations de tous genres a constitué un spectacle inoubliable. J'ose à peine imaginer combien de milliers et de milliers de photographies leur passage a générées.

Cet article parut le lendemain dans *Le Soleil*, mais je n'eus pas l'occasion de m'en réjouir. En effet, le 30 juin, après avoir assisté depuis Lévis au départ des premiers voiliers, il me prit l'idée de me rendre en vitesse à Montmagny pour admirer une dernière fois les grands voiliers sur le chemin du retour vers leur pays respectif. Je passai quelques heures là-bas, attablé à la terrasse d'un bar qui donnait sur le fleuve. En revenant de Montmagny, je m'arrêtai à Saint-Romuald, où demeurait mon amie Marjolaine. J'expérimentai ensuite un incident fort étrange.

La Providence nous amène parfois à vivre des événements dont elle seule a le secret. Je n'étais pas pressé de prendre ma retraite. J'avais vu plusieurs de mes confrères journalistes prendre la leur avant moi. J'avais aussi été témoin de l'écroulement parfois subit des projets qu'ils avaient rêvé de réaliser durant cette période tant attendue. Je songe en particulier à un journaliste sportif qui se promettait mer et monde. Je le vois encore, à la soirée donnée en son honneur à l'occasion de son départ, lever son verre, chanter et célébrer à l'avance tous les beaux jours où il n'aurait plus à faire de comptes rendus des parties de hockey. Je me souviens encore de ce qu'il m'a confié ce soir-là.

—Je te le dis, Maxime. Je me promets d'en profiter à plein. Sais-tu ce dont je ne m'ennuierai pas ?

— Quoi donc ?

— De cette maudite obligation de courir comme un fou afin de respecter les heures de tombée. On est toujours sur les nerfs et on n'arrête pas une minute pour reprendre notre souffle. Je ne sais pas si tu es comme moi, mais j'en rêve la nuit. Je suis journaliste vingt-quatre heures sur vingt-quatre. À partir de tout de suite, je vais enfin vivre.

Le pauvre avait trop célébré et surtout trop bu. Il se tua le soir même avec sa voiture en retournant chez lui. Quel malheur ! En un instant, le rêve de cet homme s'était envolé.

Ses paroles me restaient en tête, à propos du fait qu'il allait enfin commencer à vivre le jour de sa retraite. Pour ma part, je ne me sentais pas prêt à prendre la mienne. Mon travail était toute ma vie et j'ignorais bien comment je pourrais m'occuper sans cela. C'est sans doute pour cette raison que le destin s'en mêla. Je vécus une expérience singulière qui changea du tout au tout ma façon de voir les choses. J'en tirai un récit fort intéressant.

DEUXIÈME PARTIE

MES AMIS BEAUCERONS

ÉTÉ 1984

Chapitre 23

Mon arrivée

Vous expliquer comment je suis arrivé parmi eux, je ne le saurais pas, parce que, ce soir-là, j'avais trop bu et je ne savais pas ce que je faisais là. Ils m'ont accueilli sans me poser de questions, des gens au cœur grand comme le monde, oui, vraiment, des gens comme nous croyons qu'il n'en existe plus, mais qui vivent sans doute un peu partout, sauf que nous ne savons pas les découvrir.

Laissez-moi vous les présenter, à tout le moins, pour tout de suite, ceux que j'ai rencontrés en premier, sous les noms que je leur ai donnés, qui ne sont pas leurs véritables noms. Les autres viendront au fur et à mesure du déroulement de mon récit. Pourquoi vous les faire connaître sous de faux noms ? Parce qu'ils me l'ont demandé. Mais à ça nous reviendrons plus tard.

D'abord, il y a Yolande, une femme dans la soixantaine avancée, cheveux blancs et rides aux joues, avec des yeux de velours. C'est elle qui, avec son mari, m'a ramassé dans le fossé en face de leur maison. Ça, elle me l'a appris par la suite, c'est de même que je l'ai su. Elle n'a pas appelé la police. Elle a crié à son mari Martial de venir l'aider et il est arrivé avec sa figure ronde d'homme de bonne humeur. Ils m'ont examiné et ils ont tout de suite vu que je n'étais pas blessé gravement. Allez comprendre pourquoi un homme saoul sort souvent indemne d'un accident dans lequel quelqu'un de bien à jeun trouverait la mort ou serait grièvement blessé.

Aidé de Yolande, Martial m'a traîné jusque sur leur perron. Parce que je pèse deux cents livres, ils auraient eu de la difficulté à me lever, surtout que j'étais inconscient. Comme j'avais mon portefeuille dans une de mes poches avec, à l'intérieur, mon permis de conduire et mes cartes d'identité, ils ont su qui j'étais. Voilà encore ce que Yolande m'a confié plus tard, car moi-même j'avais oublié jusqu'à mon nom et, voyant cela, ils ont mis du temps avant de me redonner mes effets. Ils désiraient savoir si je me souvenais de quoi que ce soit. En découvrant mon identité et en constatant que je n'étais pas armé, ils en ont conclu que je ne pouvais pas être quelqu'un de bien dangereux et ont décidé, au lieu de me laisser dehors sur leur perron, de me traîner jusque dans leur cuisine, où ils m'ont étendu sur un vieux matelas pour me laisser dessaouler jusqu'au lendemain matin afin que je revienne à la réalité.

Ce qui autrement les inquiétait, c'était la grosse prune que j'avais sur le front, ainsi qu'une plaie à la tête qui saignait passablement. Yolande, une ancienne infirmière, m'a mis de la glace sur le front et a nettoyé ma plaie avant de la panser. Pour le reste, je n'avais que de légères ecchymoses dont ils ne se sont pas souciés.

Comme on dit, j'ai été chanceux dans ma malchance de tomber sur d'aussi bons Samaritains. Quand, au bout de plusieurs heures, je suis revenu à moi, avec le cœur dans la gorge et la tête dans les pieds, ils étaient quatre à me regarder avec des points d'interrogation dans les yeux. Ils m'ont tout de même laissé le temps de reprendre mes esprits. Je me suis rafraîchi la figure et le cou avec l'eau de leur évier de cuisine. Et c'est ensuite que j'ai appris qui étaient les propriétaires de ces yeux-là : Yolande et Martial, de même que Georges-Aimé, le cousin de Martial, et Annabelle, sa femme.

Tout cela ne me disait pas qui j'étais au juste, et ils ont eu beau me questionner, je n'étais pas en mesure de leur répondre. J'imagine que ça devait leur paraître étrange. Vous venez en aide à quelqu'un et il ne sait plus qui il est. Il est vrai que, sans être blessé gravement, j'avais été drôlement secoué en prenant le fossé.

Comment suis-je sorti de la voiture ? Je le sais, parce qu'ils me l'ont raconté. J'en ai été éjecté. Par contre, comment j'ai abouti devant chez eux, je n'en ai aucune idée. Je suppose que j'ai tout simplement roulé comme une boule de quilles dans le champ de foin, sans par miracle buter sur des pierres ou d'autres obstacles. Aussi, j'ai été long à raconter mon histoire, parce que les événements de la veille me revenaient difficilement, comme par bribes. La première chose dont je me suis souvenu, c'est que j'avais une auto. Ils m'ont demandé de quelle marque et je n'ai pas pu répondre. Yolande a commenté :

— On t'a retrouvé dans le fossé pas loin de chez nous, hein, Martial ?

— C'est ça. On a entendu un bruit terrible. On a tout de suite su qu'une auto venait de prendre le champ. On est allés voir et on s'est vite rendu compte qu'elle était vide. Après on a remarqué plein de bouteilles de bière dedans et autour. Puis, en regardant bien, Yolande t'a aperçu sur le dos dans le fossé avec le front en sang. On te croyait mort.

Quand on a été certains que tu n'avais rien de grave, on t'a transporté chez nous.

— Vraiment ? Qu'est-ce que vous avez fait de ma voiture ?

— On a appelé Edgar Maheu, pour qu'il la remorque jusqu'à son garage. Pendant ce temps-là, on a effacé toutes les traces et on a ramassé les bouteilles compromettantes. Heureusement, il faisait noir, les voisins habitent loin et personne n'est passé. On était sûrs qu'il n'y aurait pas de placotage à la police.

— Et ma voiture accidentée ?

— Edgar Maheu est un ami ! Il l'a camouflée avec une toile dans son garage et a enlevé la licence. De même, personne saura qu'elle est à toi, à moins que tu veuilles que ça se sache. Elle est passablement bossée, mais c'est réparable, a ajouté Martial, et si tu donnes le O.K. à Edgar, il va te la remettre à neuf pour pas cher. En plus, t'es chanceux parce qu'il travaille très bien.

Chapitre 24

L'amnésie

Ensuite, j'ai tâché de remonter un peu plus loin dans ma mémoire. C'était très vague. J'ai cru me souvenir que j'avais roulé longtemps de gauche à droite et vice versa en prenant la première route qui se présentait devant moi, de telle sorte que je n'avais aucune idée du lieu où je me trouvais. J'étais parti en vitesse d'un endroit, mais d'où et pourquoi au juste? Sans doute que quelque chose de pas très heureux m'était tombé dessus, mais quoi? Je m'en souviendrais peut-être bien un jour. Pour le moment, c'était loin d'être le cas.

— Sais-tu où tu es? m'a demandé Martial.

— Aucune idée.

On était dans l'avant-midi, il faisait soleil dehors. Il a voulu faire un test. On est sortis sur la galerie. Il m'a dit:

— Regarde autour!

Nous nous trouvions près d'une route de campagne, non loin d'un petit village dont j'apercevais les maisons à travers les arbres, de même que le clocher de l'église.

— On est à côté d'un village, mais dans quel coin, ça, je ne saurais pas le dire.

On aurait pu aussi bien être dans Portneuf que dans Lotbinière, Bellechasse ou Charlevoix. Tous les petits villages se ressemblent. Martial m'a finalement appris :

— On est en Beauce. Il n'aurait pas fallu, dans l'état où tu étais, que tu te retrouves aux lignes américaines, parce qu'alors t'aurais eu bien du temps pour réfléchir au malheur qui t'arrivait.

Après, ils ont voulu voir si je recouvrais la mémoire. Ils m'ont demandé ce que je faisais dans la vie. En fait, ce n'est pas Martial ni Yolande, pas plus que Georges-Aimé et Annabelle, les deux autres paires d'yeux qui me regardaient à mon réveil, qui m'ont questionné, mais bien Hélène, l'amie de Yolande, venue lui rendre visite. C'était une belle et solide femme avec une forte poitrine, une voix franche et directe. Elle ne semblait pas croire que j'aie pu perdre la mémoire. Elle m'a demandé comme ça, sur un ton qui sous-entendait qu'elle n'allait pas s'en laisser conter :

— On peut savoir, sainte misère, qu'est-ce que tu fais dans la vie ?

— Je ne m'en souviens pas. Je réfléchis à ça depuis ce matin et ça m'échappe.

— Écrivain, ça te dit quelque chose ?

— Peut-être bien.

J'ai répondu cela au hasard. Yolande est intervenue :

— Nous, on le sait. On voulait voir si tu t'en souviendrais. Si on se fie à ta carte dans ton porte-monnaie, c'est ça que tu es, un écrivain. Mais tu as sûrement un autre métier. Te rappelles-tu lequel ?

— Aucune idée.

— Qu'as-tu écrit dernièrement ?

— Je l'ignore.

— On est mieux informés que toi, a enchaîné Martial. Tu as écrit un livre intitulé *Le testament de ma mère*. C'est ce que j'ai lu au revers de ta carte.

Georges-Aimé a eu comme un sursaut et a demandé :

— Tu ne serais pas plutôt une sorte de notaire ?

Il prononçait « notére ».

— Peut-être, mais je pencherais davantage pour romancier, a soutenu Martial.

— *Le testament de ma mère*, a commenté Georges-Aimé, ça fait plus notére que romancier.

Plutôt que de me la remettre, Martial m'a montré de loin ma carte et j'ai eu un *flash*.

— Cette carte me rappelle quelque chose, ai-je précisé. *Le testament de ma mère* pourrait bien être en effet un roman que j'ai écrit.

Annabelle n'avait probablement pas bien saisi ce que je venais de dire parce qu'elle m'a questionné à son tour :

— Quelle sorte de livres tu écris ?

— Sans doute des romans avec des histoires de peine et d'amour et des histoires d'amour et de peine.

— Avec du monde dedans ?

— Certainement, avec du monde dedans.

Chapitre 25

La proposition

Avant d'aller plus loin, je dois vous décrire Georges-Aimé et Annabelle. Si vous voulez vous faire une idée de Georges-Aimé, imaginez un grand homme sec, je dirais dans la soixantaine avancée. Il est chauve et ce qu'on remarque d'abord chez lui, ce sont ses mains impressionnantes, une vraie paire de raquettes. Toute menue, Annabelle, sa femme, est vive comme un moineau. Elle porte des bagues à tous les doigts de ses deux mains, à l'exception du pouce de la main droite. Ses yeux sont tellement maquillés de noir qu'elle fait penser à un raton laveur. Elle a le regard vif et me paraît très éveillée.

Martial leur a raconté ce qui m'était arrivé. Voilà pourquoi ils m'ont interrogé de la sorte. Puis Yolande a lancé comme ça :

— Si tu restais par icitte, tu en aurais des romans à écrire sur notre monde.

— Vraiment ?

— Cré donc ! Le monde d'ici, c'est du bon monde, mais pas comme ceux d'ailleurs. Ils ont quelque chose que les autres n'ont pas.

Georges-Aimé a réfléchi tout haut :

— Cimetiére de cimetiére, on est passablement méfiants. C'est parce qu'on reste proche des lignes américaines.

— Écrire sur nous autres ? Peut-être ben que oui, peut-être ben que non, a risqué Martial, qui ne semblait pas trop ouvert à cette idée.

C'est là qu'Hélène, l'amie de Yolande, a proposé :

— Si tu acceptais, il y aurait moyen d'organiser ça. Tu n'aurais pas à te fatiguer pour dormir sous un bon toit et tu mangerais le plus souvent des œufs, des cretons, du pain de ménage avec du bon beurre, du chevreuil, du lièvre et même de l'orignal. Chacun de nous te raconterait un bout de son histoire. Tu nous lirais ensuite ce que tu as écrit. Nous en discuterions pour te donner notre accord ou pas. De même, tu nous ferais connaître sans que personne ne sache que c'est de nous autres que tu parles.

— Cimetiére, l'idée n'est pas mauvaise pantoute, a approuvé Georges-Aimé. On pourrait te passer un camp pour l'été, pas loin d'ici. C'est en pleine forêt par exemple, juste de l'autre bord d'un petit lac, mais avec toutes les commodités. Tu aurais tout ton temps pour écrire, et nous autres pour te parler.

Fort à propos, Yolande est intervenue en me posant une question bien embêtante :

— Te rappelles-tu au moins comment tu t'appelles ?

J'ai secoué la tête. Je ne me souvenais pas du tout de mon nom. Martial a eu pitié de moi et, cette fois, il m'a remis ma carte en même temps que mon portefeuille. J'ai lu sur la carte : « Maxime Marion, écrivain ». Mon numéro de téléphone était inscrit dessus et au revers de la carte, écrit à la main, on pouvait lire : *Le testament de ma mère*. J'avais donc à tout le moins écrit un roman.

Sur ce, ils sont revenus avec leur idée d'un livre qui parlerait d'eux. Sans trop réfléchir, j'ai accepté. C'est comme ça que je me suis retrouvé tout l'été parmi les maringouins, les brûlots et les mouches noires, à rédiger un morceau de la vie de ces gens qui voulaient naïvement faire parler d'eux sans que personne ne puisse deviner leur véritable identité.

Chapitre 26

Le chalet

Je n'avais pour tous vêtements que ceux que je portais et ils étaient en très mauvais état. Il me manquait du linge de rechange ainsi que le nécessaire pour me laver et me raser, de même que de quoi écrire, boire et fumer. J'avais un peu d'argent dans mon portefeuille, bien que pas suffisamment pour acheter tout ça et je n'étais pas adepte des cartes de crédit.

Tout ce dont j'avais besoin, vêtements, rasoir, savon, peigne, brosse à dents, je l'obtins le lendemain de Martial et Yolande qui, accompagnés de Georges-Aimé, me conduisirent au fameux camp dont ils m'avaient parlé. « Un écrivain, me dirent-ils, ne doit pas avoir peur de la solitude. Là, tu trouveras tout ce qu'il te faut pour te faire une bonne vie et te sentir comme chez toi. Quant à ta nourriture, nous nous en chargeons. »

J'avoue que dans ma situation, sans souvenirs ou presque, je m'estimais chanceux qu'on s'occupe ainsi de moi. Voilà pourquoi j'avais accepté d'écrire l'histoire de mes nouveaux amis, en attendant de recouvrer la mémoire.

Après avoir parcouru environ cinq kilomètres en voiture, nous nous retrouvâmes au bord d'un petit lac qui, quoique près du village, me parut être un milieu sauvage, tout entouré de forêt. Je fus étonné de ne pas apercevoir d'autres chalets. Sans que j'aie à le lui demander, Martial éclaira ma lanterne.

— Comme tu vois, il s'agit d'un lac privé. Il appartient à notre gang. Dans les environs, il n'y a que le chalet ou le camp, appelle-le comme tu veux, où on te conduit.

La route s'arrêtait au bord du lac, sur une petite plage sablonneuse, près d'une cabane à bateau. Ils m'y menèrent. Dans la cabane, je comptai trois embarcations, dont une forte chaloupe propulsée par un moteur Evinrude. C'est elle qu'ils utilisèrent pour me mener en peu de temps sur l'autre rive du lac. Ils me déposèrent presque devant le camp en question.

Dans le silence des lieux, tous les bruits semblaient amplifiés et notamment celui que produisait le moteur. Je m'en rendis compte quand il s'arrêta. L'endroit était magnifique et extrêmement tranquille. Je remarquai tout de suite, à moins de cent pieds derrière le camp, une falaise qui s'élevait assez à pic et au sommet de laquelle poussaient des épinettes et des sapins. Cette dénivellation devait sans doute protéger le camp des vents du nord.

Nous fîmes le tour des lieux et ils m'aidèrent à m'installer à mon aise. L'eau pour tous les usages provenait d'un petit ruisseau qui dévalait la falaise derrière le camp et venait remplir un immense réservoir, dont le trop-plein se déversait un peu plus loin dans le lac.

L'éclairage était assuré par plusieurs fanaux Coleman. Pour avoir de l'eau chaude, il fallait allumer le poêle à bois et remplir d'eau le contenant déposé sur son flanc.

Je pouvais ensuite mélanger à même le bain cette eau chaude avec l'eau froide qui provenait du réservoir. Ça me semblait quelque peu primitif. Je le leur fis remarquer. Ils me répondirent :

— Ça a été voulu de même. Quand on était plus jeunes, on venait régulièrement au camp, chacun notre tour. Pour faire du changement dans notre routine, on ne voulait pas jouir de toutes les commodités qu'on avait à la maison. On apportait de la nourriture, du linge et tout ce qu'il fallait pour y passer une semaine ou deux, puis on retournait chez nous. Maintenant, à notre âge, on se déplace moins longtemps. Quand on vient, c'est ordinairement pour une journée ou deux, pas plus. On va d'ailleurs mettre tout ça en vente à la fin de l'été.

Il n'y avait pas de téléphone. Je leur demandai comment je pourrais communiquer avec eux. Ils m'informèrent que quelqu'un viendrait au camp à peu près tous les jours. Si je manquais de quelque chose, ils pourraient me l'apporter sans tarder.

Après leur départ, je me familiarisai tant bien que mal avec mon nouveau foyer. Il s'agissait d'un bon camp. Dans le salon étaient disposés un divan et quelques fauteuils. Une grande fenêtre, sans rideaux, donnait sur le lac qu'on pouvait pratiquement apercevoir en entier. Je m'installai de mon mieux dans la plus grande des chambres où se trouvait un lit double. Georges-Aimé y avait déposé mon maigre bagage. Dans le garde-robe, je plaçai sur des cintres ma paire de pantalons de rechange de même que deux chemises. J'allai disposer dans la salle de bain mes objets de toilette. Dans une armoire, je dénichai des débarbouillettes et des serviettes. Puis je me rendis dans la cuisine. Sur la table, je déposai mon bloc de papier à écrire, des enveloppes et des stylos. Il y avait, posée au bord de la fenêtre, une paire de jumelles. Je les pris, les ajustai à ma vue et observai tout ce qui pouvait l'être sur le lac et aux alentours. À part quelques colverts qui se prélassaient sur l'eau, je ne vis rien de particulier. Je fus par contre tout heureux d'entendre les cris et les chants des oiseaux dans la forêt qui m'entourait. J'avais l'impression d'être moins seul.

J'avais faim. Je jetai un coup d'œil dans les sacs de provisions que mes amis avaient apportés. J'y découvris du jambon, dont je me fis un sandwich avec deux belles tranches de pain de ménage. Il y avait également du fromage, du beurre d'arachide, du caramel, de la confiture de fraises, des boîtes de soupe et des conserves, du jus de tomate, des cretons, du café, du lait, des œufs, des biscuits soda, quelques bouteilles de Coke, mais pas de bière. Le frigidaire ne fonctionnait pas, ce qui me déçut un peu. De toute façon, j'allais leur demander de m'apporter de la bière et surtout, de mettre en marche le frigidaire.

Je rangeai les provisions dans la dépense. Puis j'allai m'étendre sur le lit pour essayer le matelas. Il était très bon. Je me relevai, mis la main sur des draps, des oreillers et des couvertures dans le placard de la chambre. Je fis mon lit puis, pour passer le temps, je m'emparai d'un jeu de cartes posé sur une petite table du salon. Je me lançai dans quelques parties de solitaire. Le reste de la journée, je le passai à tenter de reconstituer les événements qui avaient précédé ma chute dans le fossé, en vain. On aurait dit que je me tenais devant un tableau dont on avait effacé toutes les images.

Le soleil déclina en arrosant le ciel et la surface du lac de rouge et d'or, puis la brunante s'installa et j'entendis, venant des bois, le chant d'une grive solitaire et quelque part au-dessus du lac celui, régulier, d'un engoulevent. Je mis du temps à trouver le sommeil. La forêt bien vivante émettait un concert de bruits qui ne m'étaient pas familiers. Des arbres craquaient sous le vent qui s'était levé et j'entendis nettement le hululement d'un hibou ou d'une chouette et, au loin, ce que je pensai être la plainte d'un loup. Je fus long à m'endormir tellement de choses me trottaient dans la tête, en même temps que je me creusais les méninges pour me rappeler qui j'étais.

Chapitre 27

Première journée, première visite

Le lendemain, je fus réveillé tôt par le chant des oiseaux. Je décidai d'utiliser le poêle. Ça me faisait tout drôle d'en être réduit à me servir d'un poêle à bois pour me préparer à déjeuner. Il n'y avait pas de bois de chauffage dans le camp. Il n'en manquait cependant pas dehors, car j'en vis deux cordes près du hangar à chaloupes. Je remplis la boîte à bois. Sur le comptoir de cuisine, je vis des allumettes et de vieux journaux. J'en froissai quelques pages, que je mis dans le poêle. Je déposai du petit bois d'allumage par-dessus et tentai d'allumer. Les allumettes avaient pris l'humidité. J'en gaspillai une dizaine avant qu'une ne s'enflamme. Quand je constatai que ça brûlait bien, j'ajoutai une bûche. Ça sentait vraiment bon. L'odeur me rappelait vaguement des déjeuners semblables vécus dans un passé lointain avec des amis dont j'avais oublié les noms. Toutefois, là, ce n'était pas pareil. J'étais seul.

Quand je vis que le rond du poêle était assez chaud, après m'être assuré de sa propreté, j'y déposai une tranche de pain pour la faire griller. J'avais aussi préparé une bouilloire remplie d'eau. J'attendis que de la vapeur sorte par le bec et je me fis un café. Avec un peu de beurre de *peanut* et de la confiture sur ma rôtie, ce fut un régal.

Ce jour-là, la première à venir me raconter son chapitre ne fut nulle autre qu'Hélène. Elle me confia qu'elle avait été maîtresse d'école. C'était une personne directe. Elle s'installa sans plus de manière sur le divan du grand salon et commença :

— Bon, d'abord, je vais te dire que nous sommes tous du bon monde.

— Je n'en doute pas.

— Peut-être bien que tu changeras d'idée après ce que tu vas apprendre, parce que ce que nous avons fait n'était pas très catholique.

— Est-ce mauvais pour autant, même si ce n'est pas catholique ?

Ma réflexion lui tira un sourire.

— Ah ben ! Je n'avais pas pensé à ça.

— Il y a des choses qui ne sont pas catholiques, mais qui sont bonnes quand même.

— Comme quoi ?

— L'alcool et la danse ont longtemps été interdits par les curés, et je te mets au défi de me nommer des choses aussi bonnes. D'un autre côté, il existe aussi des faits dont les catholiques n'ont pas à se vanter.

Elle me regarda en souriant :

— À quoi penses-tu ?

— Par exemple, à la liste des péchés véniels et des péchés mortels. Le simple fait qu'une personne ait pensé à la faire démontre qu'elle avait peur de vivre et ne devait pas avoir toute sa tête, un peu comme moi présentement. Quand on y songe, il faut vraiment être obsédé pour dresser une liste de péchés et surtout décider de leur gravité.

Hélène réfléchit un peu avant de lâcher :

— C'est bien que trop vrai !

Puis elle me regarda le plus sérieusement du monde.

— Veux-tu bien me dire, toi qui es écrivain, quelle sorte d'esprit torturé a pu s'asseoir une journée pour préparer sa liste de péchés comme on fait une liste d'épicerie ?

— Et surtout, ajoutai-je, comment a-t-il pu l'imposer aux autres ?

— Tu as raison. Comment ça se fait qu'on se soit laissé embarquer là-dedans comme des girouettes ?

Là-dessus, il me passa une idée par la tête et je lui en fis part :

— Tu vois, si j'écrivais ça dans un roman aujourd'hui, je n'aurais pas de problèmes à le faire publier, mais reculons de seulement trente ans et mon roman aurait été mis à l'Index, car à cette époque pas si lointaine, il existait une liste de livres proscrits par le Vatican. C'est là que nous mesurons tout le chemin parcouru depuis cette époque.

— Pour mettre des livres à l'Index, ne fallait-il pas d'abord que le prêtre chargé de cette liste les lise ?

— Bien sûr ! Il devait les éplucher pour décider, selon ses critères à lui, ce que les autres pouvaient ou ne pouvaient pas lire.

— Ah, le vlimeux ! Il voulait être tout seul à les avoir lus. Qu'est-ce qu'il pouvait bien leur reprocher, à ces livres-là, pour empêcher les autres de les lire ?

— Des choses que la religion interdisait. Par conséquent, il ne fallait pas que ça donne des idées aux gens.

— Comme quoi, par exemple ?

— Faire l'amour en cachette avant d'être marié.

— Ah ça ! Même si les curés nous l'interdisaient, on s'en privait pas. On avait juste à se confesser après et à espérer, pour nous les femmes, de ne pas tomber enceinte.

J'aurais continué à parler longtemps de ce sujet avec elle, quand elle observa soudain :

— Je vois que tu n'as pas complètement oublié tout le passé.

— En effet. Certaines choses plus générales me reviennent à l'esprit, mais, curieusement, rien de ma vie personnelle.

— C'est bien tant mieux pour nous. Nous allons pouvoir te garder un certain temps.

J'avais hâte de savoir ce qu'elle tenait tellement à me raconter. Avant qu'elle ne commence, je lui mentionnai :

— En passant, il faudrait que tu notes que je n'ai pas de sucre, que j'aimerais bien avoir quelques bières, une pipe et du tabac, de même que des allumettes sèches et un frigidaire qui fonctionne.

Elle me promit qu'elle verrait à tout ça, puis elle réfléchit un petit moment, avant de murmurer :

— Sais-tu que si je veux te raconter les choses comme il faut, il va falloir que j'y pense encore un peu. Ça n'a pas mijoté dans ma tête comme je l'aurais voulu. Vaut mieux que je remette ça à un autre jour.

Sur ce, elle se leva, m'assurant que je la reverrais bientôt et qu'entre-temps elle m'enverrait quelqu'un d'autre pour m'apporter ce qui me manquait.

— Il faudrait aussi me fournir une chaloupe ou un canot. Je me sens prisonnier sans ça, lui demandai-je avant qu'elle parte.

— Tu as raison. On va te prêter une embarcation.

Elle partit en me saluant de la main. Elle monta dans la chaloupe dans laquelle elle était venue et fila vers l'autre côté du lac. Je la regardai aller. Son embarcation laissait un sillon derrière elle sur la surface calme du lac, que le soleil faisait miroiter comme une suite de lingots d'or.

Déjà le jour baissait et j'entendis à l'autre bout du lac la longue plainte d'un huard. Avais-je bien fait d'accepter leur offre ? J'avais l'impression de m'être laissé convaincre trop facilement. Qu'avaient-ils de si important à me confier ? Serais-je en mesure de satisfaire leurs attentes ? J'avoue toutefois que tout ce mystère m'intriguait.

Je me préparai à souper. Je n'avais pas à me plaindre. Somme toute, le camp où je logeais était fort bien pourvu, sauf d'électricité, mais j'avais amplement d'éclairage avec des fanaux Coleman et des réserves de naphta. À part le frigidaire qui ne fonctionnait pas et quelques bières qui auraient fait mon bonheur, je ne manquais de rien et ils n'avaient pas oublié de me bien munir en feuilles blanches et en stylos. Cependant, je n'avais pas encore la tête à écrire. J'étais passablement mêlé dans mes idées et surtout dans mes souvenirs. Il me faudrait patienter avant de pouvoir remonter dans mon passé récent. J'étais bien décidé à profiter de ce séjour pour y parvenir.

Chapitre 28

Les premiers documents

Le jour suivant, je fus accueilli par une petite bruine qui avait débuté tôt le matin. Les nuages se défirent peu à peu, laissant le soleil creuser son chemin. Quelqu'un du groupe allait sans doute venir. Je m'attendais à voir arriver Martial seul ou avec Yolande. C'est finalement Annabelle qui se pointa, en compagnie de Georges-Aimé. Ils m'apportaient la nourriture et les objets que j'avais demandés, de même qu'une bonbonne de propane pour le frigidaire. Je vis qu'ils traînaient un canot derrière leur barque. À ma surprise, ils me remirent également une grande boîte qui contenait divers documents.

— Tu es écrivain, commenta Georges-Aimé, peut-être que ça pourra te servir. Cimetiére ! Il y a belle lurette qu'Annabelle et moi, on se serait débarrassés de ces papiers en les brûlant. Mais les autres nous ont demandé de les garder jusqu'à nouvel ordre.

— Ils appartenaient à qui ?

— À Norbert Poulin, un de nos amis. Il est mort il y a quelques mois. En lisant ce qu'il a écrit, tu pourras nous dire si ça vaut le coup d'être conservé ou pas.

Ils restèrent avec moi une bonne heure à jaser de tout et de rien. La journée s'annonçait belle. Je commençais à m'habituer à ma nouvelle situation, même si je n'étais guère plus avancé au sujet de ce qu'ils attendaient de moi. Je devais être patient et leur donner la chance de casser la glace. Au fond, ils ne connaissaient à peu près rien de moi et, compte tenu de l'état dans lequel ils m'avaient trouvé, ils avaient bien raison d'y aller mollo avant de me confier leurs soucis. En effet, Annabelle et Georges-Aimé me paraissaient un peu inquiets, à en juger par les coups d'œil qu'ils échangeaient tout en me parlant. Je sentais que je m'étais embarqué dans quelque chose de bien particulier.

— On a tous passé du bon temps dans ce camp, laissa tomber Georges-Aimé.

— Même que c'est ici qu'on a fait la chose la première fois, ajouta Annabelle.

— Cimetiére ! T'avais pas besoin de parler de ça, lui reprocha son mari. Les femmes ne savent pas tenir leur langue.

— Pourquoi me taire ? Ça reste un de mes bons souvenirs, autant en parler plutôt que de radoter sur tout ce qui a été moins agréable. Je n'ai pas raison, Maxime ?

— Tout à fait.

Elle esquissa un sourire.

— Tu vois, Georges-Aimé, il est du même avis que moi.

Son mari émit un grognement, puis il se leva :

— Bon ! Va falloir qu'on y aille.

— Pourquoi ? On n'est pas pressés.

— Tu oublies le marché.

— Ah ! C'est bien vrai. Bon ben, allons-y si on veut y arriver à temps. On reviendra bientôt. Tâche de ne pas trop t'ennuyer tout seul !

— Ça ne devrait pas, avec tout ce que vous venez de m'apporter.

Quand ils furent partis, je portai le canot dans le hangar à bateau, puis je rangeai sous le lit la boîte de documents. Par simple curiosité, avant de l'y pousser, j'attrapai la première feuille sur le dessus de la pile. Il s'agissait en fait d'une lettre qui remontait à l'époque de la Deuxième Guerre mondiale et que je lus rapidement.

En Beauce, le 18 juillet 1939

Cher Thomas,

Devine qui s'est arrêté chez moi hier avec sa grande face de cheval mal nourri ? Eh oui, notre cher bedeau qui venait quêter. Faut-y pas manquer de fierté pour s'arrêter quêter chez les gens sous prétexte qu'il travaille presque bénévolement. L'idiot, il n'a qu'à mieux se faire payer par le curé ou la paroisse. Il me semble qu'on donne assez à la quête du dimanche sans devoir faire vivre le sans-génie de la place par-dessus le marché.

En plus, il a commencé à creuser des tombes pour faire plus de sous. Pour ça, il est grassement payé : cinquante cennes pour le trou d'une tombe d'enfant et une piastre celui d'un adulte en été. Tu sauras que ce n'est pas assez pour lui. Il m'a dit qu'au lieu de mettre les corps au charnier en hiver et d'attendre au printemps pour creuser, il avait décidé de percer ses trous dans le sol gelé parce que c'est plus payant. Il reçoit alors une piastre pour un cercueil d'enfant et deux piastres pour un cercueil d'adulte. C'est payé cher du trou pour quelqu'un qui ne sait pas faire autre chose.

Toujours est-il que j'ai refusé de lui donner des œufs ou quoi que ce soit d'autre pour ses services. Il a osé me menacer :

— Norbert Poulin, si tu meurs, ne compte surtout pas sur moi pour creuser ta tombe !

— T'auras pas besoin, que je lui ai répondu. Si je meurs en hiver, t'auras qu'à me laisser geler bien dur, à me couper les pieds en biseau et à m'enfoncer dans la terre à coups de masse. Et si je meurs en été, tu me jetteras sur un tas de paille et tu y mettras le feu.

Il m'a dévisagé comme s'il tombait des nues, incapable de prendre une farce pour ce qu'elle est et m'a avoué :

— Je ne ferais jamais une affaire de même.

Je l'ai fixé à mon tour et je lui ai demandé :

— Es-tu vraiment sérieux ? Tu m'as cru pour de vrai ?

Il est resté là à me regarder comme l'idiot qu'il est. Il a quasiment fallu que je le mette dehors à coups de pied au cul. Tout ça pour te dire, Thomas, que si tu entends des gens parler de mon refus de lui donner de la nourriture autrement que comme je viens de te le raconter, tu sauras les remettre à leur place. En attendant, salut ben !

Norbert

La lecture de cette lettre ne manqua pas de piquer ma curiosité. Je la trouvais passablement à pic. Si la raison pour laquelle mes nouveaux amis avaient insisté pour m'offrir leur hospitalité avait un lien quelconque avec ce Norbert Poulin, je venais de mettre les pieds dans un vrai panier de crabes. Mais, peut-être qu'au fond, je m'en faisais trop à ce sujet. Il n'y avait sans doute aucun rapport entre leur problème et celui de cet homme visiblement monté contre ce bedeau.

Je jetai un coup d'œil dans la boîte. Les lettres paraissaient avoir été empilées là sans trop d'ordre. Je ne résistai pas à l'envie d'en lire une deuxième.

En Beauce, le 28 octobre 1939

À Amable Gilbert, bedeau

Cher bedeau de mon cul,

Quand on est né pour un p'tit pain, on n'est pas né pour un gros. C'est ton cas, mon pauvre Amable. Tu n'es pas plus lumineux que les lampions que tu allumes à l'église. Ce n'est pas de ta faute ni de la mienne. C'est de même, un point c'est tout. Tu sauras, Amable Gilbert, que tu devrais y penser à deux fois avant de parler de moi à tort et à travers. Je ne suis pas homme à me laisser manger la laine sur le dos ni à me laisser cracher dessus sans répliquer. Tu as beau être bedeau, ça ne te donne pas le droit de placoter sur tout un chacun avec ton p'tit air innocent.

Moi, je ne suis pas du genre à passer par les autres pour faire savoir ce que je pense. Comme tu avais peur de m'affronter, tu t'es toujours arrangé pour m'éviter. Chaque fois que j'ai frappé à ta porte, alors que je savais fort bien que tu étais chez toi, tu n'as pas daigné répondre. Voilà pourquoi j'ai pris le temps de t'écrire cette lettre. De même, tu ne pourras pas dire que je ne t'ai pas prévenu. Si tu continues à déblatérer des faussetés sur moi, je vais te fermer la trappe pour de bon. Mêle-toi de tes affaires. Quant à moi, je suis assez vieux pour m'occuper des miennes tout seul.

Ne pense surtout pas que je vais m'empêcher de vivre à cause de toi, qui n'es qu'un jaloux de la pire espèce. Et comme je sais que tu es assez vache pour tout rapporter de travers aux autres, j'ai pris mes précautions en gardant une copie de cette lettre. Je la ferai lire à qui le voudra, comme ça, tu ne pourras pas mentir comme tu sais si bien le faire, en prétendant que tu n'as jamais parlé dans mon dos.

Ton ennemi juré,
Norbert Poulin

J'en avais assez lu pour comprendre que le torchon brûlait drôlement entre Norbert et le bedeau, mais pourquoi ? Ça, je comptais bien l'apprendre par les autres écrits conservés dans cette boîte, ou encore par mes nouveaux amis. Pour lors, je me souciais davantage de savoir si ma disparition avait été signalée à la police. La mémoire me revenait un peu et je me souvenais qu'avant de me retrouver ici, je vivais à Québec. Comme je n'avais pas de radio ni rien d'autre pour me garder en contact avec le reste du monde, je me promis de demander à l'un ou l'autre de mes visiteurs de m'en apporter une à piles, ainsi que des journaux récents.

Les jours s'écoulèrent. Je n'avais pas à me plaindre de ma situation. C'était la grande paix. Je côtoyais mes nouveaux amis avec grand plaisir. Ils formaient un très beau groupe de sexagénaires qui ne s'étaient jamais perdus de vue. Ils se connaissaient jusqu'au moindre de leurs défauts et ne manquaient pas de se tirer la pipe à l'occasion. J'avais déjà été témoin à quelques reprises des taquineries qu'ils se permettaient sans malice.

Ainsi, j'entendis un jour Martial lancer à Hélène :

— Et notre institutrice préférée, qu'a-t-elle à ajouter à ce que nous venons de dire, pour que nous puissions boire ses paroles ?

Sur ce, Georges-Aimé ajouta :

— Je les boirai volontiers si elles ne sont pas empoisonnées.

Hélène répondit vivement :

— Vous deux, allez donc vous faire laver la langue au savon par la buandière. Vous la ferez repasser ensuite, afin qu'elle soit assez raide pour que vous ne puissiez plus dire de bêtises. J'espère qu'elle vous chargera le gros prix.

Tout cela prononcé avec un sourire qui en disait long à propos de l'amitié qui les liait. Je me rendais compte que j'étais tombé sur du bon monde et j'avais hâte d'apprendre leur histoire. Mais à voir le temps qu'ils mettaient à entrer dans le vif du sujet, je devinais qu'ils n'étaient pas trop pressés de faire remonter à la surface des souvenirs qui les préoccupaient toujours malgré eux.

Chapitre 29

Au bout d'une semaine

Voilà une semaine que j'étais installé dans ce camp en pleine forêt, coupé du reste du monde. Tout ce qui me reliait à la civilisation, c'étaient les visites de mes amis et aussi, quand le vent soufflait dans la bonne direction, le son des cloches de l'église du village qui sonnaient l'angélus, une messe quelconque ou le glas.

Le lundi matin, Hélène, Yolande, Martial, Annabelle et Georges-Aimé arrivèrent tous ensemble au camp. Je notai que trois autres personnes, deux femmes et un homme, les accompagnaient. Ils me présentèrent Solange Cliche et Rachel Morin ainsi que Charles Morin, le frère de Rachel.

Les deux nouvelles arrivantes me parurent vives et enjouées. Elles avaient l'air de bien bonne humeur et j'ignore ce qu'elles s'étaient raconté en chemin, mais elles en riaient encore.

J'eus l'impression que je voyais là leur groupe d'amis au complet. Je me proposais de leur demander de m'en apprendre plus sur ce Norbert Poulin, mais ils ne m'en donnèrent pas l'occasion, parce qu'ils avaient autre chose à me montrer. Ils m'apportaient le journal du samedi, où ma photo figurait à la une sous le titre suivant: «Disparition du journaliste et écrivain Maxime Marion». L'article se lisait comme suit:

Le journaliste et romancier bien connu Maxime Marion est porté disparu de Québec depuis plus d'une semaine. Gilles Légaré, un de ses amis, nous a certifié que ce n'était pas dans les habitudes de ce dernier de partir si longtemps sans prévenir. Il est passé le voir il y a de cela plus d'une semaine et a constaté que monsieur Marion n'était pas chez lui. Comme sa voiture n'était pas stationnée dans l'entrée, monsieur Légaré en a conclu qu'il était parti pour une commission ou encore pour son travail.

Après être sorti de la ville quelques jours, monsieur Légaré est repassé à la maison de monsieur Marion à son retour. Sa voiture n'y étant toujours pas, il allait s'en retourner chez lui quand il a entendu un miaulement étouffé. Il a été fort étonné de voir Joséphine, la chatte du reporter, sur le bord d'une fenêtre à l'intérieur de la maison. Sachant que ce n'était pas dans les habitudes de son ami de la laisser enfermée seule pendant plusieurs jours, il est allé s'informer auprès des voisins. Personne n'avait été sollicité pour nourrir l'animal.

Comme monsieur Légaré possède un double de la clé de la demeure de son ami, il est entré y jeter un coup d'œil. Il a pu constater que ce dernier n'y était pas. Il a nourri la chatte qu'il a amenée chez lui. Il s'est ensuite rendu aux bureaux du Soleil *pour questionner son patron. Celui-ci s'est montré quelque peu inquiet que Marion ne soit pas encore revenu de son dernier reportage, bien que parfois il faille plus de temps que prévu pour couvrir tous les aspects d'une affaire. Néanmoins, les deux hommes se sont entendus pour signaler sa disparition à la police.*

À tout hasard, nous donnons une description de sa voiture, une Ford grise 1978 dont la plaque d'immatriculation se lit comme suit: NOR-107. Toute personne l'identifiant quelque part est priée de communiquer avec la Sûreté du Québec.

J'avais à peine terminé la lecture de cet article que Charles Morin, un petit mince à l'air suspicieux, me demanda:

— Mes amis m'ont dit que tu n'as jamais fait allusion à ta chatte depuis ton arrivée ici. Comment peux-tu l'avoir oubliée?

Je pensai: «En voilà un autre que ma perte de mémoire rend sceptique.» Je lui répondis calmement:

— Depuis que j'ai pris le fossé, ma mémoire est comme trouée. Justement, je ne me rappelais pas avoir une chatte. Maintenant que je l'ai lu dans l'article, ça me revient. Quant à ce Gilles Légaré, j'ai beau tenter de m'en faire une image dans ma tête, je ne suis pas encore capable de me rappeler son visage. Mais comme pour tout le reste, je suppose que ça va revenir petit à petit. De toute évidence, j'ai ce qu'on appelle une amnésie temporaire.

— Tu ne sembles pas pressé de prévenir les autres que tu es toujours vivant.

— Pourquoi devrais-je le faire? Il semble bien qu'à part Gilles Légaré, personne ne se soit soucié de ma disparition. Avant de rentrer à Québec, je vais tâcher de retrouver mon passé.

Chapitre 30

Le contrat

— Si tu as perdu la mémoire, commença Hélène, nous autres on a conservé toute la nôtre.

À sa façon de parler, je compris qu'on en venait enfin aux choses sérieuses. Elle poursuivit :

— Tu as entendu parler de la conscription ?

Je me souvenais de cet épisode de notre histoire. Je lui répondis avec assurance :

— Bien sûr ! C'était l'obligation pour les hommes valides au Canada de se faire soldats lors de la Deuxième Guerre mondiale. Et puisque nous en parlons, je crois bien que j'ai fait moi-même un bout de la guerre. C'est encore vague dans mon esprit, mais je sais que j'ai été en Europe durant cette période.

— Dans ce cas-là, tu ne fais pas ton âge.

— J'avais à peine vingt ans à cette époque.

— Les hommes que tu vois ici, continua Martial, avaient aussi tous l'âge d'être soldats. Nous avons eu beau voter contre la conscription en 1942, deux ans après, ils nous ont forcés à entrer dans l'armée. Si nous n'y allions pas, nous étions mûrs pour la prison.

— Je m'en rappelle. À ce sujet-là, ma mémoire est assez nette. Quelques-unes de mes connaissances étaient même disparues pour ne pas être enrôlées. Mon passé se rebâtit dans ma mémoire, morceau par morceau.

— Tant mieux. Quant à nous, c'est comme qui dirait un peu notre histoire à cette époque que nous aimerions que tu écrives.

Voilà donc ce qui les préoccupait. Quelque chose d'important était relié à cette période de leur vie et c'est ce qu'ils désiraient que je rapporte dans un livre. L'idée me souriait et j'avais hâte de les entendre. Aussi, je n'hésitai pas à répondre :

— Si ce n'est que ça, je ferai tout mon possible pour vous pondre le meilleur récit du monde.

Ils restèrent tous silencieux un moment, puis Yolande, que j'aimais bien pour sa douceur et sa façon particulière de parler, prit la parole à son tour.

— Vois-tu, nous ne sommes pas restés à berlander depuis que tu es ici. Avant de te confier pour de bon notre affaire, nous avons cherché à en connaître plus long sur toi, sans attirer l'attention sur nous autres, par exemple. Martial a même pris le temps de lire ton roman *Le testament de ma mère* pour se faire une idée de la qualité de ta plume. Il a été enchanté par sa lecture. Pardonne-nous cependant de garder pour nous ce que nous avons appris sur toi. Nous préférons te laisser retrouver tes souvenirs par toi-même. Nous sommes prêts à t'accorder notre confiance. Mais avant d'aller plus loin, nous allons te demander de quoi que tu n'apprécieras peut-être pas.

— Demandez toujours.

— Nous avons préparé une feuille qui est en quelque sorte un contrat.

— C'est dans l'ordre des choses. Avant d'écrire ce volume, je m'attendais à devoir signer une entente quelconque avec vous. Vous permettez que je lise le document?

Elle me tendit la feuille d'une main un peu tremblante. Pauvre Yolande, elle ne voulait pas me vexer. Si elle avait su à quel point leur confiance me faisait du bien. Je lus:

Entente entre monsieur Maxime Marion, écrivain, et les membres de l'ABBC.

Monsieur Maxime Marion s'engage en tant qu'auteur à ne jamais révéler à quiconque les sources des renseignements que lui communiqueront les membres de l'ABBC, non plus que le nom véritable d'aucun d'eux et d'aucune d'elles.

De leur côté, les membres de l'ABBC s'engagent à ne jamais parler de leur rencontre avec monsieur Marion.

Tout en me demandant pourquoi ils souhaitaient prendre tant de précautions, je jugeai cette entente très correcte et j'étais prêt à la signer les yeux fermés.

— Un peu plus, fis-je remarquer, et je passais un contrat avec l'ABC. Sauf qu'il y a un B de plus. Puis-je savoir ce que signifie l'ABBC?

Hélène me l'apprit:

— L'Association beauceronne des bons citoyens.

J'en conclus que c'était un nom qu'ils s'étaient donné pour la circonstance et je leur en fis la remarque. Martial, le pince-sans-rire du groupe, me le confirma en ajoutant:

— Ou si tu aimes mieux, selon les besoins, l'Association des brasseurs de bagosse de la Chaudière.

Sa blague fut accompagnée d'un éclat de rire général. C'est dans la bonne humeur que chacun signa cet engagement et ce fut tout pour ce soir-là, sinon qu'Hélène me prévint :

— Avant notre prochain entretien dans quelques jours, il faudrait que tu aies commencé à prendre connaissance de ce qu'il y a dans la boîte qu'Annabelle et Georges-Aimé t'ont apportée.

— C'est important que je le fasse ?

— Absolument ! Ça t'aidera à mieux comprendre ce que nous désirons te communiquer.

Je leur promis que je m'y mettrais et, après avoir pris un verre pour célébrer la signature du contrat, ils me quittèrent, visiblement heureux de la tournure de cette rencontre.

Chapitre 31

Norbert Poulin

Puisqu'ils avaient insisté pour que je lise les documents qu'ils m'avaient remis, j'en déduisis que leur affaire était directement reliée à Norbert Poulin. Comme ils m'avaient laissé entendre qu'ils ne reviendraient pas avant quelques jours, j'avais tout mon temps, que je passai à lire les lettres, les billets et les bouts de papier qu'ils avaient jugé bon de conserver à propos de cet individu.

J'appris donc que Norbert Poulin était le fils d'Hormidas Poulin et de Béatrice Veilleux. Il entreprit ses études primaires à l'école de Saint-Georges de Beauce. C'était un élève brillant, un premier de classe, qui semblait faire le bonheur de ses parents. Puis le malheur le frappa doublement. En l'espace de quelques mois, il perdit son père et sa mère, tous deux atteints de tuberculose. Un oncle qui était curé à Saint-Victor de Beauce le prit en charge, s'étant mis dans la tête de le mener à la prêtrise. Il l'envoya faire ses études classiques au Séminaire des pères Maristes à Sillery.

Norbert passait ses étés à Saint-Georges, où il s'occupait des jeunes de l'Œuvre des terrains de jeu ou OTJ. Il les amusait, leur contait des histoires, leur enseignait le chant, ou encore les occupait par des courses dans les bois, des cueillettes de plantes, des jeux de pistes et un tas d'autres activités, parce qu'il savait tout faire et tout inventer. Les jeunes l'adoraient.

La Deuxième Guerre mondiale débuta alors qu'il terminait ses études classiques. Pour une raison qui n'était mentionnée nulle part, au lieu de se diriger vers le Grand Séminaire, il entra dans l'armée. Pourtant, après le vote sur la conscription en 1942, où les gens du Québec refusèrent d'envoyer leurs enfants à la guerre, rien ne l'aurait obligé à devenir soldat. Peut-être s'était-il enrôlé volontairement, pour éviter de devenir curé comme le souhaitait son oncle ? Toutefois, il faut croire que ce régime ne lui convenait pas, car deux ans plus tard, en 1944, il déserta et disparut sans laisser de traces. Il faut savoir que les déserteurs qui étaient retrouvés étaient systématiquement jetés en prison.

Voilà ce que les papiers de la boîte m'apprirent à son sujet. C'était bien mince comme renseignements, mais je devinais que mes amis allaient me révéler la suite de l'histoire.

Il y avait quelques photos de lui dans la boîte dont une en particulier, soit son portrait de finissant chez les pères Maristes, où il avait fière allure. C'était un beau jeune homme au port altier, à la chevelure blonde fournie et aux yeux bleus. Les filles ne devaient pas être insensibles à son charme.

Au fond de la boîte, je mis la main sur des lettres, semblables aux deux que j'avais déjà lues, adressées pour la plupart au bedeau et dans lesquelles Poulin lui reprochait ceci ou cela. Il y avait également quelques correspondances échangées entre Norbert et l'un ou l'autre des membres du groupe. Enfin, je tombai sur des textes littéraires, dont des poèmes. J'en conclus que j'aurais de quoi écrire une histoire intéressante. Il ne me restait qu'à attendre la suite.

En réfléchissant à tout cela, je me sentis tout à coup dans une situation similaire à celle de ce Norbert Poulin : disparu sans laisser de traces. « C'est vraiment là, me dis-je, qu'on mesure si on a de vrais amis. » D'après ce que je pouvais voir, à part Gilles Légaré, je n'étais pas la préoccupation première de bien des gens.

Chapitre 32

Martial a la parole

La lecture d'une partie des documents contenus dans la boîte m'avait permis de ne pas trop m'ennuyer avant le retour de mes amis. Le jeudi soir, ils revinrent tous au camp. Ça riait et ça placotait fort. À les voir, on savait qu'ils s'appréciaient beaucoup et formaient un clan serré. De toute évidence, ces gens n'avaient guère de secrets les uns pour les autres.

Leurs rangs, par contre, s'étaient clairsemés au cours des années, avec le décès de Thomas Roy, le mari de Solange Cliche et celui d'Émérentienne Rancourt, la femme de Charles Morin. Ça, ils me l'apprirent, ainsi que d'autres choses, ce soir-là. Hélène, toujours aussi directe et sûre d'elle, me demanda à brûle-pourpoint:

— Tout va bien pour toi ici? Tu ne manques de rien?

— Je serais bien difficile si je commençais à me plaindre.

Ma réflexion les détendit. Ils craignaient peut-être que je trouve pénible de passer mes journées seul, enfermé dans ce camp. Puis, discrètement, Hélène fit un signe à Martial. Celui-ci joignit les mains. Malgré le fait qu'il était droitier et qu'il lui manquait l'index de la main droite, j'avais remarqué qu'il se débrouillait aussi bien que s'il ne souffrait pas de ce handicap. Il commenta :

— Maxime, c'est moi qui passe au bat à soir. Il faut bien que quelqu'un casse la glace, bien que ce soit difficile de le faire en plein été, mais je vais m'y essayer quand même et j'en appelle à l'indulgence de chacune et de chacun de vous. Même si je ne le suis pas, supposons que le sort est tombé sur le plus jeune, comme dans la chanson *Il était un petit navire*. Alors, avant d'être mangé, je vais te révéler ce que j'ai à t'apprendre.

Son entrée en matière me fit sourire comme plusieurs autres du groupe. Il parlait avec aplomb. Je m'installai à l'aise au bout de la table avec papier et stylo en main afin de prendre des notes. Il poursuivit :

— Tu t'es sans doute aperçu qu'il me manque l'index de la main droite. Rassure-toi, on ne me l'a pas mis à l'Index pour une faute quelconque, on ne me l'a pas coupé non plus parce que je me le mettais dans le nez, ou encore pour avoir commis un vol, comme ça se fait dans certains pays.

— C'est la main entière qu'ils coupent, précisa Yolande.

Martial, qui ne manquait jamais une occasion de faire un jeu de mots, reprit :

— C'est curieux, mais même s'ils le font sans hésiter, ils n'y vont pas de main morte.

Sa réflexion, tant elle était appropriée, nous arracha à tous un sourire.

— Évidemment, ajouta-t-il, je ne dirai pas de quels pays il s'agit, parce qu'ils seraient bien capables d'envoyer quelqu'un après nous, comme ils le font présentement pour tous ceux qui osent parler en mal de leur prophète. Il y en a qui sont prêts à tuer pour l'honneur de quelqu'un qui est mort depuis plus d'un millénaire, alors que ces mêmes individus ne lèveraient pas le petit doigt pour sauver l'honneur de leur propre femme tant elle a peu d'importance à leurs yeux.

Il marqua une pause, puis fit la réflexion suivante :

— Je vois, comme l'aurait dit mon vieux professeur, l'abbé Gravel, que je suis en train de me perdre dans les pâturages de l'erreur en m'éloignant de mon sujet. Revenons donc à mon doigt. S'il me manque cet index, c'est à cause de la guerre. Je ne voulais surtout pas aller tuer des gens, parce que je pense que ce qu'il y a de plus stupide sur la terre, c'est de tuer les autres. On peut remporter des batailles, mais au bout du compte, on n'avance à rien à détruire les autres, sinon à s'attirer d'autres conflits. Quand on n'a pas d'ennemis, on n'a pas besoin de partir en guerre. C'est très rare que quelqu'un arrive chez nous sans prévenir et s'y installe comme s'il était chez lui, à moins d'être un détraqué comme Hitler. Lui, il a envahi la Pologne sans demander la permission à personne.

— Il a aussi envahi l'Autriche et la Tchécoslovaquie, énonça pensivement Georges-Aimé.

— Vous ne me ferez pas accroire qu'aucun Allemand ne s'était rendu compte avant ça que cet homme-là était fou à lier, reprit Martial. Il avait écrit, presque vingt ans auparavant, un livre dans lequel il se promettait de purifier la race aryenne en chassant les mauvais Aryens pour ne garder que les bons Aryens. S'il avait parlé français, il aurait compris tout de suite qu'il ne réussirait pas grand-chose avec des bons à rien. Mais ça, c'est une autre histoire.

Son jeu de mots fit sourire tout le monde. Imperturbable, il continua :

— Expliquez-moi comment il se fait que les Allemands l'aient placé à la tête de leur gouvernement et l'aient suivi dans sa folie, qui a coûté la vie à pas moins de soixante millions de personnes ? Moi, des affaires de même, je ne suis pas capable de les comprendre. Avez-vous remarqué une chose ? Les hommes acceptent qu'un fou furieux les dirige et pourtant ils savent très bien qu'une pomme avariée finit par pourrir toutes les autres. On n'endure pas un fruit gâté dans un panier de fruits sains. Nous l'enlevons pour le jeter. Nous procédons de la même manière avec un morceau de bois pourri. On ne met pas ça dans une charpente de maison. Pourquoi alors ne le fait-on pas avec les hommes ?

Annabelle laissa spontanément échapper :

— Parce qu'on est trop stupides !

Je la vis aussitôt se couvrir la bouche de sa main comme si elle venait de proférer une bêtise. Les propos de Martial captivaient tout le monde, parce que ça ne bougeait pas beaucoup dans la pièce, mais ça réfléchissait à plein. Martial demanda :

— Quand les Allemands se sont rendu compte qu'Hitler et sa clique déraillaient, pourquoi n'ont-ils pas tout simplement engagé des tireurs d'élite pour faire sauter la tête de ces crapules ?

— Ils ont essayé, intervint Georges-Aimé, malheureusement la bombe qu'un officier avait déposée pas loin d'Hitler ne l'a pas tué.

Charles Morin lança le plus sérieusement du monde :

— Faut croire qu'un rat, on ne tue pas ça avec une bombe.

Sa réflexion détendit un peu l'atmosphère.

— Consolons-nous, enchaîna Martial, sachant qu'au moins un Allemand avait compris que ce qui se passait n'avait pas de sens. Enfin, tout cela pour vous dire que moi, la guerre, je ne voulais pas y aller. Aussi, quelques jours avant de passer mon examen pour savoir si j'étais bon pour l'armée ou pas, j'ai pris une hache, j'ai placé l'index de ma main droite sur une bûche et vlan ! je me suis estropié pour la vie. Sans cet index, je n'étais pas capable de tirer du fusil. Ils n'ont pas renoncé pour autant, puisqu'ils ont tenté de faire de moi un gaucher. Mais j'y ai mis tellement de mauvaise volonté qu'ils ont fini par me foutre la paix.

Pendant qu'il parlait, je jetai un coup d'œil à ses amis, tous attentifs à ses propos. Même s'ils avaient dû entendre son histoire maintes fois auparavant, ils l'écoutaient en silence, comme des enfants qui aiment se faire raconter vingt fois le même conte.

Martial semblait avoir terminé son laïus, car Hélène m'informa :

— Dans deux jours, ce sera le tour de Yolande.

Je hochai la tête, un peu perplexe. Le récit de Martial ne m'avait pas plus renseigné sur ce qui les tracassait tant. Après y avoir réfléchi, j'en conclus qu'il s'agissait probablement d'une mise en contexte.

Sur ce, ils commencèrent à causer d'autres sujets. Je les regardais et je les enviais d'avoir pu garder ainsi contact, d'être toujours demeurés amis. Ils me quittèrent en me souhaitant de ne pas trouver le temps trop long avant leur retour. Je les rassurai là-dessus. J'avais amplement de quoi me distraire, d'autant plus qu'ils m'avaient apporté une radio et les journaux des derniers jours.

Hélène me rappela de continuer à lire les papiers de la boîte. Je lui dis que j'avais bien avancé. Ma réponse sembla la satisfaire.

Chapitre 33

Quelques bribes de plus

En attendant leur prochaine visite, fixée au surlendemain, je mis un peu d'ordre dans mes notes et je sortis marcher autour du camp en me montrant le moins possible. Mes amis m'avaient dit qu'il était préférable que personne ne soupçonne ma présence, si je voulais continuer d'être porté disparu. Il me semblait qu'ils beurraient un peu épais. Ces précautions étaient inutiles, il n'y avait pas un chat dans le coin et en plus, si j'avais croisé quelqu'un, qui dit qu'il aurait deviné que j'étais le journaliste disparu ? Après une petite heure de plein air, je retournai au camp. J'eus l'idée de lire d'autres lettres de Norbert. Je tombai par hasard sur celle-ci.

En Beauce, le 12 avril 1941

Cher bedeau de mon cul,

J'ai appris, et ça ne m'étonne pas du tout, que tu n'as pas été accepté dans l'armée. Tu es trop petit, paraît-il. Me semble de voir ça écrit sur les beaux formulaires de notre armée nationale :

« Trop petit ». S'ils savaient à quel point ils disent vrai ! Petit, tu l'es de partout, pas seulement physiquement, mais aussi mentalement. Un petit cerveau peut difficilement penser de grandes choses, et ce qu'il dit est forcément petit.

Tes propos à mon sujet, qu'une âme charitable m'a rapportés, démontrent une fois de plus ta petitesse. Ça te donne quoi de me dénigrer ? Penses-tu sérieusement que les autres sont aussi nigauds que toi et croient tout ce que tu colportes ? Pourquoi déverses-tu tout ce fiel contre moi ? Parce que je ne suis pas aussi mesquin que toi ? Ne pense surtout pas que je vais toujours te laisser médire sur mon compte sans réagir.

Un jour, je te ferai ravaler tout ça. En attendant, sache que je t'ai à l'œil. Le doigt de Dieu peut te désigner au moment où tu t'y attends le moins et je tomberai sur toi comme la foudre.

D'ici là, dors bien, mon chaton !

Ton ennemi préféré,
Norbert

Décidément, ces deux-là ne s'aimaient pas d'amour tendre, contrairement aux deux pigeons de la fable de La Fontaine. La lecture de cette lettre me laissa songeur. Ce Norbert traitait le bedeau de petit, mais lui, à voir ce qu'il écrivait, comment pouvait-on le qualifier ? Je le trouvais excessif dans sa façon de s'exprimer et je me demandais bien ce qui pouvait l'empêcher de régler définitivement son problème avec le bedeau en le rencontrant pour mettre cartes sur table. Quelque chose m'échappait encore dans toute cette histoire, et je comptais sur mes amis pour me faire une meilleure idée à son sujet.

Je continuai à lire les dizaines de papiers que contenait la boîte. Je m'efforçais de les classer par catégories. Il y avait des lettres, des pensées, des poèmes, des billets, de courts récits, des réflexions sur divers sujets, des exercices de français, dont certains assez bien réussis, ce qui formait une documentation très intéressante, quoique disparate. En effectuant ce travail, j'avais l'impression d'apprendre à mieux connaître leur auteur, qui me semblait posséder un certain talent d'écrivain.

Chapitre 34

Au tour de Yolande

C'est avec un vif plaisir que je vis arriver mes amis le samedi suivant. Ils avaient apporté de quoi manger et ce fut autour d'une bonne table chargée de toutes sortes de salades, de sandwichs et de desserts que la conversation, ce soir-là, prit la forme que voici. Hélène m'avait annoncé que ce serait ensuite le tour de Yolande de raconter son bout d'histoire. Cette dernière commença, alors que nous en étions au dessert:

— Vous m'excuserez de ne pas avoir l'habileté de Martial pour conter une histoire, comme quand il nous a expliqué la manière dont il a pu éviter l'armée. En passant, heureusement que c'est arrivé, sinon je ne l'aurais jamais marié.

Je me penchai vers elle, attentif. Elle s'empressa de poursuivre:

— Comme vous le savez, je ne viens pas de la Beauce. Je suis née du côté des Etchemins. À cette époque, je restais encore là. J'avais eu la chance, grâce à ma tante Hortense, de suivre mon cours d'infirmière à Québec. Je travaillais par chez nous pour le vieux docteur Doyon, qui me permettait aussi de me rendre deux jours par semaine à l'hôpital de

Saint-Georges afin d'arrondir mes revenus. C'est de même que j'ai connu Martial à l'hôpital. Il venait de perdre son doigt. Je le trouvais tellement courageux de s'être coupé ainsi l'index pour éviter d'être appelé à tuer du monde. Je me suis dit que ce devait être un homme bon. Moi aussi, j'avais horreur de la guerre et de tout le mal qu'elle causait.

— Qui n'en a pas horreur? la coupa Hélène.

Dans un murmure, les autres approuvèrent.

— Toujours est-il que de fil en aiguille…

— Dis plutôt "d'aiguille en fil", l'interrompit Martial. Y avait des bouts où c'était passablement piquant.

— Toi, mon grand fou! répliqua Yolande. Vous le connaissez, il voulait aller bien trop vite.

Les autres acquiescèrent en riant.

— Nous nous sommes fréquentés et nous avons fini par nous marier, mais pas tout de suite, après seulement deux ans.

Martial ajouta son grain de sel:

— Vous voyez! Elle m'a fait endurer le martyre pendant tout ce temps.

— T'as bien l'air d'un martyre! se moqua Annabelle.

Une fois de plus, tout le groupe s'esclaffa. Yolande poursuivit:

— Comme je n'étais pas de la région, Martial m'a présentée à trois de ses amis, Georges-Aimé, Charles et Thomas. Puis il m'a dit: "J'ai un autre bon ami que je veux que tu rencontres, il est dans l'armée, il s'appelle Norbert Poulin." J'ai fait la connaissance de Norbert qui venait de temps à autre à Saint-Georges en permission. Quelques jours après que nous nous étions mariés, Martial m'a appris que Norbert avait déserté. Ça, c'était grave, parce que les déserteurs pouvaient faire de la prison longtemps, et même être condamnés aux travaux forcés.

— Ou encore être tués par la police, comme le jeune Guénette, rappela tristement Georges-Aimé.

— Qui était le jeune Guénette ? demandai-je.

— Ce jeune homme, m'expliqua Georges-Aimé, avait déserté et s'était réfugié chez son père. Je ne sais trop comment les hommes de la police montée avaient appris où il se cachait. Un matin, ils ont cerné la maison. Guénette s'est enfui par une des fenêtres à l'arrière et s'est mis à courir du côté de la rue. Au nombre de cavaliers qu'ils étaient, les policiers auraient pu facilement le rattraper et l'encercler. Au lieu de ça, ils l'ont abattu de sept balles. Voilà ce que risquait un déserteur.

Il y eut des hochements de tête et des murmures de désapprobation. Le silence revint et Yolande reprit :

— Pour ma part, je ne connaissais pas beaucoup Norbert Poulin. Quant à Martial, quand je le fréquentais, il était toujours libre. Mais après notre mariage, Martial s'est mis à sortir tous les jeudis soir. Il me disait qu'il allait voir ses amis. "On prend juste un p'tit coup à l'hôtel et on placote entre hommes. De toute façon, tu le sais, les femmes ne sont pas admises au bar de l'hôtel, c'est quasiment une taverne."

— C'était la défaite que je me donnais, jugea bon de préciser Martial.

— Une défaite pour quoi ? interrogeai-je.

Je vis les hommes se regarder avec des sourires en coin. Évitant de me répondre directement, Georges-Aimé ajouta :

— Nous nous servions de la même tous les quatre, Martial, Thomas, Charles et moi, et ça a marché pendant deux mois. Mais tu connais les femmes, placoteuses et soupçonneuses comme elles le sont...

Sa réflexion les fit toutes se récrier et les hommes en profitèrent pour les taquiner. Quand le calme revint, Yolande continua son récit:

— À force de questionner mon homme, et Annabelle et Solange les leurs, on a fini par comprendre qu'ils ne passaient pas réellement leurs jeudis soir au bar de l'hôtel. Ils faisaient autre chose, mais quoi? C'est Solange qui a découvert le pot aux roses. Ils partaient dans les bois avec des provisions, de la bière et d'autres effets. Les connaissant, ce n'était certainement pas pour aller pique-niquer.

— Le comportement de Thomas m'a mis la puce à l'oreille, précisa Solange. Il ne mettait jamais les pieds à l'épicerie, mais il me demandait parfois si on avait ceci ou cela, puis le jeudi suivant, je m'apercevais que le ceci ou cela manquait dans le garde-manger.

— Toujours est-il, enchaîna Yolande, qu'à force de les surveiller, nous avons fini par être certaines de notre affaire et nous avons décidé de les mettre tous les quatre au pied du mur, en même temps. Rachel nous a tous invités à souper un jeudi soir. Les quatre se sont trouvé une excuse pour faire reporter le souper au lendemain. S'ils remettaient cette rencontre à un autre jour, c'est qu'ils avaient une bonne raison, ce n'était pas seulement une histoire de prendre un coup ensemble à l'hôtel.

Pendant que Yolande parlait, je ne manquais pas de noter les réactions de son auditoire. Curieusement, malgré toutes les années écoulées depuis cet incident, les hommes avaient encore l'air d'enfants qui viennent de se faire prendre la main dans la jarre à biscuits.

Yolande poursuivit de sa voix douce:

— Le lendemain soir, au souper, Hélène s'est jointe à nous. Elle a ordonné aux hommes, sans fafinage : "Vous allez nous avouer ce que vous faites tous les quatre les jeudis soir avec les provisions que vous apportez dans les bois." Vous auriez dû leur voir la face s'allonger. Ils n'ont pas répondu tout de suite. Ils se sont regardés, puis Martial a lâché : "Les femmes, l'affaire est tellement grave qu'on n'a pas voulu vous mettre dans le coup." On a dit toutes ensemble : "Pourquoi c'est faire ?" Cette fois, c'est Charles qui a parlé : "Parce que c'est connu, les femmes ne sont pas capables de tenir leur langue."

Je voyais les hommes se regarder du coin de l'œil, l'air de dire : c'est encore de même. Mais Annabelle leur rappela :

— On a su la tenir, même après avoir été mises au fait.

— Mises au fait de quoi ? insistai-je, de plus en plus curieux.

— Au fait que, depuis sa désertion, ils cachaient leur ami Norbert pour lui éviter d'être pris.

— Ouf ! soupirai-je, impressionné. C'était du sérieux. Si vous vous faisiez prendre, vous risquiez vous aussi la prison.

— En plein ça, confirma Georges-Aimé. Pis plus on était nombreux à le savoir, plus il y avait de risques que quelqu'un s'échappe.

— Ou quelqu'une, insinua Charles.

Les femmes protestèrent. Hélène s'exclama :

— Ah oui ! Ils nous avaient fait suer bien des fois avec leur histoire, et moi en particulier. On ne te l'a pas encore dit, mais j'étais fiancée à Norbert.

— Vraiment ! m'écriai-je, surpris.

— Tout à fait. J'ignorais où il se trouvait et je m'en faisais pour lui depuis des semaines, alors que ces beaux fins finauds-là le savaient et me le cachaient ! En fait, j'ai compris ensuite qu'ils avaient peur que je me fasse suivre si jamais je tentais d'aller le voir. Mais je crois qu'on t'en a assez dit pour à soir. On t'en comptera un autre bout dans quelques jours.

Ce fut comme un signal. Ils se levèrent d'un bloc puis, après m'avoir salué, ils gagnèrent le bord de l'eau. Sur le lac, la fraîche du soir faisait monter des vapeurs. En les regardant s'éloigner en discutant à voix basse, je me dis que ces sorties au camp devaient leur rappeler ce bon temps où, plus jeunes, ils se retrouvaient tous ensemble ici. Je repensai à ce qu'ils venaient de me révéler. Ils avaient eu le courage de prendre un gros risque pour leur ami. Un risque qu'ils semblaient regretter d'une certaine manière, mais pourquoi ? Simplement parce qu'ils avaient enfreint la loi ?

Je les imaginai à cette époque, beaucoup plus jeunes. Martial devait être sans contredit leur boute-en-train. Je voyais en Georges-Aimé, plus réservé et méticuleux, celui du groupe qui veillait à ce que Norbert ne manque de rien, et que leur itinéraire vers la cachette de Norbert change d'une fois à l'autre pour ne pas éveiller les soupçons du village. J'étais sûr qu'avec lui aucun détail n'était laissé au hasard. Quant à Charles, c'était certainement celui du groupe qui prenait le plus rapidement les décisions. Il m'avait l'air d'un homme plein d'assurance, qui filait droit devant lui sans hésiter. On ne devait guère le contredire. Thomas étant décédé, je ne pouvais que me faire une vague idée de sa participation. Mais ce qui était certain, c'est que tous les quatre étaient liés à Norbert par une grande amitié.

Les femmes, elles, me paraissaient tout aussi différentes les unes des autres. Hélène, l'ancienne maîtresse d'école, avait de l'autorité. Yolande montrait beaucoup de sollicitude, sans doute en raison du fait qu'elle avait été infirmière. Annabelle était plus effacée, mais je l'imaginais, un peu comme son mari, avoir le souci du détail. Les deux autres, Rachel et Solange, m'étaient moins bien connues. Elles se montraient discrètes, quoique Rachel ne semblât pas donner sa place pour faire rire et Solange, pour donner de judicieux conseils.

Chapitre 35

L’histoire se précise

Plus je réfléchissais à cette histoire, plus je croyais deviner où ils voulaient en venir. Sans doute que le fait de confier à quelqu’un d’autre leur expérience les libérait des reproches qu’ils se faisaient quant à leur choix d’avoir aidé un ami à échapper à la justice. Je m’attendais à ce qu’au fur et à mesure des discussions, ils tentent de justifier leur décision. Outre leur amitié pour Norbert, il devait y avoir bon nombre de circonstances atténuantes qui les avaient contraints à se comporter de la sorte.

Les gens au Québec, durant la Deuxième Guerre mondiale, sans doute parce qu’ils avaient voté en grande majorité contre la conscription, se montraient généralement compréhensifs envers les déserteurs et tous ceux qui, pour une raison ou une autre, étaient parvenus à éviter d’aller combattre. D’ailleurs, les Canadiens français avaient toujours été des gens pacifiques. Ils ne se battaient que quand ils y étaient forcés. Leurs descendants et descendantes avaient hérité de cette mentalité. Ils ne comprenaient pas pourquoi on devait faire la guerre à tout prix. Or, bien qu’ils s’y soient opposés, le gouvernement canadien, et qui plus est dirigé par un Anglais, osait leur demander d'envoyer leurs enfants se faire tuer en Europe pour une guerre qui ne les concernait pas.

Quoi qu'il en soit, l'histoire de mes nouveaux amis était en quelque sorte devenue la mienne. Comment allais-je la raconter ? J'aurais à rapporter, de la façon la plus juste possible, comment des gens bien honnêtes s'y étaient pris pour duper durant des mois la police et leurs concitoyens en cachant un déserteur. Ce qui me déconcertait davantage c'était que, vu le nombre de personnes au courant de ce qui se tramait, ils ne se soient jamais fait prendre.

En attendant d'en savoir plus, je repensai au personnage qu'était Norbert Poulin. J'étais particulièrement intrigué par la virulence de ses attaques envers le bedeau. Qu'est-ce qui avait bien pu créer une si profonde inimitié entre ces deux hommes pour que l'un d'eux déblatère continuellement au sujet de l'autre, et que ce dernier lui expédie des lettres de menaces ? Leur antipathie devait être connue de tous, surtout dans ce petit village. J'étais convaincu que si le bedeau avait appris ce qui se passait sous son nez, il n'aurait pas hésité une seconde à le dénoncer.

Je tentai, en lisant les lettres, les billets et les écrits de façon chronologique, de découvrir quel événement avait été à l'origine de leur haine mutuelle. Il me fallait apprendre ce qui avait mis le feu aux poudres. Mes recherches n'avancèrent guère. Les documents que je lisais ne le mentionnaient pas. Il était évident que Norbert méprisait le bedeau pour sa petitesse d'esprit. Il n'avait pas manqué d'ailleurs de le lui faire savoir. Mais pour quelle raison le bedeau s'en prenait-il à lui ? Il me semblait qu'ils étaient à peu près du même âge. Peut-être avaient-ils été à l'école ensemble ?

Je me promis de poser la question à mes amis quand ils allaient revenir pour la suite de l'histoire.

Chapitre 36

Le chat sort du sac

Le lendemain, fidèles à leur promesse, ils arrivèrent malgré le temps menaçant de cette fin d'après-midi. Il y avait de l'électricité dans l'air. Ils étaient sans doute habitués à la météo de leur coin de pays, car l'orage attendu se contenta de gronder au loin, avant de faire place à un ciel libéré de tout nuage. D'entrée de jeu, Hélène m'annonça :

— Nous voulons te raconter aujourd'hui comment les hommes en sont venus à donner un coup de main à Norbert, puis comment nous, les femmes, avons embarqué dans l'affaire. Tout d'abord, nous allons prendre le temps de nous installer comme du monde.

Chacun se trouva un petit coin confortable dans le salon du camp. Puis Hélène me tendit un bout de papier passablement froissé et me demanda :

— Au bénéfice de tous, et afin de nous mettre dans l'ambiance, lis ceci à haute voix si tu veux bien.

Je m'exécutai :

Martial, j'y suis jusqu'au cou. J'ai besoin de toi et des autres si je ne veux pas me faire pincer. J'ai déserté depuis quelque temps et j'ai la police au cul avec ses maudits chiens qui sont à ma recherche. Je n'ai pas mangé depuis deux jours. Pourrais-tu t'arranger pour être chez toi ce soir? Viens me rejoindre dans le bois, à quelques centaines de pieds derrière ta maison. Apporte-moi de quoi boire et manger.

— Comment ce papier est-il parvenu à Martial? lui demandai-je.

— Martial et moi habitions à ce moment-là du côté ouest, en haut du village, m'expliqua Yolande. En sortant de chez nous un matin, il a trouvé cette feuille pliée en quatre et glissée sous la porte.

— Je l'ai ramassée comme de bonne et je l'ai lue, enchaîna Martial. Puis je me suis rendu chez Georges-Aimé pour la lui montrer et nous avons réfléchi pendant de longues minutes. Manifestement, Norbert avait besoin de notre aide pour se nourrir et se cacher. J'ai finalement pensé à notre camp de chasse et de pêche. Mais comme nous étions quatre propriétaires, il nous fallait obtenir l'approbation de tout le monde avant d'aller de l'avant avec ce plan. Sauf que c'était le début de l'été et que nous avions l'habitude de nous rendre au camp de temps à autre avec les femmes. Si Norbert y était installé, comment justifier que nous n'y allions plus? Il faudrait s'inventer des excuses pour ne plus nous y rendre.

Georges-Aimé reprit:

— Pour l'instant, ce qui pressait surtout, c'était de pouvoir rencontrer Norbert le soir même et lui donner de quoi manger. Le pauvre, il était aux abois. La police, quand elle flairait une bonne piste, ne la lâchait pas facilement.

— D'autant plus qu'ils avaient des chiens pisteurs, rappela Martial. Justement, la nuit précédente, j'en avais entendu aboyer non loin de chez moi, sans trop y prêter attention. Ça m'était revenu en lisant le message de Norbert et j'ai eu peur pour mon ami. Je me rendais même compte que j'avais été imprudent d'aller porter la lettre directement à Georges-Aimé, sans m'assurer avant que je n'avais pas été suivi. Heureusement, ce n'était pas le cas. Nous sommes allés au plus pressé. Le soir même, nous avons pu voir Norbert pendant cinq minutes. Il était sale comme un vagabond. Il errait depuis un bout dans les bois. Un cousin à lui l'avait hébergé pendant un bout de temps, mais il ne pouvait plus le garder. Nous lui avons donné un sac à dos avec de la nourriture et du linge propre. Nous lui avons fixé un rendez-vous, même place même heure, le surlendemain. Puis il s'est enfoncé dans la forêt. Ce qu'il craignait le plus, c'est que nous nous fassions prendre en même temps que lui. Le lendemain, j'ai parlé de tout ça à Charles et Thomas.

— Je n'en revenais pas, commenta Charles. Mais c'était clair qu'il fallait à tout prix sauver Norbert. À mon idée, ce n'était pas un crime d'avoir déserté. Je trouvais que le monde était en train de virer fou.

— Si je comprends bien, dis-je, vous avez profité des deux journées que vous aviez pour vous concerter sur ce que vous alliez faire.

— En plein ça, confirma Georges-Aimé. Nous avons insisté sur le fait que nous devions garder le silence le plus complet sur cette affaire. Il en allait de la sécurité de Norbert et de la nôtre. En attendant que la guerre finisse, le camp dans le bois nous apparaissait le meilleur endroit pour cacher Norbert. Nous nous sommes entendus pour nous revoir dès le lendemain afin de réfléchir à la façon dont nous allions procéder.

— Sur le coup, précisa Charles, j'avais accepté, mais ensuite je me suis demandé si j'avais bien fait d'embarquer là-dedans. Je ne détenais qu'une petite part dans le camp : est-ce que ça valait la peine de risquer une grosse amende ou encore la prison pour y avoir caché Norbert ? Puis je me suis raisonné : "Si tu étais à la place de Norbert, tu serais bien heureux d'être aidé." À cause de mon handicap, je m'estimais chanceux d'avoir été réformé.

Je n'avais rien remarqué d'anormal chez lui, aussi ses propos m'étonnèrent. J'hésitai un peu avant de lui demander de quel handicap il souffrait, mais puisqu'il en parlait ouvertement, il était sans doute à l'aise avec le sujet. Je le questionnai donc :

— Avant d'aller plus loin, Charles, serait-ce indiscret de te demander de quoi tu souffres ?

Il répondit sans sourciller :

— Du haut mal, l'épilepsie. Le seul bon côté de cette maladie c'est qu'elle m'a disqualifié pour l'armée.

J'avais ma réponse. Mon intervention avait coupé le fil de la conversation. Martial reprit la parole.

— Nous nous sommes réunis le lendemain chez Georges-Aimé qui nous avait tous invités pour un souper. Annabelle nous avait préparé un vrai régal, comme d'habitude.

— Je m'en souviens, renchérit spontanément Rachel. On a mangé de l'agneau. Y était bon comme ça se peut pas ! Même que Martial en avait repris trois fois.

— Ma p'tite bougresse, tu m'espionnais ?

Yolande s'interposa :

— Elle n'en aurait pas eu besoin. Elle n'avait qu'à me le demander et je lui aurais dit que tu manges toujours comme un… disons pour être polie, un ogre.

— Ce n'est pas surprenant, j'ai marié une ogresse.

L'expression faussement outrée qui se peignit sur le visage de Yolande fit s'esclaffer tout le monde.

— Pour en revenir à nos moutons..., commença Hélène.

— Depuis quand, cimetiére ! on a des moutons ? l'interrompit Georges-Aimé en feignant la surprise.

Hélène leva les yeux au ciel, amusée.

— Pour en revenir à notre affaire, reprit-elle, les hommes ont profité de ce souper pour mettre tout au point sous notre nez. Pendant que les femmes, on était dans la cuisine à parler d'enfants, de recettes et de remèdes de grand-mère, eux étaient en train de comploter dans le salon.

— Pour le cas de Norbert, il s'agissait de ne pas attirer l'attention sur nous d'une façon ou d'une autre, enchaîna Martial. Une fois que nous aurions conduit Norbert au camp, il faudrait organiser son ravitaillement chaque semaine. Le camp n'était pas loin, mais pas tout à côté non plus. Nous devrions passer par le bois pour nous rendre jusqu'au lac. Nous nous sommes entendus pour emprunter des chemins différents et toujours le jeudi soir. Ce soir-là, après le souper, Charles a attendu d'être certain que l'appartement de Norbert n'était pas surveillé, avant d'aller chercher ce qu'il désirait avoir. Il a pris des vêtements, de quoi écrire, un jeu de cartes, un rasoir et différents accessoires de toilette, ainsi qu'une boîte de paperasse que notre ami réclamait avec insistance. En fin de soirée, Georges-Aimé et moi sommes allés retrouver Norbert et l'avons mené jusqu'au camp. Les autres hommes et moi devions nous revoir ensuite à l'occasion d'un autre souper, cette fois chez Solange.

— Ah oui ! approuva celle-ci.

— Sa soupe aux pois était un délice, glissa Martial. Je pense que je la pète encore.

L'ineffable Martial. Il avait le don de dérider tout le monde. Patiemment, Hélène les remit tous sur les rails en commentant :

— Décidément, j'ai des élèves dissipés ce soir.

— Y a des jours de même, mademoiselle, murmura Annabelle d'une petite voix.

— Heureusement que nous n'avons pas de devoirs ni de leçons, ajouta Georges-Aimé.

— Vos devoirs, vous les avez faits jusqu'à lundi, conclut Hélène en souriant.

Tout le monde commençait à avoir des fourmis dans les jambes. La conversation dériva sur autre chose. Georges-Aimé venait de s'ouvrir une bière, imité aussitôt par Martial. Plusieurs se levèrent. Les femmes furent les premières à mettre le nez dehors pour admirer la pleine lune au-dessus du lac. La sortie ne dura guère tant les moustiques se montraient voraces. Les hommes finirent leur bière. Les femmes rapaillèrent leurs affaires tout en distribuant à la ronde du sucre à la crème et d'autres douceurs du genre. Les petits gâteaux de Yolande notamment furent fort populaires. La soirée était bien entamée quand ils montèrent dans leurs embarcations pour retraverser le lac. Hélène me prévint : « Dans trois jours, nous reviendrons. »

Chapitre 37

Le début du récit

Lorsqu'ils eurent vidé le camp, me revint en mémoire la question que je me proposais de leur poser, à savoir qu'est-ce qui avait mis le feu aux poudres entre Norbert et le bedeau avant son entrée dans l'armée. Je me promis d'obtenir une réponse là-dessus dès la rencontre suivante. Pourtant, quand ils revinrent avec leur bonne humeur communicative, j'oubliai de nouveau ma question, d'autant plus que les femmes avaient apporté un de ces bons *snacks* de hamburgers, que tout le monde dévora sans trouver le temps de parler. De même que les autres soirs, le souper était à peine terminé que nous passâmes aux choses sérieuses, comme l'annonça Hélène :

— Ce soir, Maxime va nous lire ce qu'il a écrit jusqu'à présent.

J'avoue qu'elle me prenait de court. Martial ne manqua pas de s'en rendre compte et me taquina :

— Je pense qu'il y en a un qui vient de se faire prendre les culottes baissées.

Il fallait voir tous les visages rieurs se tourner dans ma direction.

— Les culottes baissées, les culottes baissées, pas tout à fait, assurai-je. Les femmes n'auront pas la chance de voir quoi que ce soit. Dommage pour elles !

— Dommage pour elles, pourvu qu'il y ait vraiment quelque chose à voir, se moqua Martial.

Les femmes rirent de bon cœur.

Je rassemblai mes notes.

— C'est mince, précisai-je. Je n'étais pas prévenu que vous attendiez ça de ma part ce soir.

Je leur lus tout de même ce qui suit :

En Beauce, au temps de la conscription, des jeunes hommes tiennent assez à la vie pour ne pas aller servir de chair à canon aux Allemands en Europe. Pour éviter de s'inscrire dans l'armée, ils choisissent plutôt de se cacher. D'autres encore, déjà enrôlés, désertent. Ils n'ont guère de place où disparaître à part les bois, et encore faut-il, à moins qu'ils soient eux-mêmes de bons trappeurs, que quelqu'un les approvisionne pour leur éviter de crever de faim.

La police montée en repère un en Beauce et le descend en lui tirant dans le dos sans pitié pendant qu'il s'enfuyait. L'affaire fait la une des journaux et suscite la désapprobation de tout le Québec. La police a-t-elle eu raison de tuer un jeune qui ne voulait pas aller à la guerre ? Va-t-on commencer à tirer sur tous ceux qui ont horreur des champs de bataille ? Sommes-nous obligés de perdre la raison, parce qu'un fou veut imposer sa loi au monde entier ? Aussi paradoxal que ça puisse paraître, maintenant, tous les jeunes doivent savoir que déserter, c'est risquer d'être abattus comme des chiens par ces hommes mêmes qui sont payés par les contribuables pour les protéger.

En Beauce, en 1944, un matin du début de l'été, Martial Rodrigue trouve sous sa porte un billet par lequel un jeune déser-

teur, Norbert Poulin, pourchassé par la police et ses chiens pisteurs, fait appel à lui pour le tirer de ce mauvais pas. Le même jour, Martial Rodrigue prévient Georges-Aimé Rodrigue de la présence de leur ami non loin dans le bois. Ils réussissent à le rencontrer, lui donnent de la nourriture et lui promettent de s'occuper de lui sans délai.

J'en étais là dans ma lecture quand s'élevèrent parmi mon auditoire des murmures qui enterrèrent ma voix. Quelque chose les dérangeait. Hélène intervint pour les faire taire :

— Laissez-le terminer !

Je poursuivis :

Le lendemain, Charles Morin de même que Thomas Roy sont informés du drame qui se déroule tout près de chez eux. Ils ont tous une part dans un camp de pêche et de chasse pas très loin de là et acceptent spontanément d'y héberger leur ami.

— Voilà, ajoutai-je, c'est tout ce que j'ai écrit à date.

— Qu'est-ce que c'est que cette histoire ? s'écria Charles. Qui sont Martial Rodrigue, Georges-Aimé Rodrigue, Charles Morin, Thomas Roy ?

— Mais, c'est vous !

— Ce sont les noms que tu as donnés aux hommes ? s'exclama Solange.

— C'est juste. Je n'ai pas oublié le contrat passé avec vous où je ne dois utiliser sous aucun prétexte vos noms véritables.

— Comme ça, si je comprends bien, quand je te parle, pour toi, je suis Martial.

— Absolument, je vous ai tous et toutes rebaptisés.

Celui que j'avais appelé Georges-Aimé commenta calmement :

— Maxime ne pouvait pas faire autrement. Nous ne lui en avons pas donné le choix. Pour lui, nous sommes Martial, Georges-Aimé, Charles, etc.

— Les gens vont sûrement se rappeler qui étaient les propriétaires du camp, bien qu'en lisant ce texte, ils ne pourront pas vous identifier sous votre vrai nom et même s'ils le font, qu'est-ce que ça changera ? Yolande est la femme de Martial, Annabelle, celle de Georges-Aimé, Solange, celle de Thomas, Rachel est la sœur de Charles et il y a Hélène qui, si j'ai bien compris, était alors la fiancée de votre ami que j'ai nommé Norbert Poulin. De même, vous ne devriez pas vous faire achaler à ce propos quarante ans plus tard. Les autres ne pourront rien contre vous.

— Au fond, qu'est-ce que ça change ? souffla Martial. On ne refait pas le passé.

— Tout ça est bien beau, s'indigna Annabelle, mais c'est vraiment tout ce que tu as à raconter sur nous ?

— En gros, oui. Bien sûr, je pourrais étirer la sauce, mais je n'en vois pas l'intérêt. J'ai plutôt l'impression que c'est ce qui va venir qui va mettre un peu de piquant.

Je les vis se regarder, à la fois déçus et perplexes.

— Allons, les invitai-je, ne faites pas ces têtes-là ! Quand je connaîtrai toute l'histoire, je bâtirai mon scénario, car vous ne me ferez pas croire que c'est tout ce que vous vouliez me dire à ce sujet, que ça se résume au fait que vous avez caché un déserteur quelque temps. Il y en a bien d'autres qui l'ont fait.

— Tu as raison, approuva Charles. Tant qu'à te raconter l'histoire, autant le faire au complet.

Chapitre 38

La suite

— Au début, raconta Charles, personne ne s'est montré frustré de devoir fournir de la nourriture à notre ami Norbert et de la payer de sa poche. Mais après deux mois de ce régime, quelqu'un a fait la réflexion qu'il pourrait se rendre utile en faisant quelque chose de ses dix doigts. Nous pourrions vendre ce qu'il fabriquerait, pour lui acheter ce dont il avait besoin. L'idée était d'autant meilleure qu'il savait tout faire.

— Je me souviens, commenta Georges-Aimé, que sur cette question, le mari de celle que tu appelles Solange…

— Thomas, dis-je.

— Thomas, donc, qui n'était pas le plus grand parleur de la gang, est intervenu : "C'est un bon sculpteur, n'est-ce pas ? On va le greyer de tilleul et de ciseaux à bois et on vendra ses sculptures. En plus, ça va l'occuper. Un homme qui ne l'est pas finit par déprimer."

— C'est ce que nous avons fait, poursuivit Charles. Nous lui avons apporté tout ce qu'il fallait pour sculpter et il s'est mis à produire des animaux de toutes sortes et ressemblants en grand. Norbert prenait un bloc de tilleul, l'examinait de tous les bords, étudiait le fil du bois et commençait à travailler. On aurait juré qu'il voyait déjà dans le bois l'animal qu'il allait reproduire. Nous avons chargé les femmes de faire le tour de la ville pour vendre les sculptures. Elles prétendaient que celles-ci venaient d'un de nos amis, un vieil homme qui ne pouvait sortir de sa maison, parce qu'estropié.

— À ce moment, précisa Georges-Aimé, les femmes avaient été mises dans le coup.

— Les gens ne soupçonnaient rien? demandai-je.

— Ils se doutaient bien que le vieux sculpteur infirme que nous avions inventé pour la circonstance pouvait être un déserteur, mais ils se montraient généreux et achetaient volontiers. Je crois bien qu'il n'y a pas beaucoup de maisons des alentours qui ne possèdent pas leur sculpture signée "L'ours". Notre ami était vraiment doué.

Annabelle intervint:

— Bien entendu, on ne pouvait pas en demander le prix que ça aurait dû coûter normalement. On était en temps de guerre et les gens ne dépensaient pas leurs sous facilement. Quand même, l'argent que les sculptures rapportaient suffisait à nourrir Norbert.

— Au début, nous y allions à quatre le jeudi, rapporta Charles. Ensuite est arrivée la période de la chasse. On apportait nos carabines et on se promenait dans le bois comme le font les chasseurs. Si on avait rencontré des policiers, on avait une bonne défaite pour être là. Puis on s'est rendu compte que si notre ami appréciait nos visites, le reste de la semaine était long pour lui. Nous avons suivi le conseil des femmes en y allant chacun notre tour. De la sorte, un jour sur deux, il voyait l'un ou l'autre d'entre nous. Il était content, mais il demandait souvent pourquoi sa fiancée ne venait pas le voir.

Les yeux se tournèrent vers Hélène. Elle se redressa sur son banc et confia :

— Après avoir appris qu'il se cachait au camp, j'ai choisi de ne pas le visiter, parce que je craignais qu'il finisse par me demander de rester là-bas avec lui. Je ne me voyais pas vivre en tête-à-tête avec lui, enfermée dans ce camp, à craindre sans cesse d'y être découverte en même temps que lui. J'avais l'impression que nous nous serions rendus malheureux tous les deux.

— Pourquoi donc ? la questionnai-je.

— Je l'aimais, mais j'étais déstabilisée par tout ce qui se passait. Après tout, la situation avait bien changé depuis que nous nous étions fiancés. Je ne voulais pas non plus, s'il me voyait malheureuse, qu'il prenne des risques à cause de moi et qu'il se fasse prendre. Finalement, j'ai décidé d'aller le voir en compagnie de Yolande ou d'Annabelle. C'était très imprudent de notre part. Qu'aurions-nous pu raconter aux policiers pour justifier notre présence dans les bois à l'automne ? La cueillette de champignons ?

« La première rencontre s'est bien passée, mais ça n'a pas été long qu'il a voulu plus. C'est ce que je craignais. Il faisait le désinvolte et laissait entendre que sa situation ne le faisait pas souffrir. Mais je n'étais pas dupe. Il demandait à ceux qui allaient le voir de me convaincre de lui rendre visite seule. Je m'y refusais et ça le frustrait. Heureusement qu'il pouvait s'occuper en sculptant. C'était un homme tellement actif d'ordinaire que s'il n'avait pas eu ça, il se serait mis à hurler comme un loup et n'aurait pas enduré une minute de plus d'être enfermé. »

Après ces propos d'Hélène, il se fit un long silence, chacun étant plongé dans ses pensées. Georges-Aimé se leva.

— Cimetiére ! lança-t-il. Je pense qu'on serait mieux de partir. On reviendra avec d'autres choses à conter à Maxime, de même, il pourra nous pondre une histoire raisonnable.

Chapitre 39

De mieux en mieux

L'été avançait. Mes amis continuaient de venir me voir tous les deux ou trois jours. Je profitais du temps où j'étais seul pour me faire une meilleure idée de qui était Norbert Poulin, en lisant ce que contenait la boîte apportée par Georges-Aimé et Annabelle.

Par contre, lors de leur visite suivante, je devinai qu'ils avaient discuté entre eux et qu'ils désiraient me faciliter la tâche, car Hélène me remit une deuxième boîte en m'expliquant :

— Comme nous te l'avons dit, il était imprudent que les femmes lui rendent souvent visite, n'ayant pas de bonne excuse pour se promener dans les bois. Alors, nous avons décidé de lui écrire, afin de le désennuyer et de lui faire sentir que nous étions toujours avec lui. Fort heureusement, Martial a pu récupérer les lettres que les hommes lui remettaient.

« Ce que tu as en main, ce sont les lettres que nous lui avons envoyées. Nous croyons qu'à travers elles, tu apprendras à mieux nous connaître, ce qui devrait t'aider dans ton écriture. De plus, tu dois savoir qu'après un certain temps, il ne s'est même plus donné la peine d'y répondre, même pas de les lire. Toutefois, ça ne nous a pas empêchées de continuer à lui écrire. Prends tout ton temps pour les parcourir. Il y en a beaucoup, mais elles devraient te divertir, comme nous espérions alors qu'elles le feraient pour lui. »

Je me demandais ce que ses amies pouvaient bien lui avoir écrit afin de lui changer les idées. J'avais hâte de prendre connaissance du contenu de ces missives.

Puis Martial prit la parole :

— Notre ami était un homme excessif ou, pour le dire autrement, un passionné. Quand il se lançait dans un projet, c'était à fond. J'imagine qu'en amour, ce devait être comme dans tout le reste. Il avait beaucoup de temps pour jongler à ses malheurs et, quand il avait la chance de nous voir, il aurait souhaité que nous passions plusieurs heures avec lui. Mais nous ne pouvions pas nous le permettre parce que d'abord, nous avions notre travail et notre famille qui nous occupaient, et ensuite parce que nous devions rester sur nos gardes chaque fois que nous allions le voir. Imagine à présent ce que ça a été quand les femmes ont décidé de lui rendre visite. Heureusement, elles ont rapidement convenu qu'il valait mieux qu'elles voient Norbert le moins souvent possible. C'est à compter de ce moment-là que nous leur avons promis d'apporter à Norbert les lettres qu'elles lui écriraient.

— Et sa fiancée, là-dedans ?

— Hélène ? Si elle l'avait écouté, ajouta Georges-Aimé, ça n'aurait pas été vivable pour elle. N'est-ce pas, Hélène ? Il aurait voulu qu'elle lui rende visite toutes les semaines. Elle ne pouvait pas continuer à le fréquenter *steady*, au risque qu'ils se fassent prendre tous les deux. C'est ce qui serait certainement arrivé. Il ne faut pas perdre de vue que l'enjeu était grand. Ça aurait été la prison pour les deux. En plus, comme nous lui prêtions notre camp, nous aurions tous écopé, autant qu'elle.

Chacun restait songeur. Sans doute se remémoraient-ils cette période angoissante où, tous les deux jours, l'un d'entre eux prenait le chemin des bois, avec tous les risques que ça comportait, afin de rendre visite à leur ami et de s'assurer qu'il ne manquait de rien.

— J'imagine, dis-je, qu'à l'été et à l'automne, ça devait être assez facile, mais que ça s'est compliqué quand l'hiver est arrivé.

Hélène, que cette soirée semblait particulièrement éprouver, intervint :

— Pour ma part, je préférerais que nous continuions cette conversation un autre jour.

Voulant sans doute détendre l'atmosphère, Rachel proposa :

— Un p'tit set carré après ça ?

Elle se mit à imiter une calleuse :

— Les hommes à droite, les femmes à gauche, un pas en avant, deux pas en arrière, on tourne à droite, on tourne à gauche, on s'déplace pour faire d'la place, on fait swigner notre compagnie, un tour à droite, un tour à gauche, les femmes au milieu, les hommes autour, un pas en avant, deux pas en arrière, on tourne à gauche, on change de compagnie, tout l'monde balance et tout l'monde danse, on fait deux pas, on recommence, on tourne sur place puis on s'efface, tout l'monde balance puis tout l'monde danse, et domino les femmes ont chaud !

Cette intervention fit rire tout le monde. La discussion se porta sur certains de leurs anciens séjours au chalet. Yolande rappela la mésaventure qu'ils avaient vécue quand une moufette s'était installée sous le chalet et avait empesté la place pendant plus d'une semaine. C'est Thomas qui avait fini par l'attraper en creusant un trou camouflé par des branches sur lesquelles il avait déposé de la nourriture. La bête était tombée dans le piège. Il était parvenu à la saisir par la queue le soir en l'aveuglant avec une lampe de poche.

— Une fois que tu la tiens de même, m'expliqua Georges-Aimé, elle n'est plus capable d'arroser.

— Comment s'en est-il débarrassé ? questionnai-je.

— Lui seul aurait pu te le dire, répondit Georges-Aimé.

Puis il raconta comment il s'était défait de deux ratons laveurs qui s'étaient faufilés dans le chalet où ils avaient fait passablement de dégâts dans le garde-manger.

La soirée se termina sur le récit que nous fit Yolande de sa rencontre au bord du lac avec un orignal mâle au panache imposant. Elle conclut son histoire en jurant que c'était le plus beau mâle qu'elle ait vu de sa vie.

— C'est un bel hommage à ton homme, ricana Charles.

Tout le monde éclata de rire et Rachel ne manqua pas d'ajouter :

— Martial a aussi pas mal de panache.

Les rires doublèrent et Hélène choisit ce moment pour donner le signal du départ. Elle me prévint avant de quitter les lieux qu'ils seraient quelques jours sans venir. En plus de la deuxième boîte, elle m'avait apporté des journaux à lire. Ça ne pouvait pas tomber mieux.

Chapitre 40

Les lettres

Je profitai de ce répit pour faire le point sur ce que je savais de cette histoire. Je sentais que toute cette mise en contexte s'étirait afin d'éviter d'en venir à l'essentiel. Quel drame s'était réellement joué dans ce camp en pleine forêt ? Ce pauvre Norbert avait-il tenu le coup jusqu'à la fin de la guerre, et comment ses amis s'en étaient-ils tirés ?

Également, depuis quelques jours, ma mémoire me revenait tranquillement. Un beau jour, il me vint une image en tête. Comme c'est le cas les matins où tout semble enveloppé dans la ouate, puis que la brume se dissipe peu à peu, avant qu'apparaisse le paysage ensoleillé. En moi, la lumière faisait son chemin de la même façon. Je revoyais depuis quelque temps une maison que je finis par reconnaître comme celle que j'avais quittée le soir de mon accident. Que faisais-je là-bas ? C'était encore flou dans mon esprit, mais je me voyais assis à une table avec quelqu'un. Qui était-ce ? Juste comme j'avais l'impression de m'en rappeler, l'image se défaisait comme un casse-tête qu'on démantèle. Je passais une heure ou deux sans qu'elle me revienne, puis elle resurgissait, plus claire et plus nette, jusqu'à ce que la personne inconnue avec qui j'étais lève la tête et que la scène s'évanouisse de nouveau.

Je savais que cet instant précis était la clé pour comprendre pourquoi je m'étais saoulé et que j'avais erré en voiture jusqu'à ce que je prenne le fossé.

J'avais hâte de faire part de cette réflexion à mes amis. D'ailleurs, d'une fois à l'autre, j'espérais de plus en plus leur venue. C'était le couple formé de Martial et Yolande qui me plaisait le plus. Georges-Aimé et Annabelle se montraient plus réservés. Quant à Solange, cette belle et grande femme toujours bien mise, elle me rappelait une de mes tantes que j'avais admirée pour sa culture et son langage raffiné. Hélène dirigeait le groupe un peu à la manière d'une maîtresse d'école, ce qu'elle avait été, Rachel tenant le rôle de l'élève la moins disciplinée et son frère Charles, celui du plus récalcitrant.

Je les sentais heureux de se retrouver ici deux soirs par semaine. Georges-Aimé pensait à tout et apportait même des jeux de cartes, pour prévenir les questions de gens du village qui arriveraient à l'improviste en voyant de la lumière. Mais qui penserait à venir jusqu'à ce petit camp perdu en pleine forêt ? De toute façon, si on me reconnaissait, je m'organiserais tout simplement pour prévenir que je n'étais pas disparu.

Pour lors, je disposais de passablement de temps pour avancer dans mes recherches sur Norbert Poulin. Je me lançai dans la lecture des lettres contenues dans la deuxième boîte. Les premières étaient datées d'octobre 1944 et la dernière, un mot d'Hélène, d'avril 1945. Il y en avait au moins une vingtaine, provenant d'à peu près tout le monde, et même des hommes du groupe. Je les classai selon leur auteur.

Je ne fus pas long à constater qu'elles étaient de tons bien différents. Georges-Aimé s'évertuait à informer son ami de la progression de la guerre en Europe. Yolande et Rachel avaient choisi de le divertir en lui faisant part d'un peu tout ce qui se passait au village. Sans doute pour ne pas trop tourner le fer dans la plaie, Hélène lui avait peu écrit. Charles, pour sa part, lui adressa quelques lettres. Solange lui fit parvenir deux missives, où je reconnus parfaitement ses soucis de maîtresse d'école, ce qu'elle avait été tout comme Hélène. Les voici :

Mercredi 27 décembre 1944

Mon cher Norbert,

Je remarque que je prends rarement le temps d'écrire. Mes soirées, je les passe à préparer mes cours et à corriger les devoirs de mes élèves. Mais voilà que je me suis dit : « Ce pauvre Norbert a beaucoup de temps pour lui et ça ne lui déplairait sans doute pas de me lire pour se changer les idées. »

Hortense, qui enseigne aux petits dans une école de rang pas loin d'ici, m'a raconté une curieuse histoire aujourd'hui. Deux vieilles croisent une petite fille et lui disent : « Fais-nous une phrase avec les mots "vache à lait". » La petite réfléchit un instant et répond : « Deux personnes marchaient dans un champ de foin. La vache, a les a regardées et a fait meuh ! » « Explique-moi, a ajouté Hortense après m'avoir rapporté cette histoire, comment nous en sommes venus à parler si mal que nos enfants, à qui nous avons appris à parler, emploient la lettre a pour dire elle ? » Je ne savais pas quoi répondre. Hélène m'a alors expliqué que cette prononciation nous vient de nos ancêtres. Il paraît qu'ils parlaient comme ça au dix-septième siècle et que ça nous est resté. C'est-y Dieu possible !

Tout cela pour te dire que je me suis mise ensuite à réfléchir à des exemples de notre parler, et il m'en est venu des vertes et des pas mûres. Toi qui te préoccupes de toujours bien t'exprimer, tu auras sans doute remarqué que nous escamotons les négations, comme quand nous disons « J'ai jamais su son nom » au lieu de « Je n'ai jamais su son nom ». De plus nous employons l'expression « Mon mononcle », alors qu'il n'y a pas lieu de répéter « mon » deux fois. Également, au lieu de dire « Vas-tu bien ? », nous disons « Tu vas-tu bien ? ». En passant, j'espère vraiment que tu vas bien. Je n'ai pas eu la chance de te voir dernièrement, mais les autres ne manquent pas de me parler de toi. Il semble que tu aies réellement hâte de revenir à la civilisation. Sache bien que je compatis avec toi et que je souhaite de tout cœur que ton calvaire se termine bientôt.

Je me rends compte que je t'ennuie sans doute avec mes histoires de français. Je te laisse là-dessus, non sans penser que tu dois te dire très souvent « Chu tanné » au lieu de « Je suis tanné ». On dirait que ça exprime encore mieux le sentiment. Ne te décourage surtout pas, Norbert. Dans quelques mois, j'en suis sûre, tu retrouveras ta liberté. Nous avons tous hâte à ce moment. Bon courage ! Nul doute que mon cher Thomas va te rendre bientôt visite, mais ne compte pas sur lui pour t'écrire : tu sais que ce n'est guère dans ses cordes.

Solange

La seconde lettre ressemblait quelque peu à la première.

Samedi 17 février 1945

Bonjour Norbert,

Je me fais reproche de ne pas t'avoir réécrit depuis décembre. Je ne sais pas si tu lis, mais je pourrais te prêter de bons livres. Tu as sans doute entendu parler de Saint-Exupéry, cet écrivain français qui était aussi pilote d'avion. Il a disparu en juillet dernier avec son appareil. On croit qu'il a été descendu par les Allemands. Il a publié il y a deux ans un livre qui s'intitule Le Petit Prince. *Je vais m'arranger pour te le faire apporter. Je crois que cette lecture te ferait du bien. Il y a dans ce livre écrit à la manière d'un conte toutes sortes de réflexions très intéressantes.*

Le Petit Prince est un enfant qui vivait sur une autre planète et qui s'est retrouvé soudainement sur la Terre, dans un désert. Il y rencontre un aviateur dont l'appareil est en panne. Il demande à l'aviateur de lui dessiner un mouton, mais il n'est jamais satisfait de ses dessins. Pour le reste de l'histoire, tu sauras bien l'apprécier en lisant le livre.

Je pourrais aussi te recommander d'autres volumes. Connais-tu Alphonse Daudet? Il a écrit un recueil de nouvelles intitulé Lettres de mon moulin. *Il est très divertissant. Si tu veux le lire, je te prêterai volontiers l'exemplaire que je possède. L'histoire que je préfère est* La chèvre de monsieur Seguin. *Une petite chèvre se sentait prisonnière dans son enclos… Bon, qu'est-ce que je t'écris là? Il serait sans doute mieux que tu lises* Les trois messes basses *ou encore* La mule du pape.

Quoi qu'il en soit, si tu as le goût de lire, fais-le-moi savoir, j'ai bien des livres dans ma bibliothèque qui te permettraient de te tenir l'esprit occupé.

Au plaisir,
Solange

Ces lettres de Solange démontraient à quel point ses amis avaient le souci de le distraire. Les trois lettres de Charles, quant à elles, s'avéraient plus laconiques.

Lundi 11 décembre 1944

Salut Norbert,

C'est Charles qui t'arrive avec son petit mot. Quoi te dire sinon que ce sera certainement ton premier et dernier hiver au camp. La police se montre moins zélée en hiver, alors tu peux te détendre un peu. Fais quand même attention. Ce printemps, tu devrais être libre. Les Alliés foncent droit sur l'Allemagne. Georges-Aimé va sûrement t'en parler dans sa lettre que Martial va t'apporter en même temps que la mienne. Ce sera mon tour d'aller te voir la semaine prochaine. Je promets de t'acheminer quelque chose que tu as peut-être déjà goûté, mais jamais en aussi bon. C'est une recette qu'Émérentienne a dénichée quelque part, un dessert comme il s'en fait rarement. Bon ben, je te laisse là-dessus et à la semaine prochaine !

Charles

Jeudi 4 janvier 1945

Norbert,

Quand je t'ai vu, il y a deux semaines, tu n'étais vraiment pas dans ton assiette. Je pensais pourtant que le pouding chômeur que t'avait préparé Émérentienne te ferait grandement plaisir. Mon vieux, ne te laisse pas abattre. Songe plutôt à tout ce qui t'attend d'ici quelques mois. Après la guerre, nous promettons de te faire oublier rapidement ces moments difficiles. Tout le monde croit qu'elle devrait finir avec le printemps. Tu pourras sortir de ta cachette la tête haute. Commence donc à penser à ce que tu souhaites faire quand tu reviendras parmi nous.

À bientôt!
Charles

Jeudi 1er mars 1945

Norbert,

Un mot pour te dire que je ne t'oublie pas et que partout les nouvelles sont bonnes en ce qui concerne la guerre. Ça fait drôle de dire qu'on a de bonnes nouvelles quand il s'agit de la guerre, mais c'est le cas puisqu'elle tire à sa fin. Prépare-toi à nous revenir pour de bon. Tu as, paraît-il, des pensées noires. Mais je connais ton courage et je sais que tu vas passer au travers.

Ici, tout le monde vit dans l'espoir que ça finisse comme un mauvais mal de dents. Parlant de mal de dents, il paraît que tu en as souffert dernièrement. Tu comprendras qu'il nous était impossible de t'envoyer un dentiste. Heureusement, Georges-Aimé m'a dit que tout était rentré dans l'ordre. Prends ton mal en patience, il n'y en a plus pour très longtemps.

Charles

Georges-Aimé, pour sa part, écrivait régulièrement à Norbert, si bien qu'Annabelle se disait sans doute qu'elle n'avait pas à le faire. Elle se permit toutefois une lettre en mars 1945.

Lundi 26 mars 1945

Cher Norbert,

Je ne me suis pas forcée pour t'écrire jusqu'à présent, puisque Georges le fait pour nous deux en plus de te visiter. Ça ne veut pas dire pour autant que je t'oublie. Mais je ne suis pas une écriveuse. Quand même, je veux te dire que je m'attends à te revoir bientôt avec nous autres.

Avec le printemps qui arrive, nous avons bien hâte de préparer notre jardin et de voir pousser nos légumes. Les enfants aussi sont contents que l'hiver finisse. La neige ne les empêche pas de jouer dehors, même s'ils aiment mieux pouvoir courir nu-pieds dans l'herbe durant la belle saison. Adalbert m'en parlait l'autre jour. Il est bien jeune, mais il se souvient déjà de comment c'était l'été passé.

À part ça, s'il n'y avait pas la guerre, tout serait parfait. Georges-Aimé va venir te voir bientôt. Il va t'apporter le sucre à la crème que j'ai fait pour toi. Même si nous sommes rationnés, nous réussissons à nous débrouiller quand même.

À bientôt j'espère,
Annabelle

Ces lettres donnaient un aperçu du soin que ses amis apportaient à divertir Norbert. Les lettres de Yolande, Georges-Aimé et Rachel semblaient aussi fort intéressantes, d'autant plus qu'au début Norbert y répondait brièvement. J'y reviendrai.

Chapitre 41

Un pas de plus dans l'histoire

Quand ils me rendirent visite, je me demandai si je devais leur apprendre que mon passé récent me revenait de plus en plus clairement et qu'il faudrait bientôt que je donne signe de vie à mes amis et à mon patron. Puis, je résolus de garder tout cela pour moi. N'était-il pas mieux que je me rende au bout de l'expérience que je vivais avec eux?

C'est Martial qui, ce soir-là, fut chargé d'évoquer les pénibles moments vécus par le groupe quand l'hiver s'abattit sur la région.

— Jusque-là, commença-t-il, la température s'était montrée assez clémente. Marcher dans les bois à l'automne est agréable. Nous avions les yeux grands ouverts et les oreilles aux aguets pour percevoir une éventuelle présence humaine dans les environs. Nous apportions des fusils de chasse pour justifier notre promenade dans les bois. Tout cela s'était passé sans trop de difficultés, jusqu'aux premières neiges. Dès lors, tout a changé pour nous comme pour Norbert.

— Quelle différence cela faisait-il pour Norbert ? l'interrogeai-je.

— J'y viens. Il faut savoir que depuis qu'il était au camp, ce dernier vivait confortablement. À la moindre alerte, il pouvait disparaître derrière un mur, grâce à une porte escamotable. C'est lui qui avait fabriqué ça. Bien entendu, si la police était venue là avec des chiens, ces derniers n'auraient pas tardé à sentir sa présence. Quand même, c'était mieux que rien. Il faut croire, poursuivit Martial, que Norbert était bien conscient que c'était une cachette imparfaite, puisque sans nous prévenir, il s'en était créé une autre bien meilleure.

— Quelle sorte de cachette ?

— Il avait remarqué près du camp deux ou trois bouleaux qui poussaient sur un rocher. En allant voir de plus près, il avait découvert une ouverture dans le haut de ce rocher, qui était suffisamment grande pour qu'il puisse s'y glisser. Il s'est retrouvé dans une espèce de grotte, assez vaste pour s'y tenir debout et même pour pouvoir y installer un lit. Il s'est alors consacré à l'aménager de telle sorte qu'advenant l'arrivée de policiers, il pourrait s'y réfugier et y vivre un certain temps sans problème. Il s'est confectionné un matelas à l'aide de branches de sapin.

« Sachant qu'une fois l'hiver arrivé, la neige risquait d'obstruer l'entrée, il a réfléchi à une manière de remédier à ce problème. Il a déniché dans la forêt une souche pourrie, bien qu'encore assez solide. Il l'a transportée jusqu'à sa cachette. Il en a vidé le cœur de façon à créer un genre de cheminée qu'il a installée au-dessus de la fissure. Quand la neige est arrivée, c'est par cette cheminée qu'il accédait désormais à sa cachette souterraine. Avec les bouleaux, le tout paraissait naturel. C'était vraiment bien pensé. »

Je ne pus m'empêcher d'intervenir :

— Est-ce que cette cachette a bel et bien servi ?

— Oui, affirma Solange, mais je veux d'abord te décrire quelques-uns des problèmes qu'a apportés l'hiver. Norbert gelait littéralement parce qu'il ne pouvait pas chauffer le camp durant le jour, étant donné que la fumée l'aurait trahi. Un camp habité devenait automatiquement un camp visité par les policiers. Le seul temps où il pouvait se permettre de chauffer, c'était au milieu de la nuit, parce que les policiers dormaient, et encore, il pouvait le faire seulement quand il n'y avait pas de lune, ou bien durant les grosses averses de neige. Mais il devait s'assurer que rien ne fumait dès la levée du jour. Imagine la volonté que ça devait lui prendre pour se décider à éteindre le poêle à bois quand la température plongeait sous zéro.

— Ce devait être un homme réellement courageux, fis-je remarquer.

— Pour être courageux, acquiesça Martial, il l'était vraiment. Il a vécu là des moments très difficiles, de quoi faire chavirer l'esprit de bien des hommes équilibrés.

Solange reprit la parole :

— Un autre inconvénient de l'hiver, c'est que les traces de pas dans la neige pouvaient être beaucoup plus facilement repérées par les policiers.

— On a donc dû revoir notre façon de procéder, enchaîna Charles. Nous nous sommes entendus pour nous rendre au camp seulement quand nous étions assurés qu'il allait neiger au cours de la nuit ou le matin suivant. De la sorte, nos traces seraient effacées rapidement.

Incrédule, je m'exclamai :

— Les météorologues se trompent une fois sur deux, alors comment pouviez-vous être certains de votre affaire ?

— Grâce à Wilbrod Leclerc, m'apprit Charles. C'était un vieil Indien que nous surnommions Monsieur Météo.

— Qu'avait-il de particulier ?

— Les gens le consultaient tous les matins pour connaître la météo de la journée. Il se fiait à ce que lui disaient ses membres endoloris pour deviner le temps qu'il ferait. C'était un vrai baromètre vivant. Il pouvait prédire à quelques heures près chaque nouvelle chute de neige. Ainsi, cet hiver-là, grâce à Wilbrod, nous avons pu continuer d'apporter de la nourriture à Norbert en toute sécurité.

— Ça ne me renseigne pas, commentai-je, sur la façon dont il endurait le froid durant la journée.

— Nous lui avions apporté des peaux de fourrure, précisa Martial. Il en avait tapissé l'intérieur de sa cachette. C'est là où il se réfugiait quand il ne pouvait pas chauffer le camp. Un peu comme un igloo, la grotte retenait la chaleur. Nous lui avions aussi fourni un bon sac de couchage et des vêtements chauds. Il y a passé le plus clair de son temps pendant l'hiver.

Georges-Aimé intervint :

— Nous l'avons approvisionné en bois et en nourriture pendant tout ce temps. Il n'a jamais manqué de rien. Nous partions chacun notre tour avec notre sac à dos chargé de deux ou trois quartiers d'érable et de saucisson, de pain, de fromage, et de quelques bières que nous gardions dans notre parka pour les empêcher de geler. Nous avions convenu d'un signal en frappant des coups répétés sur la souche. Nous lui passions le bois et les provisions par l'ouverture. Ensuite, nous faisions disparaître toutes les traces de notre passage en utilisant nos raquettes pour lancer de la neige sur le monticule sous lequel il se trouvait.

— Il faut dire, ajouta Hélène, que les hommes ont été chanceux de n'avoir jamais été suivis. Au bout du compte, Norbert n'a été menacé qu'une fois durant tout son séjour.

— Menacé ? répétai-je.

Hélène se leva et proposa :

— Si tu le veux bien, Maxime, nous te l'apprendrons à notre prochaine visite. Ce soir, nous ne sommes pas venus ici uniquement pour parler du passé. Il faut aussi penser à célébrer le présent, puisque c'est aujourd'hui la fête de Yolande.

Ils se levèrent tous. Annabelle avait apporté un gâteau sur lequel elle planta sept bougies qu'elle alluma aussitôt. Ils chantèrent le nouvel hymne inventé par Gilles Vigneault pour célébrer les anniversaires : « Ma chère Yolande, c'est à ton tour de te laisser parler d'amour. » Yolande était si émue que des larmes roulaient sur ses joues. Lorsqu'elle souffla les bougies représentant ses soixante-dix ans, je me rappelai soudainement que j'étais en présence de personnes qui, par leur entrain, me faisaient oublier les quelques années qui nous séparaient.

Ce soir-là en particulier, je les regardai avec envie quand ils quittèrent la place, heureux d'être ensemble et d'avoir pu exprimer leur affection à l'une des leurs. Ils étaient réellement restés jeunes de cœur.

Chapitre 42

Une rencontre inattendue

L'été s'écoulait tranquillement et je n'étais toujours pas pressé de refaire surface. Il semblait bien qu'on ne me cherchait plus, car il n'était plus question de ma disparition dans les journaux. J'avais tout mon temps pour réapparaître, je ne manquais à personne – du moins, c'est ce que je croyais. Je profitais de mon séjour en ermite dans ces bois pour refaire le plein d'énergie. Le gros coup des moustiques étant maintenant passé, je décidai d'explorer plus à fond les environs. Le lac n'était pas très grand. Afin de pouvoir suivre le sentier qui le contournait, je devais escalader une petite montagne d'où je pouvais observer les alentours. Je me trouvais réellement seul avec les bêtes sauvages. Une route sillonnait la forêt de l'autre côté du lac et je percevais parfois des rugissements de moteurs et autres sons dont je ne m'ennuyais pas du tout. Dans ma tête se dessinait petit à petit le plan du roman que je voulais tirer de l'aventure de mes amis. J'avais toujours une interrogation : devrais-je situer l'action en Beauce ou ailleurs ? Même si j'avais changé tous les noms, certaines personnes plus fouineuses risquaient de reconnaître les membres du groupe. Je devrais donc ne pas me montrer trop précis dans la description des lieux. Je résolus de leur demander leur avis sur ces points.

En revenant d'une de mes randonnées, je me retrouvai soudainement face à face avec un chasseur, sans doute un braconnier, qui eut l'air tout aussi surpris que moi. Je le saluai en me gardant bien de faire allusion à son fusil.

— C'est un coin on ne peut plus tranquille, avançai-je.

— Ouais ! Pour être tranquille, c'est tranquille. J'ai failli vous descendre.

— Vraiment ?

— En noir de même, on vous prendrait presque pour un ours.

— Un ours à deux pattes, plaisantai-je en riant.

Il ne réagit pas à ma boutade. J'avais mes jumelles. Je lui confiai :

— C'est une bonne place pour observer les oiseaux.

Mine de rien, pour laisser entendre que je n'étais pas familier avec les lieux, j'ajoutai :

— Est-ce que le sentier fait tout le tour du lac ?

— Ouais, mais il zigzague pas mal.

— Ah bon ! En continuant par là, je devrais donc pouvoir rejoindre la route ?

— Exact. C'est pas tellement loin. C'est un petit lac.

— Connaissez-vous les oiseaux du coin ?

— Juste les rapaces comme les buses, les faucons et les éperviers.

— Savez-vous s'il y a d'autres espèces de canards que les colverts et les huards sur le lac ?

— Non ! J'chasse pas les canards, mais j'me méfie des ours. Il y en a par icitte. Je vous souhaite pas d'en rencontrer un. Si c'est le cas, vous feriez mieux de courir.

Il rit en montrant des dents gâtées et jaunies par le tabac.

— Dans ce cas-là, je ne traînerai pas trop longtemps ici. Merci pour le renseignement !

Je poursuivis mon chemin et, quand je fus certain de ne pas être vu, je regagnai discrètement le camp en me promettant d'être plus prudent à l'avenir. Mais à quoi bon ? Je n'étais pas un criminel, seulement un homme disparu qui n'était pas pressé de réapparaître.

Une fois à l'intérieur, je m'assis à la table et réfléchis à Norbert Poulin. Qui était-il ? Les lettres que j'avais lues m'avaient permis de constater à quel point ses amis se souciaient de lui. Par contre, ça ne m'en apprenait guère plus à son sujet, lui qui ne s'était donné la peine de répondre qu'aux premières missives de ses amis. D'après ce que m'avaient raconté Martial et les autres, l'homme n'était peut-être pas le héros sans peur et sans reproche que les premiers papiers trouvés à son sujet laissaient supposer. Je relus le résumé que j'avais commencé à rédiger.

Norbert Poulin était le fils d'Hormidas Poulin et de Béatrice Veilleux. Il entreprit ses études primaires à l'école de Saint-Georges de Beauce. C'était un élève brillant, un premier de classe, qui semblait faire le bonheur de ses parents. Puis le malheur le frappa doublement. En l'espace de quelques mois, il perdit son père et sa mère, tous deux atteints de tuberculose. Un oncle qui était curé à Saint-Victor de Beauce le prit en charge, s'étant mis dans la tête de le mener à la prêtrise. Il l'envoya faire ses études classiques au Séminaire des pères Maristes à Sillery.

Norbert passait ses étés à Saint-Georges, où il s'occupait des jeunes de l'Œuvre des terrains de jeu ou OTJ. Il les amusait, leur contait des histoires, leur enseignait le chant, ou encore les occupait par des courses dans les bois, des cueillettes de plantes, des jeux de pistes et un tas d'autres activités, parce qu'il savait tout faire et tout inventer. Les jeunes l'adoraient.

C'était bien mince comme renseignements. Je me remis à la lecture des divers écrits qu'il avait laissés. Certains semblaient être des bouts de fables, d'autres des pensées tirées de certains auteurs, bien que sans aucune indication des sources. Je remarquai qu'il aimait noter des maximes ou encore des citations qui faisaient réfléchir à la vie ou à soi-même. J'en relevai quelques-unes :

Nul ne guérit vraiment de son enfance.

Pénétrer en soi-même et ne voir personne durant des heures, voilà ce à quoi il faut être capable de parvenir.

Il faut apprendre à cesser de se battre contre soi-même et éviter de répéter les mêmes bêtises.

Ne cours pas après ton ennemi. Attends-le au bord de la rivière et souris. Tu verras son cadavre passer.

Ces maximes pouvaient peut-être m'en apprendre sur sa façon d'aborder la vie ainsi que sur son passé. Il paraissait souffrir de son enfance puisqu'il prétendait que personne ne pouvait en guérir. La perte de ses parents l'avait sans doute profondément marqué. Également, il désirait pouvoir entrer en lui-même de façon à ne pas être dérangé durant des heures, ce qui pour lui ne paraissait pas être facile. Pourtant, c'est ce à quoi il aspirait. Enfin, il était en mesure de reconnaître qu'on peut se détruire à force de lutter contre soi-même, et qu'il souhaitait éviter de répéter les mêmes erreurs.

Je trouvai ainsi un certain sens aux trois premières maximes, mais que signifiait la quatrième ? Insinuait-il que d'autres que lui se chargeraient de régler leur compte à un ou plusieurs de ses ennemis ? Mais qui, à part le bedeau, pouvait être son ennemi ?

De plus, outre ces maximes, il y avait dans ses papiers des réflexions plus ou moins claires, comme celle-ci :

Nous sommes pour nous-même le seul bon guide que nous puissions avoir. Personne ne conseille gratuitement. Celui qui le fait a toujours une raison de vouloir nous diriger, et cette raison ne nous concerne aucunement. Si nous écoutons les suggestions des autres, nous sommes certains qu'elles ne nous conviendront pas. Ne jamais faire confiance à personne, c'est la meilleure façon d'éviter tous les pièges tendus par les autres.

La vie est un bateau percé qui malgré tout nous mène généralement où nous désirons aller, à condition que nous en tenions le gouvernail. Puis vient le jour où le bateau est rempli d'eau et alors, il est préférable de lâcher le gouvernail pour aller écoper le trop-plein d'eau si nous ne voulons pas nous retrouver au fond. Voilà tout ce que nous avons besoin de savoir. Quand quelqu'un prétend nous indiquer comment tenir notre gouvernail, il y a de fortes chances que nous courrions vers un écueil.

Norbert demeurait pour moi un mystère. Il est vrai que tout être humain est complexe. Même quand nous avons accès à ses écrits, ça ne nous donne pas nécessairement la clé pour bien évaluer sa personnalité. Cet homme me paraissait à la fois réfléchi et excessif. Excessif, il l'était certainement quand il s'en prenait au bedeau, mais ses réflexions sur la vie témoignaient du sérieux de sa personnalité.

Ses autres textes m'intriguaient également. Il aimait jouer avec les mots et faisait preuve de beaucoup d'imagination. Quant à ses poèmes, je ne savais pas trop quoi en penser.

Ils étaient pleins de fantaisie. Il y en avait des dizaines. Je les classai en commençant par ceux que j'estimais être les meilleurs. Puis je les mis de côté avec l'idée d'y revenir plus tard.

Je tombai ensuite sur un genre de recueil de pensées sur la vie. Celui-ci m'intéressa particulièrement. Norbert montrait son sens de l'observation et sa capacité à bien tourner les mots. Tout en lisant ses phrases, j'en recopiai quelques-unes dans le but de les communiquer à ses amis. J'ignorais si ces derniers les avaient lues. Norbert avait intitulé ce recueil *Des mots pour tout dire*. En voici un extrait :

Les mots peuvent tout dire, même la vérité.

Marier une personne obèse n'est pas une mince affaire.

Nous aimerions bien savoir, en réalité, quelle affaire est dans le sac.

Quand on n'est pas dans son assiette, ça ne veut pas dire qu'on est dans celle de son voisin.

On est toujours à mi-chemin de quelque part.

Paradoxalement, quand ils s'embrassent, les amoureux ont une prise de bec.

Le plus beau souvenir est celui qu'on retrouve après une longue absence.

Ce n'est pas d'avoir rêvé qui importe, c'est d'avoir cru que ce rêve se réaliserait.

Chapitre 43

La parole à Annabelle

Mes amis revinrent me voir. Pour ne pas les alarmer, j'omis de leur raconter ma rencontre avec le braconnier. Les femmes avaient apporté tout ce qu'il fallait pour pique-niquer, et les hommes, du chasse-moustiques en cas de besoin. On s'installa dehors et on dégusta avec appétit les plats de Yolande, Annabelle, Solange et Rachel. Cette dernière nous fit bien rire avec ses blagues.

Ainsi, elle conta l'histoire d'un chasseur de lièvre qui revenait toujours bredouille et qui expliquait à un de ses amis ses malheurs de la façon suivante: «Ces maudits lièvres sont rusés. Ils courent en zigzag, si bien que quand tu tires dans le zig, ils sont dans le zag et vice versa.» Son ami lui répondit: «Idiot, t'as rien qu'à zigzaguer toi aussi et à les tirer en avançant de même.»

C'est Annabelle qui fut chargée ce soir-là de poursuivre leur histoire. Elle précisa qu'elle rapportait ce que Norbert lui avait raconté, parce que personne du groupe n'avait été témoin de l'événement en question.

— On était en 1945, à la mi-janvier. Il y avait des rumeurs depuis un bout de temps, à l'effet que des policiers avaient été vus un peu partout en Beauce. Nous nous attendions à les voir surgir dans notre coin d'un jour à l'autre. Bien entendu, ils ne s'annonçaient pas d'avance. Ils arrivaient à l'improviste, menaient leur petite enquête, promettaient des récompenses aux personnes qui les mettraient sur une bonne piste. Il n'était pas rare qu'un quidam, alléché par l'appât du gain, les informe de la présence d'un déserteur caché quelque part.

— Des traîtres et des maudits délateurs, grogna Charles, il y en a eu partout, même icitte au village. On en a connu. Contre de l'argent pour boire, il y en a qui vendraient leurs parents.

Les autres approuvèrent ses dires. Annabelle demanda :

— Bon ! Où en étais-je ?

— Au commencement ! plaisanta Martial.

La pauvre qui tentait de rassembler ses idées en prit pour son rhume. En fin de compte, après que tout le monde eut repris son sérieux, elle poursuivit :

— On était donc en janvier. Effectivement, un jour, on a vu paraître les policiers dans la place. Ce n'était pas le temps de se garrocher au camp pour prévenir Norbert. Lui aussi se tenait sur ses gardes. Par chance, ce jour-là, il avait neigé la veille et Norbert n'était pas sorti de sa cachette, comme si un sixième sens l'avait prévenu d'un danger imminent.

— À force de se cacher, précisa Martial, Norbert avait appris à flairer le danger.

Annabelle enchaîna :

— Sans hésiter, les policiers ont pris la direction des bois avec leurs chiens et se sont dirigés droit vers le camp. Ça, nous l'avons su parce que Thomas a suivi leurs pistes le lendemain. Ça signifiait qu'une personne du voisinage soupçonnait que quelqu'un s'y cachait. D'après Norbert, qui avait entendu les policiers fureter et même parler tout près, ils avaient jeté un coup d'œil par les fenêtres. Comme le poêle ne chauffait pas et que la porte était cadenassée, ils n'étaient pas entrés. Heureusement, parce qu'ils auraient certainement mis la main sur nos lettres et, du coup, nous aurions tous été pris.

Je demandai :

— Ils ont pourtant bien dû voir que quelqu'un habitait là, ou avait habité là récemment ?

— Peut-être, mais ça ne prouvait pas qu'il s'agissait d'un déserteur. En plus, Norbert était rusé et s'arrangeait toujours pour donner au camp l'apparence d'avoir été abandonné depuis quelque temps, en gardant toute sa nourriture dans sa cachette.

« Sans doute déçus d'avoir fait chou blanc, les policiers allaient partir quand un des chiens s'est mis à grogner pas très loin de l'entrée de sa grotte. Dieu merci, il faisait passablement froid ce jour-là et ces hommes devaient avoir hâte de retourner au chaud. Norbert a entendu l'un d'eux dire : "Le chien a dû sentir une bête quelconque, allez, on y va !" Le chien, paraît-il, a encore grogné, mais les policiers sont repartis. »

— Norbert nous a ensuite avoué, expliqua Georges-Aimé, qu'il avait eu la peur de sa vie. Après cette visite-là, je pense bien qu'il n'a plus jamais dormi tranquille. Chaque fois que je suis retourné le voir par la suite, je l'ai trouvé extrêmement tendu, comme un ressort toujours prêt à bondir. Il se montrait de plus en plus impatient, répétant sans cesse : "Quand est-ce qu'elle va finir, cette maudite guerre-là ?"

— En effet, rapporta Charles, je l'ai vu le surlendemain de l'affaire et il m'a supplié de lui apporter un fusil.

— Ça aurait été la pire gaffe à faire, renchérit Martial. Nerveux comme il était devenu, il aurait pu tout aussi bien tirer sur un de nous.

— Passer des jours et des nuits terré de la sorte, commenta Solange, il n'y a pas beaucoup de personnes qui auraient pu tenir. Les hommes s'efforçaient de l'apaiser chaque fois qu'ils le visitaient. Ils lui rappelaient que les policiers n'étaient jamais revenus, sans parvenir vraiment à le calmer.

Comme toujours, Hélène donna le signal du départ:

— Même si on ne s'en rend pas compte, les jours commencent à raccourcir et il faut partir avant la brunante. Vous conviendrez avec moi que ce n'est pas trop recommandé de traverser le lac à la noirceur. Nous n'avons plus vingt ans.

Elle ajouta:

— On continuera une autre fois, Maxime.

Sa remarque fut suivie de plusieurs soupirs. Les autres lui obéirent comme des enfants. Le temps de le dire, je me retrouvai seul, ressentant un peu ce qu'avait dû vivre ce pauvre Norbert.

Je restai dehors à les regarder s'éloigner sur le lac. Le soleil déclinait en peignant le ciel de rouge. C'était un magnifique soir de la fin du mois de juillet. Leurs embarcations filaient doucement sur l'eau. Tout à coup, le chant d'un oiseau que je n'avais pas entendu depuis une trentaine d'années s'éleva non loin du camp: bois-pourri, bois-pourri. J'entrai pour prendre une lampe de poche et je ressortis aussitôt. Je me dirigeai en éclairant vers l'endroit d'où venait ce cri et je découvris près du sol, perché sur un bouleau tombé, un magnifique engoulevent criard. En revoyant cet oiseau après tant d'années, il me sembla que mes malheurs étaient maintenant chose du passé.

Chapitre 44

Des écrits révélateurs

Les jours où mes amis ne venaient pas, je tuais le temps du mieux que je le pouvais. Le lendemain de leur dernière visite, j'examinai les alentours et je découvris la fameuse cachette qui avait servi à Norbert. Incroyable ! Elle existait encore après tout ce temps. C'était donc bel et bien dans ce camp qu'ils l'avaient caché.

Pour me distraire, j'épluchai de la première à la dernière page les journaux que mes amis m'avaient apportés. Je ne perdais toutefois pas de vue mon objectif premier : faire la lumière sur Norbert Poulin et son histoire. Je relus certains de ses poèmes qui m'intriguaient particulièrement. Ce que Norbert écrivait était aussi déroutant que sa personnalité. Celui-ci en était un exemple :

NOS CHÂTEAUX

Nos plus beaux châteaux
sont ceux bâtis sans n'être jamais édifiés

Ils s'élèvent dans une Espagne lointaine
à l'abri des vents, désemparés

Ils reviennent parfois hanter nos rêves
au fond des tasses
sous forme de châteaux en thé

Ils dorment en nous au détour de
nos passages secrets

On ne peut les suivre à la trace,
ils ont toutes les audaces

Leurs murs abritent des trésors à venir,
leurs donjons renferment des princesses
à délivrer

Ils sont enfance à ne pas oublier

Que voulait-il exprimer à travers cette œuvre ? J'avais beau y réfléchir, je me rendais compte que je n'avais pas les connaissances nécessaires pour l'analyser en bonne et due forme. Je passai au suivant.

MENSONGES EXQUIS

Au fond des tasses de thé gisent
les plus exquis mensonges

On les dirait sortis tout droit d'un songe
ils s'accrochent feuille à feuille sur la paroi de faïence
comme des arbres à la dérive

La tireuse les tire de leur ville épineuse
pour leur faire avouer les frasques à venir

Demain, dit-elle, vous rencontrerez
l'homme de fer aux tempes rouillées

Il aura le visage vert et tatoué
des cœurs invertébrés

Regardez, je ne mens pas, dans les feuilles bayent
des myriades de langues comme des îles inoccupées

Avec lui vous trouverez l'amour désiré
ses mains sont pleines, ses doigts bagués
sa fortune colossale

Vous voyagerez dans des galaxies
à bord de taxis borgnes, tirés par des oiseaux sans zèle

Vous découvrirez ensemble des jardins d'améthystes
des lunes de quartz et d'opale
dans des cimetières d'os pâles

Vous vous marierez dans l'or pour dormir dans les astres
Naîtront de vous des enfants étoilés

Quant à vous, monsieur,
dans votre tasse dort la beauté

Elle a les yeux des poissons de nacre
son corps est écaillé et giboyeux,
il en sort des gerbes d'oiseaux soyeux

L'abondance prend sa source dans ses reins
sa tête veinée est couverte de lèvres assoiffées

Préparez-vous à de longues insomnies,
elle est plaisir, soif, volupté,
perle invitante, huître ouverte à satiété

Vous rendrez jaloux des monarques outrés
des princesses naines, des oncles incarnés

Voilà ce que je lis dans votre tasse de thé

Lui et elle depuis ce temps attendent la vérité
Elle jaillira peut-être de ces mensonges exquis

Ce poème étrange ne révélait-il pas que Norbert était doté d'une imagination féconde ? J'aurais aimé être capable de déterminer d'après ses écrits ses forces et ses faiblesses, ses peurs et ses désirs, un peu comme les graphologues qui, par l'analyse de l'écriture d'une personne, peuvent en deviner les grands traits du caractère.

Ce devait toutefois être un homme qui aimait rire, car le poème suivant laissait entrevoir une personnalité enjouée à ses heures.

L'ORAGE

il pleut depuis une heure
des gouttes de soleil
l'asphalte brille
sous ces rayons de pluie
le coq dresse la queue
en arc-en-ciel

des nuages voguent là-haut
sous leurs crêtes rouges
j'ai dormi dans la cascade
ça sentait la noix de muscade
l'air vibrait de symphonies
les bois sifflaient des mélodies

il pleuvait sous les tonnelles
ça giclait en étincelles

j'ai soulevé le couvercle du lit
pour trouver la cause du délit
dans les draps j'ai découvert
un livre grand ouvert
sous sa couverture
avec désinvolture
riaient des mouettes

elles imitaient
à s'y méprendre
le chant si tendre
des fauvettes

j'ai délivré un bout de nuage
il s'en allait emporté
pour un long voyage
dans lequel il s'est noyé

j'ai tourné la page
du coup s'est asséché l'orage

Somme toute, à la lecture de sa poésie, j'étais bien embêté. Je ne savais trop comment évaluer tout ça. Si ça me divertissait, ça ne m'avançait guère dans la tâche que j'avais à accomplir.

Ses courts textes, quant à eux, ne pouvaient être plus disparates. Bien sûr, certains étaient mieux réussis que d'autres. Je décidai d'en mettre quelques-uns de côté que je me proposais de lire à ses amis afin de voir ce qu'ils en diraient. Je commençai par celui-ci :

AH! OU!

Sous une pluie passagère et clandestine, l'étang sort de ses joncs. Nous évitons les gouttes pour ne pas mouiller nos zèles. Les oiseaux sont transitoires. Le ruisseau sèche son cours. La rivière gîte du passant. J'ai le mal de mère. Sauvons-nous sur-le-champ, il pleut à éborgner les veufs.

Il avait, à l'évidence, beaucoup de facilité à jouer avec les mots, ce dont il ne se privait pas d'ailleurs, tel que le montrait le texte suivant:

CABOTINAGE

La classe achève, le professeur se lève, ça chahute, ça chuchote. Quelqu'un dit: « Chut! » Le professeur demande: « Vous avez fini votre verbiage? » Biage répond: « Non, monsieur! J'en ai bu juste la moitié. » Un élève s'étouffe, deux autres pouffent. Le professeur s'impatiente et dit: « Vous avez fini vos enfantillages? » Tillage s'exclame: « Monsieur, je ne les ai même pas encore commencés. » Des élèves s'esclaffent. Le professeur constate sa gaffe, il pâlit et insiste: « Allez-vous cesser de rouspéter? » Rous proteste: « Monsieur, ce n'est pas moi qui ai pété. » Ça rit de plus en plus fort, le professeur est dans son tort. Il ne se tient plus et éclate: « Je ne veux pas de charivari! » Rivari s'écrie: « Monsieur, je n'ai pas de chat! » Tout le monde se tord. Le professeur plus vif que mort perd les pédales et hurle: « Cessez immédiatement ce tapage! » Page de lui répondre: « Monsieur, je ne fais pas de tas! »

Il y avait dans la boîte d'autres textes du genre, mais je retins celui-là en particulier, car je pensais qu'il rappellerait peut-être à ses amis quelque chose d'intéressant qu'ils avaient vécu en sa compagnie. C'étaient surtout eux, j'en étais convaincu, qui finiraient par m'éclairer sur sa riche personnalité.

Chapitre 45

Les lettres d'Hélène

Tout cela me fit penser de creuser un peu plus la relation que Norbert entretenait avec Hélène, sa fiancée de l'époque. Étonnamment, je me rendis compte qu'elle ne lui avait écrit que deux lettres, que je m'empressai de lire.

Mardi 7 novembre 1944

Norbert chéri,

Ne va pas croire que parce que je ne te rends pas visite souvent, je ne pense pas à toi. Au contraire, tu es constamment dans mes pensées. Si je viens rarement te voir, c'est afin d'éviter les soupçons. Il serait attendu aux yeux des policiers qu'une fiancée sache où se trouve son amoureux disparu. Chaque fois qu'il m'est arrivé d'aller au camp en compagnie d'Annabelle, de Solange ou de Yolande, tu ne peux pas savoir tous les détours que nous avons empruntés et toutes les précautions que nous avons prises pour ne pas être suivies. Il faudrait si peu de choses pour que quelqu'un apprenne où nous allons et te livre à la police.

Pour ma part, chaque fois que je prends ce risque, je ne dors pas de la nuit précédente. Je marche dans les bois, le cœur rempli de crainte et d'angoisse. Je tremble à l'idée que tu sois arrêté à cause de moi. Si jamais pareil malheur arrivait, je me le reprocherais jusqu'à la fin de mes jours. C'est par amour pour toi que j'espace mes visites. Je sais que ce doit être difficile pour toi de me voir si peu et de ne pas pouvoir en profiter longtemps chaque fois. À peine avons-nous le temps de nous embrasser et d'échanger quelques mots qu'il me faut déjà repartir afin de ne prendre aucun risque.

Si tu savais à quel point je maudis cette guerre ! Je souhaite tous les jours qu'elle se termine pour que nous puissions enfin vivre notre amour sans nous cacher. Ne perds pas courage. Tu sais que je t'aime. Le jour viendra, et il n'est pas loin, où nous serons de nouveau réunis. Attends-le avec patience. Ce jour-là, je serai là pour toi. Je t'embrasse.

Ton Hélène

Norbert ne répondit pas à ce mot d'Hélène. Cette dernière, comme elle me le confia un beau jour, en fut bien peinée. L'attitude de son fiancé l'inquiétait vivement. Elle ne savait jamais sur quel pied danser avec lui. Ce fut pour elle une période très difficile.

Vendredi 13 avril 1945

Cher amour,

Ton isolement s'achève. Déjà la police est moins zélée parce que la guerre est presque finie. À quoi bon arrêter quelqu'un qui sera libéré trois semaines ou un mois plus tard ? Je pense toujours à toi et je commence à trembler moins que tu sois emprisonné.

Je sais, par ce que m'a raconté Martial, que tu en as particulièrement arraché ces derniers temps. Mais le printemps sera pour nous comme une résurrection, je te le promets. J'ai bien hâte de te tenir dans mes bras et je t'attends avec tout mon amour.

À bientôt,
Ton Hélène

La lecture des lettres d'Hélène me laissa songeur. L'absence de réponse de Norbert me renvoyait à toutes les questions que je me posais à son sujet. Quel genre d'homme était-il ? Sa personnalité demeurait pour moi mystérieuse et complexe. Voilà pourquoi je tenais à ce que ses amis, s'ils ne l'avaient pas déjà fait, prennent connaissance de tous ces écrits pour me livrer leur opinion sur ceux-ci.

Chapitre 46

Norbert et Amable

Je remarquai, dès leur visite suivante, qu'ils avaient l'air un peu fuyants. Je crus qu'ils avaient quelque chose à m'annoncer. Je ne me trompais pas. J'avais bien fait de me plonger dans la lecture des textes de leur ami, car c'est précisément à ce sujet qu'Hélène me questionna :

— Et puis, que penses-tu des documents contenus dans les deux boîtes ? Es-tu parvenu à te faire une meilleure idée de qui était Norbert ?

— Oui, mais j'en ai encore passablement à apprendre sur sa personnalité. Je pense que c'était un homme énergique, très polyvalent, doué d'une vive imagination et qui, si j'en juge par ses écrits, aimait jouer avec les mots. Quant à sa relation avec le bedeau, j'en conclus qu'il avait vraiment le goût, c'est le cas de le dire, de lui sonner les cloches.

— Pas seulement le goût, laissa spontanément tomber Georges-Aimé.

Sa réflexion fut suivie par un long silence. « Enfin, me dis-je, je vais obtenir une réponse à cette question qui me chicote depuis longtemps. »

— Justement, d'où lui venait sa rancune contre cet homme ?

— Ils avaient été compagnons d'école, poursuivit Georges-Aimé. Norbert était premier de classe, tandis qu'Amable bûchait pour retenir la moindre chose. Il s'était pris peu à peu d'inimitié contre Norbert à qui tout réussissait et s'était mis à dire de lui qu'il était un beau fantasque, pour ne pas employer une expression beaucoup moins polie. Il traitait Norbert de tous les noms. Ce dernier au début en riait. Quand il croisait Amable, il lui demandait : “Comment vas-tu, mon bel avorton ? — J'allais bien avant de te rencontrer. — Tiens, notre petit reptile est en forme, aujourd'hui. Il se permet même de faire de l'esprit de bottine.” Ils se piquaient de la sorte chaque fois qu'ils se croisaient. Inutile de te préciser qui des deux sortait vainqueur de ces joutes oratoires.

— Norbert était capable d'être très méchant, précisa Hélène. Il aimait beaucoup taquiner, mais il avait le défaut de ne pas savoir quand s'arrêter. Il dépassait souvent les bornes.

— C'est ce que j'ai perçu dans ses lettres, l'approuvai-je. Si vous me le permettez, je vais vous en lire des bouts. Ça pourrait vous rappeler des choses à son sujet.

Ma lecture à peine terminée, Charles intervint :

— Après leurs études, alors que Norbert se destinait à un bel avenir, il a appris que tout ce qu'Amable était parvenu à obtenir comme emploi était la place de bedeau. Je l'entends encore rire du pauvre homme à gorge déployée. Chaque fois qu'il le rencontrait, il ne manquait pas de lui lancer : “Un beau jour, je vais te sonner les cloches ou t'asseoir dans un bénitier.” L'autre rageait et lui répondait par des obscénités.

— Une des plus grandes fiertés d'Amable était précisément de sonner les cloches, se rappela Annabelle. Il se suspendait au câble de la plus lourde, se balançait un peu pour la mettre en branle. Il faisait de même pour la plus petite, puis se raccrochait d'un câble à l'autre avec agilité en se laissant élever vers le plafond puis redescendre, dans un curieux ballet admiré par beaucoup de gens de la paroisse.

— D'après ce que vous racontez, il est évident qu'il avait enfin trouvé un rôle valorisant, commentai-je. Ça devait être gratifiant pour lui, non?

— Mais moins pour Norbert, enchaîna Georges-Aimé. Je me souviens fort bien de ce dimanche où Amable avait commencé son spectacle pour inviter les gens à la messe. Sauf que cette fois, une chose étrange s'est produite. Après avoir mis en branle la grosse cloche et s'être laissé porter par elle jusqu'à une dizaine de pieds dans les airs, Amable s'est élancé pour saisir le câble de la petite cloche. Comme il s'y accrochait, le câble s'est détaché d'un coup et Amable s'est retrouvé sur le dos au milieu du plancher. Les gens n'ont pas pu retenir leurs rires. Aussitôt, on a vu apparaître Norbert parmi les spectateurs. Il fredonnait une chanson: "Oups! Le bedeau su'le dos, ding! dong! ding! dong!" Amable avait beau ne pas être très allumé, il a vite compris qui était à l'origine de la farce. Il ne lui a jamais pardonné ce mauvais tour. À compter de ce jour, ça n'a été entre eux qu'un feu roulant d'injures et d'insultes.

— Norbert, qui avait fait son cours classique tout comme moi, continua Martial, avait appris par cœur des passages des fables de La Fontaine. Chaque fois qu'il croisait ce pauvre Amable, il lui en récitait des bouts en les adaptant, par exemple celle de *La grenouille qui se veut faire aussi grosse que le bœuf.* Je ne me rappelle pas comment c'était tourné, mais ça ne manquait ni d'esprit ni de méchanceté.

— Je crois avoir vu ça dans un des textes conservés dans la boîte, déclarai-je. Donnez-moi quelques secondes, je devrais pouvoir le retrouver.

Je fouillai dans les papiers que j'avais classés et je ne fus pas long à repérer le texte en question. Je le leur lus :

Amable vit un jour son grand ami Norbert
Qui se promenait pour changer d'air
Il le trouva tellement excellent et épatant
Qu'il voulut devenir aussi compétent
Lui qui faisait penser plutôt à un œuf
Voulut le surpasser de la grosseur d'un bœuf
Pour égaler son frère en compétence
Envieux, il s'étend, s'enfle et se travaille
Se transforme, se grossit vaille que vaille
Disant qu'un jour sa récompense
Sera de le dépasser avec facilité
Il s'enfla si bien qu'il finit par en péter

— Chaque fois que Norbert l'apostrophait de la sorte, ajouta Martial, Amable se sentait si vexé qu'il en grinçait des dents. Norbert, lui, faisait semblant de ne s'apercevoir de rien et quand il le croisait de nouveau, il recommençait.

Martial finissait à peine sa réflexion que je mis la main sur un autre texte similaire au précédent. Ils me prièrent de le leur lire.

Norbert et Amable
Deux pigeons s'aimaient d'amour tendre
L'un d'eux s'ennuyant au logis

Pensa réellement entreprendre
Un voyage en un lointain pays
Norbert lui dit: «Que vas-tu faire?
Veux-tu vraiment quitter ton frère?
Pourtant nous nous aimons tellement
Enfin presque autant que deux amants»
«Jamais de la vie, répondit Amable
De m'absenter, je suis incapable
L'absence est le plus grand des maux
Je deviendrais bien vite marteau
Je ne serais plus capable de vivre
Il faudrait pardieu que je m'enivre»
C'est ce qu'il fit, mais tout croche
Et depuis aussi, il sonne les cloches
Croyez-le ou ne le croyez pas
Ils firent alors un grand pas
Norbert et Amable, leurs querelles cessèrent
Et firent tant et si bien qu'ils s'embrassèrent

— Ce n'étaient là que des enfantillages, fit remarquer Charles, des blagues d'étudiant dans lesquelles Norbert se complaisait.

— Rien n'empêche, déplora Solange, que c'était blessant pour Amable. Il n'avait pas la facilité de Norbert pour jouer avec les mots. En fin de compte, il a employé les pauvres moyens qu'il possédait pour prendre sa revanche.

Rachel fit remarquer:

— Norbert a eu un peu ce qu'il méritait. C'était la période où, au terme de son année scolaire, il s'occupait des jeunes à l'Œuvre des terrains de jeu. Il y réussissait à merveille comme en tout ce qu'il entreprenait. Mais voilà que le dernier été avant son entrée à l'armée, les gens ont commencé à le regarder d'un drôle d'air. Quand il l'a enfin remarqué, il s'est demandé ce qui pouvait bien se passer. Il était alors en amour avec Hélène, pas vrai ?

— Tout juste, confirma cette dernière. D'ailleurs, ses démêlés avec Amable revenaient souvent dans nos conversations. Je l'encourageais à le laisser en paix. Seulement c'était plus fort que lui, il continuait de l'agacer, comme s'il avait besoin d'un bouc émissaire ou encore de se montrer supérieur à quelqu'un. Quand il a vu les gens le pointer du doigt, il a cru que c'était parce qu'ils nous voyaient trop souvent ensemble. Mais il a finalement appris que quelqu'un avait laissé entendre qu'il était davantage attiré par les petits gars et que ses fréquentations avec moi n'étaient qu'une façade. Vous auriez dû le voir. Il était indigné. “Moi, un pédophile ? rugissait-il. Celui ou celle qui a inventé ça va ravaler ses paroles jusqu'à s'en étouffer.” Il a mené son enquête. Personne ne voulait parler. On prétendait ne pas savoir qui était à l'origine de cette rumeur. Il a cependant fini par découvrir que le bedeau avait la langue assez bien pendue pour faire courir pareil bruit.

— Ses taquineries lui rebondissaient à la figure et de belle façon, commenta Rachel en hochant tristement la tête.

— Il n'a pas eu le temps de se venger, m'informa Hélène, car, comme il en avait fait la demande, sur un coup de tête d'ailleurs, il a été appelé sous les drapeaux. Les exercices militaires et surtout la discipline lui ont vite pesé. Il a eu quelques congés qu'il ne manquait pas de passer à Saint-Georges. Mais excessif en tout, il ne me quittait pratiquement pas d'une semelle durant toute la durée de ses congés. Son amour devenait étouffant. De retour à la base militaire, il m'inondait de lettres d'amour où il me promettait mer et monde. Ces lettres, ajouta Hélène, je les ai conservées, mais je ne suis pas prête à te les remettre, Maxime. Par contre, je vais te prêter ceci, qui devrait te permettre de faire plus ample connaissance avec lui.

Elle me tendit un cahier. Je réalisai que c'était un journal que Norbert avait tenu pendant un certain temps. Voilà qui promettait d'être fascinant.

Tout avait été dit pour ce jour-là. Les hommes sortirent la bière, les femmes les provisions. Rachel se mit à chanter, fredonnant les paroles lors des passages plus corsés, ce qui faisait rire tout le monde. Il y avait par exemple celle-ci :

Ils ont des chapeaux ronds
Vive la Bretagne
Ils ont des chapeaux ronds
Vive les Bretons, ton, ton, ton

Il paraît qu'en Angleterre
Y ont trouvé un truc nouveau
Ils font fondre les belles-mères
Pour en faire des chars d'assaut

En passant par le cimetière
J'ai entendu un mort péter
Ça veut dire qu'six pieds sous terre
On n'a pas le trou bouché

Et ça continuait sur ce ton, chacun ajoutant son couplet plus ou moins osé dans une bonne humeur qui faisait plaisir à voir. Vraiment, ces gens formaient un clan tricoté serré et dans lequel je me sentais vraiment privilégié d'être admis.

Après leur départ, je réfléchis à tout ce que j'avais appris au cours de cette soirée. Il me semblait évident que Norbert

Poulin était doté d'une double personnalité. C'était un homme brillant, vif d'esprit, mais qui parfois se servait de cette intelligence en faisant preuve d'un manque de jugement. Il me paraissait une personne impulsive. Il était entré dans l'armée. Il en était sorti. Il avait développé une rancune envers ce pauvre Amable. Alors qu'il aurait pu le laisser en paix, comme l'avait dit Hélène, il se complaisait là-dedans. Bref, il se montrait souvent excessif et ne savait pas quand s'arrêter.

D'un autre côté, il semblait être un homme plein de ressources et qui prenait le temps de réfléchir à ce qu'il vivait. Le fait qu'il ait tenu un journal en était la preuve, comme beaucoup de ses écrits. Songeur, je repensai à la réflexion de Rachel: «Norbert a eu un peu ce qu'il méritait.»

Chapitre 47

Le journal de Norbert

Je profitai des jours suivants pour me plonger dans la lecture du journal qui, en réalité, ne comportait que quelques pages. Norbert ne semblait pas y avoir écrit régulièrement et, comme il n'inscrivait jamais la date, c'était difficile de déterminer quand tel ou tel texte avait été rédigé. Ces extraits étaient par contre riches de ses diverses réflexions. Je découvris quelles pensées avaient dû l'assaillir durant son exil forcé. Hélène avait amplement raison de dire que ce journal m'aiderait à me faire une meilleure idée de l'individu qu'il était. Le début, que j'estimais avoir été écrit dans les premiers jours de son séjour dans ce camp, était révélateur :

Vaut-il mieux se cacher pour ne pas être pris ou bien se faire prendre et aller en prison ? Choisir soi-même sa prison s'avère certes moins difficile que de se faire emprisonner par d'autres. De toute façon, ne sommes-nous pas constamment prisonniers de nous-mêmes ? Tout cela me rappelle à quel point depuis notre enfance on nous emprisonne dans les idées des autres.

Enfants, nous sommes des cires malléables que les adultes peuvent manipuler et transformer à leur guise. Un enfant est une éponge qui absorbe tout. Un enfant peut apprendre plusieurs langues sans même s'en rendre compte, pourvu qu'il soit placé dans un milieu propice à cet apprentissage. Il avale également tout ce qu'on lui raconte: ne fais pas ceci, ne fais pas cela. Par exemple, quand son père ou sa mère dit: « Ça faisait vingt fois que je te répétais de ne pas sauter de cette façon, que c'était dangereux. Tu n'as pas voulu m'écouter. Tu t'es fait mal. C'est bien fait pour toi. Ça t'apprendra que j'avais raison. Moi, je sais ce qui est bon et ce qui ne l'est pas. »

De la même manière, nous sommes vite plongés dans les idées arrêtées de ceux qui dirigent notre société et prétendent savoir ce qui est bon pour nous et ce qui ne l'est pas. Ces gens deviennent sourds à tout ce qui ne vient pas d'eux-mêmes. J'ai beaucoup de difficulté à croire que nous sommes uniquement de passage sur terre, et que nos actions doivent être conformes à ce que nous enseignent les curés si nous voulons profiter du bonheur éternel. D'abord, est-ce que le bonheur éternel existe vraiment?

Le texte se terminait abruptement sur cette question, comme si quelque chose ou quelqu'un l'avait dérangé. Norbert avait laissé un espace blanc avant de reprendre un peu plus loin.

Il paraît que dans certains pays les enfants sont entraînés dès leur jeune âge à manipuler un fusil. Je me suis laissé dire qu'en Allemagne, à partir de quatorze ans, les jeunes doivent faire partie d'un mouvement appelé les Jeunesses hitlériennes. On leur apprend à haïr tous ceux qui ne sont pas allemands et à se croire supérieurs aux autres peuples. Jour après jour, on leur fait prêter serment de défendre leur patrie qui représente la race suprême, ce qui leur donne le droit de tuer n'importe qui. Belle éducation!

Plus j'y pense, plus je trouve que ce que j'ai vécu ressemble en quelque sorte à ce que les jeunes Allemands vivent. Mon oncle curé voulait tout naturellement que je devienne curé. Est-ce que j'avais mon mot à dire là-dedans? Absolument pas. Quand on met de la viande dans un hache-viande, elle en ressort sous forme de saucisse à l'autre bout. Quand on prend un jeune et qu'on le met dans le moulin à curés, il ne peut qu'en ressortir avec une soutane sur le dos au terme de sa formation.

Si on entraîne les jeunes Allemands à défendre à tout prix les idées de leurs dirigeants et en particulier celles d'Hitler, ici on nous entraîne à défendre les idées de l'Église catholique, et en particulier celles de monseigneur de Saint-Vallier avec son petit catéchisme et sa liste de péchés. On ne nous dit pas qu'il faut tuer nos ennemis, c'est-à-dire ceux qui ne pensent pas comme nous, mais qu'il faut les convertir. C'est pour ça que l'Église envoie des missionnaires partout. On tente de faire de nous des missionnaires. Nous devons donner le bon exemple.

Il avait interrompu sa réflexion sur ces mots, sans doute pour relire ce qu'il venait d'écrire, puis il avait sauté une ligne et continué:

Seule l'Église catholique possède la vérité. Au collège, on nous répétait: Hors de l'Église, point de salut! *Tous ceux qui ne faisaient pas partie de l'Église catholique étaient donc condamnés d'avance à l'enfer. Ainsi, on nous obligeait à aller à la messe tous les matins, à confesser régulièrement nos péchés, à faire attention à ceci et à cela, afin de rester purs.*

Le premier directeur de conscience que j'ai eu n'avait certainement pas l'esprit pur. Il m'a fait asseoir sur ses genoux pour me conseiller. Je me suis tellement débattu que j'ai pu m'échapper et, par la suite, j'ai exigé d'avoir un autre directeur de conscience.

Je me demande encore comment je suis parvenu à sortir de cette prison où on voulait m'enfermer, comme d'ailleurs je tenterai sûrement de m'enfuir de celle où je suis présentement. Je crois que c'est mon esprit fouineur qui m'a permis d'éviter le pire. On nous défendait de lire un paquet de livres. On ne nous enseignait que les beaux côtés de l'histoire de l'Église. Il y avait une quantité de livres à l'Index. C'était ceux-là qui m'intéressaient le plus. Comme j'aimais bien l'histoire, j'ai voulu en savoir plus long sur les débuts de l'Église et sur la suite. J'ai lu les volumes que je pouvais lire à ce sujet. Puis, un jour, je suis tombé sur le mot «Inquisition». Quand j'ai prononcé ce mot devant mon oncle curé, je l'ai vu se redresser comme quelqu'un qui vient d'être piqué au derrière. Il m'a fait un sermon en disant qu'il y avait des choses qu'il valait mieux ne pas connaître. C'est précisément parce qu'il a réagi de la sorte que j'ai décidé d'en apprendre plus sur ce sujet.

Ce texte de Norbert ne manqua pas de me captiver. On voyait qu'il ne s'en laissait pas imposer et qu'il se rebellait volontiers contre ce qui ne concordait pas avec ses propres idées. Après tout, à l'époque où il écrivait cela, il était un jeune homme. Pourtant, il semblait sûr de ce qu'il avançait. C'est sans doute pendant sa formation classique qu'il avait appris à réfléchir sur ces sujets passablement brûlants. Ce qui m'intriguait le plus, c'était de savoir comment il avait réussi, dans ce monde aseptisé et contrôlé à outrance par la censure, à en apprendre plus sur un des pires exemples d'abus de pouvoir que fut l'Inquisition. La suite de son journal allait me l'apprendre.

Dans le dictionnaire Littré, au mot Inquisition, j'ai lu la définition suivante : « Tribunal ecclésiastique chargé de réprimer les hérésies. » Ça ne m'a pas donné satisfaction. Je voulais savoir comment fonctionnait ce tribunal. Mais j'ai eu bien de la difficulté à mettre la main sur un volume qui en parlait. Ça a été une raison de plus pour moi de persister à chercher. De fil en aiguille, je suis tombé sur le nom de Torquemada. C'est ainsi que j'ai appris qu'en Espagne les rois Ferdinand le Catholique et Isabelle la Catholique, comme ils aimaient être désignés, ont décidé de constituer un tribunal pour juger et condamner les non-catholiques en Espagne et en particulier les juifs.

Ne pas être catholique, ou être considéré ainsi, devenait donc un crime. À la tête de ce tribunal, trois évêques avaient été nommés. J'ai appris, et j'en ai été révolté, que derrière tout ça, l'Église n'était pas désintéressée. On faisait des procès aux gens les plus riches afin de s'emparer de leurs biens une fois qu'on les avait condamnés. Mes cheveux se sont dressés sur ma tête quand j'ai su qu'on était allé jusqu'à déterrer des morts pour les juger et se donner de la sorte le droit de saisir leur fortune. Où était l'esprit chrétien dans de pareils comportements ?

D'après ce que j'ai lu, Torquemada, le confesseur personnel de la reine Isabelle, a été un des pires inquisiteurs. Non content de faire condamner à mort un bon nombre d'incroyants, il a eu l'idée de profiter du travail de ceux qu'il avait condamnés à la prison à perpétuité. Il revendait ce qu'ils produisaient et quand ces gens mouraient, il faisait saisir leurs biens, tout ça au profit de l'Église catholique évidemment. Il avait organisé un réseau de délateurs qui pouvaient accuser n'importe qui d'hérésie. Les gens étaient arrêtés un beau matin, jugés et condamnés à mort ou à la prison. Tout cela au nom de l'Église catholique.

C'est bien pour dire, il y a toujours eu dans l'histoire des personnes assez lâches, à qui on promettait sans doute quelques sous, pour accuser les autres et les faire condamner. Ça a été le cas de Judas avec Jésus-Christ. Ma crainte est qu'il se trouve un Judas beauceron pour agir de la sorte à mon endroit, si jamais quelqu'un découvre que je suis ici.

Pour en revenir à mon sujet, après la lecture de ces passages sur l'Inquisition, il n'était plus question pour moi de devenir ministre de l'Église. J'ai mis toutes les religions dans le même sac, car pour moi, et je m'en suis fait un guide pour ma vie : « Il y a peut-être des vérités qui valent la peine qu'on meure pour elles, mais je n'en vois pas une seule qui exige qu'on tue en son nom. » Tuer selon moi est la pire des bêtises humaines. Qui peut se croire assez au-dessus des autres pour se permettre de leur enlever ce bien si précieux qu'est la vie ?

Pour m'affranchir de mon oncle curé et de la religion, je suis entré dans l'armée. Je n'avais pas vraiment réfléchi à mon affaire. En effet, aussi paradoxal que ça puisse paraître, parce que je refusais d'accepter qu'on ait pu tuer au nom de la religion, et pour éviter de devenir ministre de cette religion, je me suis fait soldat. Un seul livre avait suffi à m'éviter de devenir à mon tour un tortionnaire à l'esprit étroit, qui, sous prétexte d'imposer la vraie foi, soumettait à la manière d'un Hitler des centaines de fidèles à sa propre volonté.

Mon oncle était furieux quand je lui ai appris que je ne serais pas prêtre. Seulement mon idée était faite. J'avais compris qu'il existait toutes sortes de dictatures : celles qui s'imposaient par la force, et celles, plus subtiles, qui se servaient de bons principes au départ pour assujettir les fidèles à des dogmes qu'ils ne pourraient éventuellement plus remettre en question, sinon au péril de leur vie ou de leur réputation.

Plus j'avançais dans les réflexions de cet homme, plus je comprenais pourquoi ses amis avaient tant tenu à lui venir en aide. En revanche, son comportement à l'égard du bedeau continuait de me déconcerter. Il y avait en quelque sorte deux Norbert Poulin : celui dont je lisais les textes avec tant de plaisir et celui qui écrivait des missives incendiaires à son ennemi juré, missives qui auraient pu faire à elles seules le sujet d'un roman intitulé : *Lettres à mon bedeau préféré*. Qui était au juste le vrai Norbert Poulin ?

Chapitre 48

Les lettres de Rachel

Il y avait maintenant un mois que je vivais à l'écart de tout, dans ce camp en pleine forêt. Me retrouver seul avec moi-même ne me déplaisait pas, mais je m'y serais ennuyé à la longue si mes amis n'étaient pas venus me visiter régulièrement. Aussi, j'avais de la lecture à faire. Les lettres adressées par Rachel à Norbert m'amusèrent particulièrement. Rachel travaillait dans un restaurant du village et, visiblement pour divertir Norbert, elle lui racontait un peu tout ce qui s'y passait.

Jeudi 23 novembre 1944

Norbert de mon cœur,

C'est ta petite amie qui vient se rappeler à ton souvenir. Tu sais bien, celle qui a une face de belette, avec un petit nez pointu, des petites oreilles rondes, deux yeux comme tout le monde et qui fourre son nez partout. Celle qui a un drôle de nom, Rachel, qui est sûrement tiré de l'expression «Elle en arrache, elle.» Bien, détrompe-toi, elle n'en arrache pas du tout. Elle se débrouille bien.

Elle se lève tous les matins, se brosse les dents, se lave le nez à l'eau frette, déjeune d'une toast au beurre de peanut *et s'en va travailler des fois à reculons, d'autres fois de côté et le plus souvent par en avant, tout dépendant du vent et de ce qu'elle aura à faire dans la journée. Elle sert ses clients en chantant, en grognant ou en beuglant, selon qu'ils sont beaux, détestables ou bien sourds.*

Tu sais que tout peut arriver dans un restaurant. L'autre midi, une cliente que tu connais bien, mais que je ne nommerai pas par charité chrétienne, a échappé son dentier dans sa soupe. Elle a eu beaucoup de difficulté à le repêcher. Tu comprends que je n'ai pas pu me retenir de rire. Depuis ce temps-là, elle a une dent contre moi. Encore chanceuse que ce ne soit pas tout le dentier. Ça me rappelle qu'il y a deux semaines, un étranger de passage a levé le nez sur la soupe que je lui servais sous prétexte qu'elle était trop froide. Je suis allée à la cuisine la lui faire réchauffer. Il l'a de nouveau refusée, me reprochant cette fois qu'elle était trop chaude. Sais-tu ce que j'ai fait pour la refroidir, une fois retournée dans la cuisine ? J'ai craché dedans. Il l'a dégustée avec un plaisir évident.

Voilà donc comment je tue le temps en attendant qu'il me tue, mais comme je ne me tue pas à l'ouvrage, j'ai des chances de vivre très vieille. Quand j'aurai soixante-dix ans, au restaurant, j'échapperai peut-être mon dentier dans ma soupe, mais je ne la retournerai certainement pas parce que mon dentier serait tombé dedans.

Je te laisse là-dessus, parce que je dois soigner mes petits bobos en attendant d'en avoir des gros. Ça me rappelle ce que m'a dit l'autre jour la vieille demoiselle Jalbert : « As-tu remarqué ? Quand nous sommes jeunes et belles et que nous avons de bons yeux, nous soignons nos petits bobos, parce que nous sommes justement capables de les voir. Plus nous sommes vieilles et laides, plus nos bobos grossissent et, même si notre vue baisse, nous pouvons encore les voir. La vie est réellement bien faite!»

À une prochaine,
La petite belette appelée Rachel

Dimanche 26 novembre 1944

Chère belette,

Je ne sais pas trop où j'en suis dans les jours. Mais aujourd'hui doit être un dimanche parce que, comme le vent soufflait de ce bord-ci, j'ai entendu les cloches à quelques reprises. Les maudites me rappellent que je suis loin de vous tous et qu'en raison de ça, je manque de bonnes histoires comme celle du dentier échappé dans la soupe.

Moi, c'est toute ma vie qui est en train de m'échapper, et je t'avoue que je trouve mon séjour ici de moins en moins drôle. Mais à quoi bon t'ennuyer avec mes problèmes! Je vois que tu t'amuses bien et je t'envie de pouvoir le faire. Tu dis que tu tues le temps en attendant qu'il te tue. C'est exactement ce que je fais tous les jours. Estime-toi chanceuse de n'avoir que des petits bobos, parce que les miens deviennent de plus en plus gros chaque jour.

Pardonne-moi de ne pas être plus enthousiaste, mais ma situation ne me permet guère de sauter de joie. Je me rends bien compte que mes réponses à vos lettres n'ont pas de quoi vous réjouir et je pense qu'à l'avenir, je m'abstiendrai de vous ennuyer avec mes malheurs. Vous en faites déjà assez pour moi sans que je vous embête par-dessus le marché. Merci tout de même de ta bonne lettre!

Norbert

Après la lecture de cette première lettre de Rachel et de la réponse de Norbert, je pensai que si les missives suivantes de Rachel demeuraient dans la même veine, j'aurais beaucoup de plaisir à les lire. Fort heureusement, ce fut le cas. Toutefois, comme il l'avait avertie, Norbert ne se donna plus la peine de lui répondre.

Vendredi 22 décembre 1944

Bonjour, mon Norbert en or,

C'est de nouveau moi, ta petite belette. Je viens t'entretenir cette fois des petits malheurs qui frappent tous ceux qui nous entourent. C'est une vraie épidémie. J'ai remarqué depuis quelques jours que tout le monde marchait d'un pas pressé. Après enquête, j'ai appris que la chiasse a frappé près de la moitié de nos concitoyens, d'où cet empressement soudain à regagner le foyer, et surtout ce lieu béni derrière les maisons qui porte le si beau nom de bécosse. Inutile de te dire que, même si j'aime fourrer mon nez un peu partout, je me suis bien gardée d'aller y sentir.

Te dire le vide que crée ton absence, surtout quand il s'agit d'organiser un coup pendable ! Tout de même, certains en réussissent et je veux bien te raconter le dernier d'Henri Pomerleau. Il s'est déguisé en fantôme et a failli faire mourir de peur le jeune Lapointe, qui s'apprêtait à faire ce que tu sais avec la petite Marise avant qu'ils se marient. Il y a un début à tout, après tout. Sauf que leur début à peine commencé s'est plutôt transformé en une course à poil dans la neige, vêtements dans les mains et la peur au ventre. Il paraît que ça leur a coupé le subito presto en pas pour rire. C'est à tout le moins ce qu'a raconté Henri à Poléon qui en a fait part à Charles qui me l'a rapporté et c'est ainsi que je peux te l'apprendre. Ça ressemble un peu à l'histoire de l'homme qui a vu l'homme qui a vu l'ours. Et en plus, pour une fois que ce n'est pas une histoire de pêche, mais bien de péché, monsieur le curé a dû s'en régaler.

Voilà donc avec quoi je me suis désennuyée dernièrement. Comme tu peux le constater, nous n'avons pas grand-chose à nous mettre sous la dent, tout en étant tout de même chanceux de les avoir encore toutes, nos dents.

Rachel, ta petite belette préférée

Vendredi 12 janvier 1945

Norbert de mon cœur,

C'est de nouveau moi, avec mon petit nez et mes petites oreilles. Te souviens-tu comment tu m'as souvent répété ça ? De ta part, je l'ai toujours pris comme un compliment. Mais figure-toi qu'Amador a osé me dire la même chose cette semaine au restaurant. Je te l'ai envoyé promener sur son amas d'or. Il est riche comme le roi d'Angleterre, mais plus gratteux que Séraphin Poudrier. Mais laissons les malheureux avares assis sur leur trésor et parlons plutôt de toi. Ceux qui t'ont vu dernièrement m'ont dit que ça n'allait pas plus qu'il faut pour toi. Allons, Norbert, reprends courage et garde, comme moi, tes pensées tournées vers ce qui fait rire. Comme le disait je ne sais plus trop quel philosophe : « Rire fait oublier bien des misères. »

Écoute celle-là, elle est bien bonne. C'est un voyageur qui est passé au restaurant qui me l'a contée. Un p'tit vieux et une p'tite vieille veillaient bien tranquillement dans leur maison en hiver quand la fournaise a explosé. Les voilà tous les deux dehors dans le banc de neige à regarder brûler leur demeure. La vieille se met à pleurer. Son vieux lui dit: «Allons, sa mère, console-toi, nos assurances vont payer et nous ferons reconstruire la maison.» La vieille répond: «C'est pas pour ça que je pleure. — Pourquoi alors? — Je pleure d'émotion. Y as-tu pensé? Depuis notre voyage de noces, c'est la première fois que nous sortons ensemble.»

Toi qui as tant d'imagination, je suis certaine que tu es capable d'inventer des histoires comme celle-là. Je veux, la prochaine fois que je te verrai, que tu me les racontes. Je me prépare déjà à en rire.

À bientôt donc!
Rachel, ta fidèle belette

Lundi 12 février 1945

Norbert de mon cœur,

Me revoici, ta petite belette préférée. Aujourd'hui, j'ai rencontré sur la route un cheval à deux pattes. Attelé exactement comme ceux à quatre, il n'a pas de queue, du moins pas en arrière. Il s'appelle Jean-Baptiste Béland. Il porte la bride, il hennit comme les vrais chevaux et il nous fait faire des tours de calèche. Les gens l'appellent l'homme cheval. Il ne mange pas de foin, et encore! Il peut ruer. Quand tu le verras, il faudra que tu t'empresses de courir après pour voir de quoi il a l'air quand il prend le mors aux dents.

Au restaurant, nous voyons toutes sortes de monde. L'autre jour est arrivé un grand monsieur, un vrai géant. Il s'est assis et la chaise a cassé. Il est tombé sur le dos et ses pieds ont renversé la table avec tout ce qu'il y avait dessus. Tu aurais dû voir la gueule de mon patron devant les dégâts. Il n'a pas osé parler parce que le bon géant qui riait de sa mésaventure aurait pu te l'accrocher d'une seule main au portemanteau.

À part ça, mon cher, il faut que je te raconte la dernière que j'ai entendue. Il y avait des vaches malades dans un troupeau. Le gouvernement décide d'envoyer des vétérinaires pour vérifier les troupeaux des fermes voisines. Un vétérinaire arrive chez un habitant et lui dit: «Je viens examiner tes vaches!» Le bonhomme lui répond sèchement: «Personne va examiner mes vaches.» Le vétérinaire insulté sort une pile de papiers de son porte-documents et les braque sous le nez du cultivateur en disant: «J'ai toutes les permissions du gouvernement pour inspecter tes vaches. Lis!» L'autre prend les papiers et fait semblant de lire même s'il ne sait pas lire. Il répond au vétérinaire: «C'est correct, tu peux le faire.» Le vétérinaire saute la clôture et juste comme il commence à regarder une première vache, il s'aperçoit que le bœuf creuse la terre avec ses pattes d'en avant et se prépare à te l'enligner. Il se relève et crie au cultivateur: «Au secours! Ton bœuf va me rentrer dedans!» L'homme lui rétorque alors: «T'as qu'à y montrer tes papiers!»

Je te laisse là-dessus en attendant de te revenir avec d'autres histoires. Prends bien soin de toi. Tu vas bientôt être de retour parmi nous.

Rachel, ta petite belette préférée

Samedi 17 mars 1945

Norbert de mon cœur,

Ta petite belette ne cesse pas de fouiner et, avec le printemps, il lui prend des envies de faire des folies. Mais pour le moment, elle se contente des folies des autres et n'a même pas besoin de se forcer pour en voir ou en entendre parler.

Comme chaque printemps, la rivière a débordé. Je viens de lire dans les Annales de la bonne sainte Anne *une lettre d'une Beauceronne qui prétend avoir été sauvée de l'inondation grâce à l'intercession de cette sainte. Son histoire serait beaucoup plus croyable si elle demeurait au bord de la rivière. Mais comme sa maison est bâtie à une hauteur que la rivière n'a jamais atteinte dans ses débordements, je me demande où cette femme a vu un miracle. Pour moi, il s'est passé entre ses deux oreilles.*

Au restaurant, c'est toujours pareil. Nous n'avons qu'à nous ouvrir les oreilles pour en entendre des vertes et des pas mûres. Ainsi, l'autre jour, un voyageur de passage qui avait beaucoup de jarnigoine se vantait de ses conquêtes. À lui voir la bette, je me demandais vraiment comment il pouvait conquérir quelqu'un. Mais après l'avoir écouté parler, je pense bien qu'il fait ses conquêtes par ses paroles. Il a rapporté entre autres le proverbe suivant que j'ai trouvé très à propos: «Si tu te cognes la tête contre une cruche et que ça sonne creux, n'en déduis pas nécessairement que c'est la cruche qui est vide.» Il a parlé ensuite de quelqu'un qui est atteint d'éléphantisme, tu sais, ces personnes dont les membres se mettent à enfler tout à coup de façon disproportionnée. Il en connaît un qui souffre de cette maladie et qui est très malheureux de voir grossir les diverses parties de son corps, à l'exception d'une seule. Pas besoin de te dire laquelle.

Réfléchis à ça, mon vieux Norbert: la vie commence par là et tout finit par ne tourner qu'autour de ça. Tu me diras ce que tu penses de ma réflexion quand on se reverra. Tu vois, même une petite belette peut avoir des pensées profondes.

À bientôt,
Rachel

Voilà donc cinq lettres qui intéressèrent sûrement Norbert et qui durent le distraire comme elles le firent pour moi. Je pus à tout le moins connaître un beau côté de la personnalité de Rachel, qui se révélait être une femme très sympathique, ce que je ne manquai pas de lui mentionner à notre rencontre suivante.

Chapitre 49

Au sujet de Norbert

J'étais intrigué par cette maxime lue dans les papiers de Norbert Poulin: «Pénétrer en soi-même et ne voir personne durant des heures, voilà ce à quoi il faut être capable de parvenir.»

Si j'en jugeais par les pensées relevées dans son journal, cet homme savait pénétrer en lui-même et réfléchir à ce qu'il vivait. J'aimais bien ce que j'avais lu de lui et je tenais à en faire part à ses amis, par exemple le passage suivant:

Quel jour sommes-nous? Peu m'importe, puisque c'est un jour de plus enfermé dans ce maudit camp et baignant dans ma solitude. Tout cela pour avoir refusé de combattre et de tuer des hommes qui, tout autant que nous, sont les victimes de ceux qui les régentent. De quel droit nos dirigeants peuvent-ils nous exposer au danger pour une cause qui n'est pas la nôtre, et qui ne mérite certainement pas que des milliers de personnes meurent pour elle?

J'attendais mes amis en fin d'après-midi. J'employai mon temps à préparer mes questions. J'avais hâte qu'ils m'en apprennent davantage au sujet de Norbert. Qui était-il vraiment pour eux ? Voilà le sujet que je me proposais d'aborder.

Ils arrivèrent avec leur affabilité et leur bonne humeur coutumières. Ces gens très simples ne se prenaient pas pour ce qu'ils n'étaient pas. Ils aimaient la vie et profitaient pleinement du bon temps qu'elle leur offrait. Ils parlaient de tout : de sport, de nourriture, de température, d'amitié, d'amour, de voyages, et se gardaient bien de faire allusion à leurs petits bobos. « Nous ne sommes pas de la tribu des Tamalous », m'avait dit d'emblée Martial, au début de nos rencontres. Je n'avais pas saisi ce à quoi il faisait allusion, alors il m'avait expliqué : « Beaucoup de gens de notre âge ne parlent que de leurs bobos. Tout ce qu'ils veulent savoir des autres, c'est où ils ont mal, d'où la question qui ne cesse de hanter leurs lèvres : "T'as mal où ?" Voilà pourquoi nous les avons baptisés les Tamalous. Nous nous sommes entendus, afin de ne pas alourdir l'atmosphère quand nous nous réunissons, de laisser de côté le sujet de nos douleurs et de nos maladies. Crois-moi, nous ne nous en portons que mieux. »

Quand ils eurent pris leurs places habituelles dans le camp, je les informai que j'avais bien avancé dans la lecture des pensées profondes de leur ami tout comme dans celle des lettres qu'ils lui avaient écrites, et je leur posai ma fameuse question : qui était-il pour chacun d'eux ?

— C'était un ami, un grand ami, commença d'emblée Rachel. Pour moi, il représentait l'homme que toute femme désire rencontrer.

Je la relançai :

— Qu'est-ce que l'homme que toute femme devrait rencontrer a de différent des autres ?

Elle hésita un peu, avant de me répondre bien calmement :

— Il a un grand souci du bien-être de ceux et celles qu'il aime. Quand tu lui parles, tu es certaine qu'il t'écoute et s'il peut faire quelque chose pour t'aider, il le fera. Voilà l'homme idéal.

— Tu viens de dresser là un excellent portrait de Norbert, l'approuva Georges-Aimé. Tu as bien résumé ce qu'il était : un ami dévoué qui ne comptait pas son temps. Voilà pourquoi, pour ma part, et c'est la même chose pour tous les autres ici présents, je n'ai pas hésité un instant à lui venir en aide quand sa situation s'est corsée.

— Croyez-vous qu'il se soit lui-même mis dans ce pétrin ? demandai-je.

— Je ne suis pas de cet avis, me contredit Martial. C'est la vie qui l'a mis dans cette merde : orphelin tout jeune, pensionnaire pour devenir prêtre malgré lui, soldat à défaut d'une autre échappatoire. Je n'ai pas été étonné d'apprendre qu'il avait déserté. Il n'était pas du genre à se laisser embrigader.

Yolande renchérit :

— Ni à se faire enfermer. Il aimait trop les vastes horizons, les grands espaces où on peut se promener longtemps avec le sentiment profond d'être libre.

— Je me souviens, enchaîna Annabelle, d'un événement tout simple qui décrit bien ce qu'il était. J'étais au marché avec Solange quand nous l'avons croisé. Il faisait alors de l'animation pour les jeunes. Au marché, on trouvait de tout. Nous marchions tranquillement avec lui quand un homme à un comptoir nous a offert des oiseaux en cage. Il y en avait bien une douzaine, qu'il vendait à vingt-cinq cennes chacun. Trois piastres, c'était alors une petite fortune pour nous et pour Norbert également. Malgré tout, il a acheté les douze oiseaux. Le vendeur lui a remis la cage. Aussitôt, il l'a ouverte pour redonner leur liberté aux oiseaux.

— C'est un geste qui m'a beaucoup impressionnée, commenta Solange. J'en avais parlé à Thomas avec qui j'étais alors fiancée. Il m'a fait remarquer: "C'est du Norbert tout craché. Il n'aurait jamais enduré de perdre sa liberté. Il ne supportait pas de voir ces oiseaux enfermés." Tout cela pour dire, ajouta-t-elle, que son séjour forcé dans le chalet a dû être extrêmement difficile à supporter pour lui.

Un silence suivit l'intervention de Solange. Personne d'autre ne semblait vouloir parler. Au bout de longues minutes, Hélène se leva.

— Je pense bien, expliqua-t-elle, qu'aujourd'hui nous n'avons pas la tête à revenir sur ce passé. Il y a des jours comme ça où il vaut mieux ne rien ressasser. Quand on brasse l'eau d'un marécage, il en remonte toujours des relents malodorants. Il vaut donc mieux ne pas insister. Tu nous excuseras, Maxime, mais un bon verre, quelques chansons et une bonne bouffe devraient venir à bout de notre cafard.

Hélène avait peut-être raison de croire que le grand plaisir que constitue le fait de manger et de boire entre amis permettait de se changer les idées et d'assainir l'atmosphère quand un nuage trop gris y jetait son ombre. Ce jour-là fut, je le crois bien, le plus lourd que j'avais vécu en leur compagnie jusqu'à présent. Ils me quittèrent en s'excusant d'avoir été si peu communicatifs. Comme je le faisais chaque fois qu'ils partaient, je les accompagnai jusqu'au bord de l'eau où ils montèrent dans leurs embarcations. C'était un beau jour comme le mois d'août sait si bien en concocter. Le soleil descendait sur l'horizon et s'apprêtait à nous donner son spectacle. Déjà, à l'ouest, le ciel commençait à flamber. Je les regardai s'éloigner. Leurs embarcations laissaient derrière elles des milliers de reflets dorés qui se heurtaient les uns les autres, pareils à des chemins qu'aurait tracés la lumière, avant de s'éteindre doucement comme les tisons d'un feu de camp. La noirceur avalait un par un les nuages écarlates à la traîne dans le ciel. Des milliers d'étoiles piquaient le firmament à mesure que l'horizon tirait ses rideaux noirs.

La réaction de mes amis m'avait rendu fort pensif. J'allai me coucher, la tête remplie de tout ce qui aurait pu se dire et ne l'avait pas été.

Chapitre 50

Un autre bout du journal

Le lendemain, je me plongeai de nouveau dans le journal de Norbert en me demandant ce qu'il allait encore me révéler sur lui. Chose certaine, Norbert avait été pour ses amis quelqu'un d'éminemment important. J'ouvris le cahier au hasard. J'aimais comme ça laisser le destin décider ce que je lirais ce jour-là. Par le passé, il m'arrivait fréquemment d'ouvrir un dictionnaire, d'en laisser défiler les pages et de poser mon doigt à l'aveuglette sur un mot dont je me servais pour démarrer une séance d'écriture.

Cette fois, le journal me livra cette réflexion:

Je me souviens, quand j'étais jeune, que mes parents et mes maîtres d'école, pour expliquer l'inexplicable, employaient toujours la phrase passe-partout: « C'est la volonté de Dieu. » En y pensant bien, tout ce beau monde se défilait devant leur incapacité à expliquer un phénomène ou encore une catastrophe ou une tragédie qui n'avait pas de sens. Ils prétendaient tous, en somme, savoir ce qu'était la volonté de Dieu, puisque pour tout et pour rien, ils affirmaient que c'était sa volonté. Ils oubliaient qu'ils m'avaient aussi répété maintes et maintes fois que Dieu, l'être suprême, était la bonté même. Or, comment celui qu'ils prétendaient être si bon pouvait-il permettre les monstruosités qu'on lui attribuait ?

Ce sont ces contradictions dans la religion qui m'ont amené à remettre en question l'existence même de Dieu. Comment expliquer qu'un être suprême qui avait créé le monde et les humains ait manqué son coup à ce point ? Comment justifier les infirmes de naissance, les enfants mort-nés, les catastrophes naturelles qui précipitent des milliers de personnes dans la mort, et surtout la cruauté des hommes ? Si tout cela, pensai-je, est bel et bien la volonté de Dieu, il n'a pas raison d'être fier de sa création. Et si ce Dieu, comme on nous l'a enseigné, a tous les pouvoirs, pourquoi n'intervient-il pas pour réparer ses propres erreurs ?

Si je posais cette dernière question, on m'affirmait immanquablement : « C'est *un mystère, mais telle est la volonté de Dieu.* » *En réalité, on aurait été mieux de me répondre que Dieu est simplement un entêté. Qu'est-ce que ce serait pour lui de rendre tous les hommes heureux ? Qu'est-ce qui l'en empêche, si c'est lui qui nous a créés ?*

Plus je réfléchis à la question, plus je me rends compte qu'après avoir inventé un Dieu créateur, nous sommes à présent mal pris avec lui. Il ne fait pas du tout les choses selon les qualités et les pouvoirs que nous lui avons imaginés. Dès lors, il faut proposer une autre explication et elle vient assez vite : Dieu a créé l'humain à son image, c'*est-à-dire bon et compatissant, seulement il le laisse libre d'agir, c'est pourquoi Dieu n'intervient pas dans la vie des humains et que ceux-ci peuvent se haïr et s'entretuer.*

Si Dieu n'intervient pas dans nos vies, pourquoi sommes-nous alors invités à le prier et à lui soumettre toutes nos peines ? À quoi bon le faire, puisqu'il ne peut pas nous répondre ? En effet, ne doit-il pas laisser les hommes libres de leurs actes ? Nous voilà donc en plein cercle vicieux. Au fond, tout cela a été inventé pour apaiser les hommes qui, dès qu'ils se mettent quelque peu à réfléchir à leur sort, s'aperçoivent bien vite qu'en ayant conçu un Dieu créateur pour ne pas avoir à répondre à des questions trop embarrassantes sur le monde qui nous entoure, ils se sont compliqué la vie. Ils doivent expliquer bon nombre de choses que l'existence de Dieu ne permet pas d'élucider. Pour s'en sortir, il n'y a alors plus qu'une seule conclusion possible : c'est la volonté de Dieu. Et elle n'a aucun sens.

Décidément, ce cher Norbert avait un bon bout de chemin de fait, côté réflexion. Je l'imaginais, seul avec lui-même, dans le grand silence de son refuge forestier, en train d'écrire ces lignes. Il devait souffrir de ne pas pouvoir en discuter avec ses amis qu'il ne voyait qu'un à la fois et toujours brièvement.

Son journal comportait également d'autres passages où il ne faisait que noter la venue de l'un ou l'autre de ses amis. Il employait alors un style télégraphique :

Aujourd'hui, visite de Thomas. Très peu parlé. Les discours habituels : demain beau temps, rien de nouveau par chez nous, les autres te saluent. Si tu manques de quoi que ce soit, tu le dis. Martial sera là bientôt.

Puis de nouveau quelques réflexions, cette fois pour justifier son besoin de tenir un journal :

J'écris pour ne pas perdre le nord. J'écris pour me souvenir que j'existe encore et qu'un monde bouge autour de ma prison. J'écris le quotidien, la seule richesse qui me reste, les sons, les odeurs, la splendeur des orages, la brume sur le lac, le vent dans les feuillages, la douceur des soirs, le calme des longues nuits.

J'écris pour ne pas partir à la dérive, pour m'accrocher à mes souvenirs. J'écris l'amour, la vie, la peine, la douleur avant de basculer dans la mort.

Le fait de devoir se cacher le rendait profondément nostalgique de sa vie passée. Il souffrait visiblement de ce manque de liberté. Sans doute ne s'en plaignait-il pas à ses amis, pour ne pas les peiner, mais il écrivait pour se libérer du poids qui lui pesait sur le cœur.

Cette guerre se terminera-t-elle un jour ? Le monde n'a-t-il pas encore eu sa ration de morts ? Pourquoi les hommes sont-ils si cinglés ? Comment expliquer la mort quand la vie est notre lumière ? Non ! Jamais je n'aurais accepté de porter un fusil pour tuer, ça m'aurait empêché de vivre tout comme le fait cette prison où j'étouffe et, paradoxe inouï, dont dépend ma liberté.

Je me sentais un peu dans la même situation que lui. J'étais prisonnier, moi aussi, à la différence que j'avais choisi de l'être.

Chapitre 51

Maxime le disparu

Un jour, ils arrivèrent avec un journal dans lequel était publié un article qu'ils avaient hâte de me montrer.

MAXIME MARION TOUJOURS PORTÉ DISPARU

Depuis maintenant plus d'un mois, la police est toujours sans nouvelles de ce journaliste et écrivain bien connu auquel on ne prête pas de tendances suicidaires. On s'explique mal cette disparition. Interrogée sur le sujet, son ancienne flamme, Marjolaine, se dit désolée de constater qu'il a disparu, mais n'a aucune idée de l'endroit où il pourrait se trouver.

Par ailleurs, Gilles Légaré, son bon ami, est consterné par sa disparition. Il craint que son ami n'ait eu un accident et qu'on retrouve son corps dans un fossé profond le long d'une route secondaire, ou encore sur la berge d'une rivière.

Toute personne qui aurait vu une voiture grise de marque Ford 1978, immatriculée NOR-107, est priée de communiquer avec Côme Lagacé de la Sûreté du Québec.

— Eh bien, dis-je, ma disparition semble enfin en fatiguer quelques-uns. Quand même, je suis disparu pour une bonne cause.

— Quand tu vas réapparaître, me questionna Rachel, comment expliqueras-tu ça ?

— Amnésie ! Voilà le mot qui justifiera tout. Parlant d'amnésie, auriez-vous tous décidé de nier l'existence de votre ami Norbert ?

— Un homme comme lui, confirma Charles, ne s'oublie pas.

— J'aimerais donc que vous éclairiez davantage ma lanterne à son sujet. Après tout, si vous avez insisté pour que je reste avec vous et que j'écrive son histoire, vous aviez certainement de bonnes raisons pour ça.

Il se fit un long silence, avant que Martial ne me réponde :

— Nous t'expliquerons cela plus tard. Pour tout de suite, nous venons nous assurer que tout va bien pour toi et que tu es en mesure de nous consacrer encore trois semaines à un mois.

— Un homme disparu a tout son temps, l'assurai-je. Mais si vous le voulez bien, nous allons récapituler toute l'histoire en précisant des dates. Votre ami n'entre pas au Grand Séminaire comme son oncle s'attendait à le voir faire en 1938. Il préfère se tourner vers l'armée.

— Pas en 1938, rectifia Hélène. Cette année-là, il travaillait dans une scierie le long des lignes américaines. À l'occasion, il venait passer une journée ou deux à Saint-Georges. C'est là que nous avons commencé à nous fréquenter. Il avait parfois de drôles de comportements. Il me serrait tellement fort dans ses bras qu'il me faisait mal. Je lui disais : “Tu me fais mal.” Il me regardait et se mettait à rire, avant de me serrer encore plus fort. Il s'agissait que je lui demande de ne pas faire quelque chose pour qu'il le fasse. Il me disait qu'il ne serait jamais soldat. Pour le taquiner, je lui répondais: "Pourtant, tu serais beau dans l'uniforme." Est-ce pour me prendre au mot ou par esprit de contradiction? À la fin de l'année 1941, il m'a prise par surprise en m'annonçant qu'il s'était enrôlé.

— Il allait au bout de ce qu'il entreprenait, renchérit Georges-Aimé. Il se donnait des défis et n'en démordait pas tant qu'il n'avait pas réussi à les relever.

Hélène ajouta:

— De 1942 à 1944, il a été dans l'armée. Il venait de temps à autre me voir quand il était en congé. Il était toujours aussi ardent. Il me disait qu'il avait hâte d'avoir des enfants. Je l'aurais bien marié en 1942 afin de lui éviter d'aller à la guerre, mais le connaissant, je pense qu'il avait décidé de se faire soldat juste pour me contrarier. Il y était sans doute entré sur un coup de tête.

— Hélène a raison, l'approuva Yolande, parce qu'au moment où il risquait d'être envoyé au front en Europe, pas tellement longtemps avant le débarquement des Alliés en Normandie, il a déserté.

— C'est peu de temps après que j'ai trouvé son billet chez moi, précisa Martial, et que nous l'avons aidé à se cacher. Voilà en résumé ce qu'a été le cheminement de notre ami. Tant qu'il ne risquait pas de tuer quelqu'un, il est demeuré dans l'armée. Le jour où il a su qu'il devrait aller combattre, il a déserté.

— Ce n'était pas un peureux, précisa Charles. Ce n'est pas par crainte d'être tué qu'il n'a pas voulu prendre part aux batailles, mais bien pour éviter lui-même de tuer.

Tout cela me donnait un meilleur aperçu du caractère de ce Norbert Poulin. Ce jour-là, en me quittant, ils me promirent de me faire connaître une autre facette de la personnalité de leur ami lors de leur prochaine visite.

Je me retrouvai de nouveau seul au camp. Heureusement, leur présence chaleureuse m'était comme une récompense. Je ne regrettais pas d'avoir accepté leur proposition. D'autant plus que j'étais toujours aussi intrigué par ce qu'il me restait à découvrir sur ce mystérieux personnage qu'était Norbert.

Après leur départ, je restai longtemps dehors, à observer le lac et les bois aux alentours, heureux de vivre ainsi en pleine nature et de pouvoir contempler à ma guise le ciel piqué de milliers d'étoiles, ce que je ne pouvais pas faire en ville. Plus le temps passait, plus je me souvenais de ce qu'avait été ma vie avant mon accident, et moins je désirais la reprendre comme avant. Tout bien considéré, cette mésaventure se révélait bénéfique pour moi. Elle m'avait permis de me rendre compte à quel point ma vie manquait de lustre et qu'en réalité elle était vide.

Chapitre 52

Les lettres de Yolande et de Georges-Aimé

L'été avançait. Je commençais à penser à redonner signe de vie aux quelques personnes qui pouvaient s'inquiéter de ma disparition. Mes amis beaucerons m'avaient demandé de leur accorder encore au moins trois semaines. De venir me voir comme ça deux fois par semaine devait leur rappeler ce temps où ils allaient porter de la nourriture à leur ami Norbert.

J'avais fini la lecture de son journal. Je décidai de terminer celle des lettres qu'Hélène m'avait remises. Je les avais classées par auteur. Il me restait à lire celles de Yolande et de Georges-Aimé. Bien sûr, comme ils m'en avaient informé, Norbert n'avait répondu qu'aux premières, cessant par la suite de s'y intéresser. J'en déduisis que son confinement l'affectait beaucoup. Malgré tout, il fallait mesurer à quel point tous tentaient de lui insuffler une bonne dose d'optimisme et de pensées positives. À travers leurs lettres, comme me l'avait laissé entendre Hélène, j'appris vraiment à les mieux connaître. Il s'agissait de gens admirables.

Yolande, pour sa part, communiquait à Norbert les dernières frasques de leurs connaissances. Quant à Georges-Aimé, en dépit du fait que les autres lui apportaient des journaux, il était persuadé que Norbert ne les lisait pas. Voilà pourquoi il avait décidé de décrire l'évolution de la guerre dans ses lettres.

En somme, voyant que leur ami avait de la difficulté à supporter sa solitude imposée, chacun s'efforçait à sa façon de l'encourager à tenir le coup. Ils montraient une belle solidarité à son endroit. Par leurs écrits, ils tentaient réellement de le tirer de son ennui. Dommage que l'intéressé se soit rapidement lassé de les lire et de leur répondre. Yolande fut fidèle à lui écrire, en son nom et en celui de Martial, en tâchant de le distraire avec ce qui se déroulait au village.

Lundi 23 octobre 1944

Cher Norbert,

À défaut de te voir, laisse-moi te dire que tu nous manques et que nous avons bien hâte, Martial et moi, que tu puisses circuler librement parmi nous. Comme tu ne peux les vivre avec nous, sans doute seras-tu intéressé de connaître les derniers potins du coin. Il me semble que ça te fera te sentir davantage des nôtres, même sans être présent. Imagine-toi que Wilfrid Gilbert a perdu un de ses cochons d'une drôle de façon. La pauvre bête a décidé de faire une petite balade en pleine campagne après être parvenue à s'enfuir de son enclos. Personne ne s'attend à voir surgir un cochon au beau milieu de la route. C'est pourtant la surprise qu'a eue Clovis, le chauffeur de taxi. Il roulait à bonne vitesse et n'a pas pu freiner à temps. Le cochon a, paraît-il, fait un vol plané par-dessus le fossé avant de s'écraser contre un arbre où il est resté suspendu, tête en bas, entre deux branches. Quant à Clovis, il a esquinté tout le devant de son bolide et depuis, il peste contre tous les cochons à deux et à quatre pattes.

Mademoiselle Dulac, qui se trouvait dans le taxi lors de l'impact, a raconté qu'elle avait eu la peur de sa vie. Par contre, elle qui avait les deux yeux dans le même trou avant l'accident, si j'ai bien vu, ne louche plus. Comme quoi les mauvaises surprises ont parfois du bon.

Et maintenant, au programme, un autre tour pendable digne de toi. Si tu n'étais pas là où tu es, j'aurais juré que tu en étais l'auteur. La digne et pincée Anita Jalbert s'est plainte de s'être fait dérober différentes pièces de vêtements sur sa corde à linge. Deux jours plus tard, les statues de l'église en étaient revêtues. Il paraît que la statue de sainte Jeanne d'Arc en brassière et petites culottes était quelque chose à voir. Le curé était si indigné quand il y a fait allusion à la grand-messe du dimanche qu'il s'est étouffé. Il n'a pu reprendre son souffle qu'après avoir avalé une petite gorgée de vin de messe.

Quant à Pétard, il est parvenu à se débarrasser du renard qui faisait la loi dans son poulailler depuis deux jours. Au lieu de boucher le trou par lequel l'animal entrait, il l'a laissé dégagé et s'est installé non loin de là, carabine en main, pour surveiller l'intrus. Il ne l'a pas manqué. Depuis ce temps-là, il se promène avec la queue du renard attachée à l'antenne de radio de son bazou. Inutile de te dire que les hommes se moquent de lui en prétendant que c'est bien la première fois qu'il peut se vanter d'avoir la queue en l'air. Ça me fait penser à la fois où notre bedeau, dans une procession, portait une statue appelée la Vierge noire, qui était bien vite devenue la verge noire. Les femmes disaient qu'elles n'en avaient jamais vu une si longue.

Je te raconte tout cela, mon cher, pour te dérider un peu en attendant que tu puisses reprendre une vie normale. Toutes les guerres finissent par se terminer et celle-là tire certainement à sa fin.

Ton amie Yolande

P.-S. Yolande insiste pour que je t'écrive. Tu me connais, je m'amuse à jouer avec les mots, sauf que pour ce qui est d'écrire des lettres, je suis nul! J'ignore pourquoi, c'est comme de la torture ou, si tu aimes mieux, de la forsure, trois morceaux et j'en ai assez. Trois mots donc pour te dire à bientôt! Martial.

Norbert, qui ne devait pas être encore trop déprimé, daigna répondre à cette première lettre. Son mot était joint à celui de Yolande.

Vendredi 27 octobre 1944

Chère Yolande,

Ta lettre m'a vivement intéressé. La Dulac qui a maintenant les deux yeux en face des trous, c'est un événement digne d'être mentionné dans L'Éclaireur Progrès. *Je serais curieux de la voir: ça doit lui changer drôlement le portrait, parce qu'après tout, sans ses yeux à la dérive, elle ne doit pas être si déplaisante à regarder.*

Le coup des petites culottes en est un saprément bon. Il me rappelle celui de la perruque sur la tête de la statue de saint Antoine de Padoue durant mes études au collège.

Quant à la verge du bedeau, il lui en fallait bien une artificielle pour qu'il ait l'air un peu intelligent. Ça ne l'aide pas pour autant à sonner les cloches comme du monde.

Je te remercie d'avoir pensé à m'écrire, bien que je n'aie pas beaucoup le goût de lire et de rire là où je suis.

Norbert

Si on en jugeait par les dates où ces lettres furent écrites, ses amis ne le laissaient pas languir trop longtemps, car deux jours à peine après que Yolande eut fait parvenir la sienne à Norbert, Georges-Aimé lui en adressa une également, pour l'informer de la façon dont la guerre évoluait.

Mercredi 25 octobre 1944

Bonjour Norbert,

Encourage-toi : depuis le débarquement, les Alliés ont beaucoup progressé dans leur offensive contre les Allemands. Ils s'approchent un peu plus de l'Allemagne chaque jour, ce qui signifie aussi que la fin de la guerre est imminente et ta délivrance également. Même si tu as choisi, tout comme nous, de ne pas aller à la guerre, d'autres s'y sont engagés et il vaut la peine de faire le point à ce sujet.

Tu sais comme moi que le Régiment de La Chaudière est débarqué le 6 juin dernier sur la plage de Bernières en Normandie et est parvenu à s'emparer du village de Bény-sur-Mer. Il y a eu plusieurs blessés et une quinzaine de morts, dont notre ami Marcel. Ils ont combattu après autour de la ville de Caen, qui était fortement défendue par les Allemands. Ils ne l'ont pas eu facile. Le 31 juillet, ils ont fini par prendre la ville, en ruines à cause des bombardements. Ils ont valeureusement lutté près de la ville de Falaise, qu'ils ont fini par libérer le 23 août. Paris a été reprise par les Alliés le 25 août. Puis nos amis du Régiment de La Chaudière sont allés combattre du côté d'Elbeuf près de Rouen, toujours en Normandie. Après, ils ont eu pour mission de libérer les ports de Boulogne et de Calais, pour se diriger ensuite vers la Belgique où, paraît-il, ça brasse pas mal.

J'ai reçu une lettre de mon cousin Jean-Marc que tu connais. Voici ce qu'il m'écrit :

« En route vers la Belgique

Bonjour Georges-Aimé,

Quand tu vas recevoir ma lettre, sans doute serai-je en train de batailler en Belgique, car mon régiment a pour mission de libérer le fleuve l'Escaut afin de permettre aux Alliés d'expédier des navires jusqu'au port d'Anvers. Je t'avoue que la vie de soldat n'a rien de bien facile. C'est loin d'être ce que je m'imaginais. Nous ne savons jamais si nous serons encore de ce monde le lendemain. Nous avons vu tellement de nos camarades mourir que nous avançons sans penser à rien, comme des automates, en espérant sortir de cet enfer avec tous nos morceaux et sans devenir fous.

Nous avons vraiment eu la vie dure du côté de la ville de Falaise. J'ai bien failli y rester quand un obus a tué tous mes camarades autour de moi. Ne me demande pas comment c'est arrivé, mais je m'en suis tiré avec juste une éraflure au bras. Je dois être béni des dieux. Nous avons réussi à entrer dans la ville par l'ouest. J'ai participé à la bataille la plus acharnée dans Falaise contre une cinquantaine de soldats allemands barricadés dans l'École normale. Ils y sont tous morts, à l'exception de trois d'entre eux que nous avons fait prisonniers. Je ne comprends toujours pas pourquoi ces Allemands tiennent tellement à mourir. Ils doivent être convaincus de faire la bonne chose. Vraiment, Georges-Aimé, la guerre est affaire incompréhensible.

Ne manque pas de saluer Annabelle de ma part et ne m'oubliez pas dans vos prières.

Jean-Marc »

Comme tu vois, Norbert, tu as pris la bonne décision en désertant. Tâche maintenant de tenir jusqu'au bout.

Georges-Aimé

Norbert répondit à cette lettre de Georges-Aimé. Toutefois, cette dernière ne semblait pas lui avoir plu outre mesure.

Samedi 28 octobre 1944

Salut Georges-Aimé,

Tu te donnes bien de la peine pour me dire où en est la guerre contre les Allemands. Mais tous ces détails ne m'intéressent pas. Il n'y a rien de plus stupide que de s'entretuer. Bien sûr, cette guerre-là va finir comme toutes les autres. Mais c'est à cause d'elle, et je ne l'oublie pas, que je suis obligé de rester prisonnier dans ce camp, sans savoir quand je pourrai en sortir, et c'est tout ce qui compte pour moi.

Ne te fatigue donc pas à me résumer ce qui se passe sur le front. Je ne serai heureux que quand tu pourras m'annoncer: «La guerre est finie.»

Merci quand même pour ton mot.

Norbert

Ces lettres me replongeaient dans une époque que j'avais moi-même vécue. La guerre était alors la préoccupation première des gens. Comme Georges-Aimé, tout le monde suivait, au jour le jour, la progression des Alliés en Europe. Heureusement, la guerre se déroulait sur un autre continent et, excepté le rationnement que tous subissaient, elle affectait surtout ceux et celles qui avaient un mari, un fils, un père, un frère, ou un cousin sur le front. Par contre, l'attitude de Norbert, vu ses réponses à leurs premières lettres, devait beaucoup tourmenter ses amis.

Chapitre 53

Inquiétudes à propos de Norbert

À la rencontre suivante, c'est Hélène qui, la première, se mit à parler de Norbert :

— Si tu te rappelles, Maxime, Norbert s'était lancé dans la sculpture durant son confinement dans le camp. Fort heureusement, ça l'occupait assez pour qu'il oublie un peu sa situation. Il a passé l'automne et l'hiver à sculpter.

— Nous devions accomplir des tours de force, rappela Charles, pour lui fournir du bon bois. Par chance, je connaissais une scierie pas très loin des lignes américaines où il était possible de se procurer du tilleul, un excellent bois pour le genre de sculpture que Norbert aimait créer. La difficulté consistait à le lui apporter sans attirer l'attention.

— C'était là notre grande crainte, renchérit Martial, celle qu'il soit repéré. D'autant plus que, pour quelques sous, certains étaient prêts à vendre n'importe qui. C'est dans de telles circonstances que nous mesurons la bassesse de la nature humaine. Dans le voisinage, quelques déserteurs avaient été repris, mais notre ami a pu s'en tirer parce que nous étions plusieurs à subvenir à ses besoins et que nous prenions la précaution de le visiter un seul à la fois.

— Il s'en plaignait d'ailleurs, déplora Hélène. La vie en solitaire là-bas lui pesait énormément. À la fin de l'hiver, Norbert a déclaré qu'il en avait assez et qu'il allait sortir de là. Il n'y avait plus moyen de le forcer à se terrer. Si bien que Thomas a pris congé pour passer quelques jours avec lui au camp. Si jamais les policiers s'y rendaient de nouveau, il pourrait détourner l'attention sur lui pendant que Norbert se cacherait dans les bois. Thomas, quant à lui, pouvait sans problème justifier sa présence à cet endroit.

L'évocation du nom de Thomas eut pour effet de provoquer un long silence, pendant lequel Yolande et Annabelle s'affairèrent à préparer le souper. Martial offrit une bière à tout le monde. Rachel sortit des boissons gazeuses. Après un moment, Solange poursuivit :

— Au bout d'une dizaine de jours, j'ai pu obtenir un congé de la filature où je travaillais et je suis allée les rejoindre au camp. J'ai passé la journée avec Norbert et lui. Je leur ai cuisiné un bon dîner, après quoi, comme Thomas et moi devions repartir et le laisser seul, pour lui faire plaisir, j'ai décidé de lui préparer du sucre à la crème. Il s'est jeté dessus comme un enfant qui n'en aurait pas mangé depuis des années. Voyant cela, je lui ai promis de lui en faire apporter d'autre. On l'a laissé en fin d'après-midi. Thomas lui a dit qu'il reviendrait le voir le lendemain.

Je m'informai :

— Comment se portait-il ?

— Quand nous étions avec lui, il était assez calme. Il s'intéressait à ce que nous racontions. Mais nous savions bien qu'il se sentait comme un ours en cage. Parfois, il sortait prendre l'air et revenait au bout de cinq minutes.

Durant l'hiver, quand nous nous rendions au camp, afin de ne pas attirer l'attention, nous ne traversions jamais directement sur le lac gelé. Nous le contournions.

« Pourtant, le lendemain, quand Thomas est arrivé au bord du lac, il a vu quelqu'un qui marchait sur l'eau gelée sans trop prendre de précautions. Il s'est demandé qui ça pouvait être. Il n'a pas été long à le découvrir. Il s'agissait de Norbert. Thomas est allé au-devant de lui et l'a attendu sur la rive. Quand Norbert l'a rejoint, Thomas l'a questionné : "Où t'en vas-tu comme ça ?" Sa réponse démontrait à elle seule à quel point il était perdu : "J'm'en vais chercher du sucre à la crème."

« Heureusement, j'en avais mis dans le sac de nourriture que Thomas lui apportait. "Si tu en veux, lui a répondu mon mari, tu vas me suivre. J'en ai dans mon sac à dos. Je vais te le donner quand on sera au camp." Norbert n'a pas protesté et a suivi docilement Thomas. Rendu au camp, il s'est de nouveau jeté sur le sucre à la crème comme la veille. Thomas a eu l'idée de le calmer en lui promettant qu'on lui en apporterait désormais tous les jours, à condition qu'il reste au camp.

« Cette histoire de sucre à la crème a eu une répercussion sur la suite des choses. Nous étions très inquiets de ce que Norbert pouvait faire. Il était devenu imprévisible. Il ne prenait plus la peine de se cacher. D'un jour à l'autre, il risquait d'être découvert et arrêté, et nous avec lui. C'était la période des sucres. On a donc décidé d'entailler les érables autour du camp et de faire comme si nous exploitions une cabane à sucre. Norbert se réjouissait comme un enfant de cette initiative. Il a participé pendant un temps à tout ce qu'exigeait le bon fonctionnement d'une cabane à sucre. Il aidait à la cueillette de l'eau d'érable, au chauffage du poêle pour la faire bouillir, etc. Il était impatient de manger du sucre d'érable. Puis, au bout d'une semaine, il s'est complètement désintéressé de cette activité. »

— Si je comprends bien, fis-je remarquer, quelque chose commençait à ne pas tourner rond dans sa tête. Sa situation lui pesait trop.

— En effet, me confirma Hélène.

— De plus, ajoutai-je, vous avez été chanceux que personne ne vienne voir ce que vous faisiez.

— Si ça avait été le cas, on se serait arrangés pour qu'ils ne voient pas Norbert, expliqua Solange. Mais en général, comme c'était un lac privé, personne n'y venait. De plus, il était facile de justifier notre présence au chalet puisque nous l'avions pratiquement transformé en cabane à sucre.

— Il nous faut maintenant rentrer, annonça Hélène. Nous te ferons part de la suite à notre prochaine rencontre.

Chapitre 54

D'autres lettres de Georges-Aimé

Je profitai du jour suivant pour parcourir les autres lettres adressées à Norbert. Les lisait-il vraiment ? Pourtant, elles constituaient à elles seules un vrai délassement. S'il en avait pris connaissance, il y aurait certainement trouvé un grand intérêt. Cependant, terré comme il l'était, il n'avait sans doute pas le cœur à se remémorer tout ce dont son emprisonnement le privait. La liberté, en effet, est ce qui nous manque le plus profondément quand nous en sommes privés.

Malgré les réticences de Norbert, son ami Georges-Aimé s'était donné pour mission de le tenir informé des progrès des Alliés en Europe. Il lui rapportait souvent où ils en étaient dans leur marche vers l'Allemagne. Ses lettres décrivaient les moments importants de cette guerre interminable.

Jeudi 14 décembre 1944

Bonjour Norbert,

Sache que les Alliés sont aux portes de l'Allemagne, ce qui veut dire que ce sont réellement tes derniers mois à te tenir caché. Je sais que l'hiver est toujours dur, mais dis-toi qu'avec le printemps viendra ta délivrance. En attendant, garde courage.

Si tu es tanné de la sculpture, peut-être as-tu en tête un autre passe-temps qui te plairait et pour lequel nous pourrions te fournir le matériel. J'ai pensé qu'assembler un avion miniature pourrait être dans tes cordes. Tu es si habile de tes mains. Tu sais qu'il est même possible de faire voler ces petits avions. Il paraît qu'il existe des moteurs spécialement construits pour ça. Si tu veux, je vais m'informer si ça ne serait pas possible de te procurer un de ces modèles. Sinon, peut-être que fabriquer un train miniature saurait t'occuper?

Tu diras à Martial ce que tu en penses et je t'apporterai tout ce qu'il te faut à ma prochaine visite. Annabelle te fait dire bonjour et promet de te préparer une tarte à la farlouche comme tu l'aimes.

Georges-Aimé

Comme l'enveloppe qui contenait cette lettre de Georges-Aimé était ouverte, je supposai que Norbert l'avait lue. Je m'empressai de vérifier au verso s'il avait pris le temps d'y griffonner un début de réponse. Malheureusement, il n'y avait rien inscrit. Que pouvait-il se passer dans sa tête après la lecture d'une lettre comme celle-là?

Georges-Aimé continuait fidèlement à l'encourager en lui répétant que la guerre ne saurait durer encore longtemps.

Jeudi 25 janvier 1945

Bonjour Norbert,

Ce petit mot pour te dire que, depuis le mois de décembre, les Allemands ont lancé une contre-offensive dans les Ardennes. Au début, ça leur a bien réussi mais voilà que les Alliés les ont si bien repoussés qu'ils sont revenus à leur point de départ et s'en retournent Gros-Jean comme devant vers l'Allemagne. Il paraît que les Alliés tout comme les Allemands ont perdu des milliers d'hommes dans ces batailles, sans compter des centaines de chars d'assaut et un nombre considérable d'avions.

À présent, les Allemands sont en fuite et vont tenter d'empêcher les Alliés de pénétrer en Allemagne. Mais nous savons que les Allemands, qui se sont aventurés loin en Russie et qui y ont commis des massacres épouvantables, ont maintenant les Russes aux fesses. Tu peux donc espérer tout comme nous voir la fin de la guerre ce printemps. Garde ton courage pour passer les mois de février et mars dans le meilleur état d'esprit possible. Le mois d'avril devrait voir tout cela se terminer.

Ton ami Georges-Aimé

Mercredi 7 février 1945

Salut Norbert!

Encourage-toi, les Allemands reculent de jour en jour sur tous les fronts. D'un côté, les Alliés leur chauffent le derrière en les reconduisant chez eux, de l'autre, les Soviétiques s'amènent à grande vitesse. Quand ils vont rejoindre les Américains, les

Allemands n'auront plus qu'à faire leurs prières, car ce sera la fin de la guerre. Nous nous y attendons d'un mois à l'autre.

Martial m'a dit que tu sculptes de plus en plus et que tu n'as pas besoin que je te fournisse des modèles miniatures d'avion ou de train. C'est bon signe. Tes sculptures se vendent bien. Les femmes trouvent le moyen de les écouler et nous utilisons l'argent obtenu pour t'acheter de la nourriture et des vêtements. Tu n'as donc pas à t'en faire là-dessus. Dis-toi que le mois présent est probablement le dernier où tu seras obligé de te terrer. Avec le printemps, tu pourras prendre l'air tout en restant prudent. Il ne faudrait pas que tu sois repéré. Ton emprisonnement s'achève. Ce sera bientôt à mon tour d'aller te voir. D'ici là, porte-toi bien !

Ton ami Georges-Aimé

Vendredi 9 mars 1945

Bonjour Norbert !

J'aimerais bien t'écrire que la guerre est finie, mais ce n'est pas encore le cas, bien que la fin soit toute proche. C'est une curieuse mauvaise aventure que la tienne. Qui aurait cru il y a huit mois que tu serais obligé de te cacher si longtemps ? Fort heureusement, tu n'as pas été découvert : c'est ce qui compte avant tout.

Martial et Thomas, qui ont de bons contacts, te cherchent discrètement un emploi pour le jour où tu pourras réintégrer la société. Avec toutes les qualités que tu as et toutes tes capacités extraordinaires, ils sauront certainement trouver quelque chose qui te plaira. D'ici là, ne lâche pas. Ma proposition pour les avions miniatures tient toujours. Il me semble que tu aurais du plaisir à en monter quelques-uns. Qu'en dis-tu ?

L'autre jour, j'ai croisé le bedeau qui m'a demandé si nous avions de tes nouvelles. Je ne sais pas pourquoi il m'a parlé de toi, mais je pense que ça montre un bon cœur, parce qu'il a dit qu'il te plaignait beaucoup d'être obligé de te cacher comme un malfaiteur. J'ai fait comme si je ne savais rien.

Le printemps commence à se faire sentir et, comme à chaque année, nous nous inquiétons déjà des inondations. Je me demande pourquoi nos grands-parents et nos parents se sont obstinés à construire leur maison au bord de la rivière Chaudière. Il me semble qu'ils auraient dû prévoir qu'elle déborderait chaque printemps. C'est là un mystère que je ne m'explique pas. Sans doute que, quand on aime l'eau, on ne s'en méfie pas. Pourtant on sait tous qu'elle est porteuse de vie comme de mort.

Quand je pars sur ce genre d'idée, Annabelle m'interrompt en me lançant : « Tu deviens glissant comme une pelure de banane, Georges. Arrête tout de suite avant de t'effoirer. » Elle n'aime vraiment pas quand je raisonne de même et parfois, elle me dit : « Tu ne raisonnes pas, tu résonnes, c'est pas pareil pantoute ! » Dans ce temps-là, je me tais et je garde mes réflexions pour moi.

Bon, je m'arrête en te transmettant les salutations d'Annabelle avec les miennes.

À bientôt,
Ton ami Georges-Aimé

Chapitre 55

Les autres lettres de Yolande

J'avais gardé pour la fin les lettres de Yolande, car à la lecture de la première, je m'étais rendu compte qu'elle faisait un effort particulier pour distraire son ami. Toutefois, il ne semble pas que Norbert s'en soit délecté, car comme ses amis me le certifièrent, il cessa tout comme aux autres de lui répondre.

Les lettres de Yolande brossaient un véritable tableau de la vie de ce petit village et Norbert, qui connaissait toutes les personnes dont elle parlait, aurait sans doute eu un plaisir immense à les lire. Il avait lu la première, puisqu'il avait pris le temps d'y répondre, et sans doute la suivante, mais par la suite, il semble bien que Yolande se soit donné beaucoup de peine pour rien. Pourtant, ses lettres auraient pu l'aider à chasser ses idées noires, d'autant plus qu'il pouvait espérer voir bientôt la fin de son tourment. Sans doute était-il déjà trop déprimé pour s'y intéresser et en tirer profit.

Quant à moi, j'appréciais beaucoup l'humour de Yolande. Manifestement, elle connaissait bien son ami et son côté fantaisiste. Elle visait réellement à le dérider.

Voici donc, à travers les lettres de Yolande, un divertissant aperçu de la vie dans ce village de Beauce à cette époque.

Mercredi 13 décembre 1944

Cher Norbert,

Martial va passer te voir cette semaine. Aussi, j'en profite pour te faire part des derniers potins du coin.

Le curé a failli avaler sa chique quand il a appris que sa ménagère était enceinte. Quant à savoir de qui, c'est là un autre mystère pas du petit, mais du grand catéchisme.

Une des filles à Jonaise s'est enfuie avec son chum. Ça faisait longtemps que ça se préparait. Jonaise a eu ce qu'il méritait, lui qui passe son temps à empêcher ses filles de sortir. Il est si jaloux que ça en devient une maladie. Depuis que sa fille est partie, certains ne l'appellent plus Jonaise, mais Jos niaise.

À part ça, Marielou a accouché de jumeaux. Elle veut les faire baptiser Castor et Pollux. Il paraît que c'est des noms de jumeaux qui viennent de bien loin dans l'histoire. Elle dit que c'est dans la mythologie. Quand ça s'est su dans la paroisse, tout le monde y est allé de son commentaire. Le bonhomme Crokusse a dit: « C'est des beaux noms pour une team *de chevaux. Tant qu'à y être, elle devrait les appeler Astor et Poilu. » « Avec des noms qui viennent de si loin, elle va avoir des mites au logis », a répété Bébé Carré à qui voulait l'entendre. Mais c'est Jean-Marc à Sigismond qui a proposé les meilleurs surnoms. « En l'honneur de nos ancêtres, a-t-il dit, elle devrait les baptiser Jarret et Noir. »*

Pour terminer, un petit mot sur le bonhomme Greluche qui en est à ses derniers milles. Il paraît qu'il a fait venir Imelda, sa bru préférée, pour la prévenir qu'il lui laissait par testament la majorité de ses avoirs. Les autres sont si enragés qu'ils voudraient l'empêcher de crever. Comme quoi les sous passent avant tout.

À la prochaine!
Ton amie Yolande

Dimanche 28 janvier 1945

Cher Norbert,

Charles qui doit t'apporter ma lettre aura sans doute bien d'autres choses à faire dans le peu de temps qu'il passera en ta compagnie. Me revoilà donc avec mes potins paroissiaux. Tu devais sans doute t'ennuyer de ne pas savoir ce que les Beaucerons que nous sommes ont encore inventé pour s'amuser. Voici un aperçu de leurs dernières prouesses.

Mademoiselle Marcelline Laforge a passé un bien mauvais quart d'heure récemment. En allant nourrir ses poules, elle a glissé sur une plaque de glace et est restée les pieds pris dans la clôture du poulailler. Incapable de se relever parce qu'elle s'était démis l'épaule droite, elle a entendu quelqu'un passer et a crié au secours. Au lieu de lui venir en aide, l'individu, qu'elle n'a pas pu reconnaître en raison de la noirceur, en a profité pour entrer chez elle et lui voler sa statuette du Sacré-Cœur dont elle est si fière et à laquelle elle tient tant. Tu ne peux pas imaginer où la statuette a été retrouvée trois jours après: dans la toilette des chauffeurs de taxi. Le voleur s'est néanmoins montré un bon Samaritain, parce qu'il a appelé les secours depuis le téléphone même de la demoiselle et, quelques minutes après son départ, une ambulance était à sa porte. Les ambulanciers l'ont délivrée de sa mauvaise posture. Quand elle a retrouvé la statuette, elle a fait mettre dans le journal une annonce de remerciements au Sacré-Cœur pour faveur obtenue, tout en criant au scandale en raison de l'endroit où elle avait été récupérée.

J'ai remis à Charles quelques petits gâteaux Vachon qui devraient faire ton bonheur. À propos de ces gâteaux, écoute donc l'aventure qui est arrivée à Donatien Guimond. Pour célébrer l'anniversaire de son fils, il a acheté une douzaine de Jos Louis avec l'idée de les disposer en cercle sur la table avec une chandelle plantée au milieu de chacun d'eux. Il a rapporté ses gâteaux à la maison, les a déposés dans son bureau, a mis une nappe sur la table, est retourné à son bureau, s'est assis pour téléphoner, puis a cherché du regard où il avait mis ses gâteaux. Ce n'est que lorsqu'il s'est levé qu'il s'est aperçu qu'il s'était assis dessus. Il paraît qu'il les a gardés comme appâts pour la chasse à l'ours.

J'ai encore une autre histoire pour toi. Tu connais Tomiche. Il est arrivé à l'épicerie l'autre matin, un journal à la main, en disant y avoir lu une nouvelle sensationnelle, lui qui ne sait pratiquement pas lire. Lionel, qui était là, lui a demandé de bien vouloir la lire à voix haute afin d'en faire profiter tout le monde. Tomiche s'est essayé pendant que Lionel et les autres se retenaient de ne pas lui rire en pleine face. Personne, bien entendu, n'a saisi de quoi il s'agissait. Quand Tomiche a terminé sa lecture, tout le monde a fait semblant d'avoir compris. Lionel l'a remercié en disant: « Félicitations, mon cher Tomiche, beaucoup d'épelés, mais peu de lus! »

Quand Charles te remettra ma lettre, pense que tu seras bientôt de retour parmi nous. C'est mon petit doigt qui me le dit!

À bientôt!
Ton amie Yolande

Vendredi 23 février 1945

Cher Norbert,

Me voici, me voilà, avec les dernières nouvelles du coin. Nous n'avons pas besoin de nous forcer pour rire, nous n'avons qu'à regarder autour de nous. Les Beaucerons, tu le sais comme moi, sont de grands inventeurs et ont beaucoup d'esprit. Voici donc la dernière de notre cher Tit-Cul national. Il a eu l'idée de s'installer sur la 1re Avenue pour pêcher dans une grille d'égout. Tous ceux qui passaient dans le coin le regardaient comme s'il était tombé sur la tête et ne manquaient pas de lui demander: « Tit-Cul, est-ce que ça mord ? — Si ça mord ? Je comprends : t'es l'dixième. » Je pense que tout le village s'est fait prendre, même monsieur le curé qui était son quatorzième poisson.

À part ça, un mot sur notre ami Sigismond. Il était à l'auberge et avait trop bu. Alfred Veilleux l'a surpris au moment où il s'apprêtait à pisser dans le piano. Il te l'a conduit sans ménagement aux toilettes. Là, Sigismond s'est mis à pleurer comme un enfant. Alfred a essayé de savoir pourquoi il braillait de même. Il lui a répondu : « Parce que ma grand-mère est morte. » Alfred l'a repris : « Voyons, tu déparles ! Ta grand-mère est encore bien vivante. » L'autre l'a obstiné : « Elle est morte, viens voir ! » Il est retourné dans la salle de bal. Rendu là, il s'est mis à genoux et a dit : « Regarde comme elle a changé. La vois-tu avec sa grande face blanche et ses dents noires ? » Alfred te l'a relevé d'un coup et te l'a sermonné : « Imbécile, t'es à genoux devant le piano ! »

Il faut aussi que je te parle de Zénon le zouave, ZZ comme on le surnomme par ici. Tu sais comment il prend son rôle de défenseur du pape au sérieux. En passant, veux-tu bien me dire à quoi peut servir un zouave chez nous, à part se faire traiter de zouave ? Bref, il y a deux semaines, ZZ s'est mis en tête de faire flotter le drapeau du Vatican sur un mât près de l'église. Tu peux bien penser qu'il s'est attiré toutes sortes de tours. Un matin, il a trouvé son drapeau descendu à la moitié du mât avec un billet accroché bien en vue : « ZZ, ton chien est mort. » Un autre jour, il s'est aperçu que son drapeau flottait à l'envers. Enfin, un autre matin, il a constaté que son drapeau avait disparu. Au pied du mât, il a trouvé la note suivante : « ZZ, si tu veux revoir ton drapeau, suis les flèches. » En levant la tête, il a vu une flèche tracée dans le sable au bord de la rue et il est parti dans cette direction. Il a suivi comme ça chaque flèche qu'il croisait et a fait pratiquement tout le tour du village pour revenir au pied du mât où le drapeau flottait de nouveau. Il a pris la peine de lire la note suivante punaisée au mât : « ZZ, nous voulions savoir si tu étais aussi zouave que nous le pensions. Tu viens de nous en donner la preuve. Avec toi, le pape sera bien défendu. »

Je te laisse méditer là-dessus et je te reviens bientôt.

Ton amie Yolande

Mardi 3 avril 1945

Mon cher Norbert,

Le premier avril a dû te rappeler de bons souvenirs. Tu ne donnais pas ta place pour jouer des tours ce jour-là. Je me suis laissé dire qu'au collège, tu avais déjà réussi à mettre un poisson rouge bien vivant dans le bénitier de la chapelle un premier avril. Tu t'en souviens certainement. Une autre de tes blagues était d'être parvenu à faire croire à quelques-uns de tes compagnons qu'ils avaient déchiré le fond de leur pantalon en se penchant pour ramasser les boulettes de papier que tu leur lançais. Il paraît que tu imitais à s'y méprendre le bruit d'un tissu qui se déchire.

Georges-Aimé m'a parlé de la fois où votre prof de mathématiques vous a joué un tour. Il est arrivé en classe en vous disant qu'il avait brûlé par inadvertance les copies de votre dernier examen et qu'il vous fallait le reprendre. Il vous a fait suer pendant plus d'une heure sur des problèmes insolubles avant de s'exclamer à la fin du cours: «Poisson d'avril!»

Tout cela pour te dire que les Beaucerons sont imbattables quand il s'agit du poisson d'avril. Cette année, je crois bien que la meilleure blague revient à ce journaliste de L'Éclaireur Progrès *qui a écrit: «Pas plus tard qu'hier, dans le nord du Québec, un lac gelé bien dur le matin s'est mis à bouillonner dans l'après-midi. Les scientifiques expliquent le phénomène par l'apparition soudaine d'un geyser au fond de ce lac.» Tu ne peux pas savoir combien de personnes ont cru à cette histoire. À la fin de l'article, il était signé: «Poisson d'avril!»*

Par contre, si Georges-Aimé te dit que la guerre est presque terminée, ne va pas croire qu'il s'agit là d'un poisson d'avril. Tiens le coup, tu n'en as plus pour très longtemps.

Ton amie Yolande

Norbert était vraiment entouré de bons amis.

Chapitre 56

L'évolution de Norbert

Il semble bien que déjà au début du mois de janvier 1945, Norbert n'allait pas très bien. Que ses amis aient ressenti le besoin, quarante ans plus tard, de me demander d'écrire son histoire montrait à quel point cet épisode les avait profondément marqués. De se confier à moi semblait une façon pour eux de se délivrer de ce poids.

Ainsi, à l'hiver 1945, tous se rendaient compte que leur ami Norbert déclinait, même s'il s'adonnait toujours à la sculpture. J'en parlai à Martial et Georges-Aimé. Ils me confirmèrent qu'ils s'inquiétaient de plus en plus pour sa sécurité comme pour la leur. Au fur et à mesure de ma lecture de leurs lettres, mon admiration à leur égard n'avait fait que grandir, tant il était évident qu'ils étaient soucieux du bien-être de leur ami. Je ne manquai pas de leur confier que j'aurais aimé pouvoir compter sur des amis comme eux. Là-dessus, Hélène me répondit: « Tu nous as, que demander de plus? »

Comme ils me le racontèrent, Norbert vécut de durs moments au mois de février de cette année 1945. Il n'en pouvait plus d'être enfermé et avait grandement hâte de voir la neige disparaître. Il ne pouvait pas le soupçonner, mais la guerre en avait malheureusement encore pour un bon bout. D'ailleurs, en lisant les lettres de Georges-Aimé, qui se voulaient encourageantes pour Norbert, je fus convaincu que c'était une bonne chose que ce dernier ait cessé de les lire, car, on le sait, la guerre traîna tellement en longueur que les phrases optimistes de Georges-Aimé n'auraient sans doute fait qu'accentuer le désir de Norbert de la voir se terminer au plus tôt.

Sans s'être concertés, ses amis lui écrivaient dans un certain ordre. Je lus avec un plaisir particulier les lettres de Yolande et de Rachel. Je mesurais à quel point celles-ci partaient d'une bonne intention et combien leur lecture aurait pu être bénéfique à Norbert. En y réfléchissant, je n'aurais pas été étonné d'apprendre qu'il avait cessé d'en prendre connaissance parce que ça l'attristait trop de ne pas pouvoir vivre librement comme ses amis dans le petit village qui était le sien.

Par contre, la lecture que j'en fis me permit de mieux connaître celles et ceux qui s'étaient adressés à Norbert. Je constatai qu'Hélène, sa fiancée, lui écrivait peu. Ses sentiments à l'égard de son amoureux semblaient être plutôt mélangés. Martial non plus ne lui écrivait pas, il en laissait le soin à Yolande qui s'en sortait à merveille, tout comme Rachel d'ailleurs et Georges-Aimé. J'en tirai beaucoup d'éléments précieux pour l'écriture de mon volume.

Chapitre 57

Des moments difficiles

Quand mes amis revinrent deux jours plus tard, à voir leur expression, je devinai que ce qu'ils s'apprêtaient à me raconter ne constituait pas le plus beau chapitre de cette histoire. C'est Charles qui se chargea de m'apprendre la suite.

— Norbert avait toujours été très actif. Il était habile en tout, mais il passait souvent d'un loisir à un autre. Il se lassait vite de s'adonner toujours à la même activité et, quand il partait sur une nouvelle idée, il n'y avait pas moyen de l'arrêter. Il a continué à se comporter de la même manière au camp. Alors qu'on pensait l'intéresser en faisant les sucres, il n'a participé que quelques jours aux tâches, parce qu'il avait autre chose en tête.

« Nous étions au printemps. La neige fondait à vue d'œil. Norbert a décidé de se lancer dans la fabrication d'un barrage sur le ruisseau qui dévalait la falaise et qui, grossi par le dégel, débordait de toutes parts. Il avait besoin de dépenser de l'énergie. Le débit d'eau du ruisseau s'avérait très bon. Il a commencé à en dévier en partie le cours puis, à l'aide d'une hache, il a abattu des arbres qu'il a utilisés pour construire un barrage. Pour le rendre étanche, il a mis de la mousse et de la gomme d'épinette entre les billots. Il s'est fait toute une fête le jour où il a pu ramener le ruisseau dans son lit initial, ce qui a eu pour effet de remplir le barrage. Il a prétendu qu'avec un tuyau de quelques pouces et une petite turbine, il y aurait moyen de produire assez d'électricité pour éclairer tout le camp. »

— Il avait sans doute raison, précisa Georges-Aimé. Le problème, c'est que le débit d'eau diminuerait énormément après la fonte des neiges. Et c'était sans compter que nous ne pouvions nous procurer une petite turbine. D'ailleurs, en temps de guerre, nous risquions de nous faire demander ce que nous comptions en faire. Tout ça a contrarié Norbert. Il a confectionné une roue semblable à celle des moulins à eau, mais beaucoup plus petite. Quand il l'a terminée, il l'a installée sous le barrage de telle sorte que l'eau la faisait tourner. Il a fabriqué une dalle pour que le surplus d'eau puisse se déverser sur sa roue. Comme tout ce qu'il entreprenait, son projet s'est révélé une réussite. Sa roue tournait exactement comme celle d'un moulin à eau.

— Nous pensions, confia Martial, que tout cela lui suffirait, mais il nous a demandé de lui obtenir le plan des engrenages d'un moulin pour pouvoir faire tourner une meule. Nous sommes parvenus à lui en trouver un et il a essayé de réaliser ces engrenages. Il n'a pas réussi. Puis il s'est lassé de ce travail et a tout laissé en plan, ce qui ne nous a pas étonnés.

« Peu après, il a créé deux petites roues qu'il a reliées entre elles par des courroies de cuir. Il a produit une longue courroie qu'il a fixée à la grande roue du moulin et à une des petites roues. La multiplication des forces faisait que la dernière roue tournait à une vitesse prodigieuse. Il a regardé ensuite cette petite roue s'animer. Ça le fascinait. Il s'assoyait et restait là des heures durant, les yeux fixés sur cette roue. J'ai pensé que ça devait rouler tout aussi vite dans sa tête. C'était bien le cas, mais malheureusement ça ne tournait pas rond. »

— Nous pensions qu'il valait mieux ne plus le laisser seul. Après Thomas, c'est Georges-Aimé qui a pris des vacances pour rester avec lui, intervint Annabelle.

— Ça semblait lui faire du bien d'avoir quelqu'un près de lui, confirma Georges-Aimé. Étant propriétaires du camp, nous n'avions pas besoin de justifier notre présence là-bas et ça lui permettait de jouir de plus de liberté. Il s'enfonçait dans les bois et pêchait dans les ruisseaux des environs une bonne partie de la journée. Il revenait la plupart du temps avec de belles truites, mais il paraissait toujours perdu dans ses pensées.

Charles soupira :

— Puis il s'est mis dans la tête de fabriquer un four pour fumer son poisson.

— Ce n'était pas vraiment une bonne idée, mentionna Martial. Nous le lui avons fait remarquer et il est alors entré dans une terrible crise. La moindre contrariété le rendait sourd à tout raisonnement. Il disait : "Vous ne m'empêcherez pas de faire ce que je veux. — On ne veut pas t'en empêcher, Norbert, mais si tu te mets à fumer du poisson ici, tu vas attirer l'attention de tout le village sur toi. — Et après ? — Tu vas voir arriver la police et ils vont t'arrêter tout comme nous qui t'aidons à te cacher." Cet argument ne l'avait pas convaincu. Vraiment, pour nous, il devenait de plus en plus difficile à gérer.

Hélène ajouta :

— Quand les vacances de Georges-Aimé se sont terminées, et que Norbert a été contraint à nouveau de rester seul, nous nous sommes donné le mot pour que quelqu'un passe le voir chaque jour.

Hélène conclut leur visite en me disant qu'ils allaient en rester là pour aujourd'hui. Tous se levèrent pour se préparer à partir. L'évocation de ces tristes événements les avait laissés songeurs. Ils ne traînèrent pas au camp. En quelques minutes, ils étaient dans leurs embarcations. Ces mauvais souvenirs les avaient submergés comme une vague. À peine murmuraient-ils entre eux tandis que leurs rames frappaient l'eau. Le lac était calme. Il n'y avait pas de vent. Je les regardai s'éloigner et me vint à l'esprit l'image d'un cortège funèbre.

Chapitre 58

Détérioration

Si notre dernière rencontre avait été particulièrement émouvante, la suivante fut sans doute plus pénible encore. Ce jour-là, je les vis hésitants et très peu enclins à parler. Enfin, Martial prit la parole :

— Tu te souviens de l'épisode du barrage que nous t'avons raconté la dernière fois ?

— Bien sûr.

— Sans doute es-tu curieux de savoir comment il s'est terminé ?

— En effet. Norbert a-t-il fini par se lasser de regarder tourner la roue ?

— Tout à fait. Il s'est lancé dans un autre projet.

— Qu'a-t-il tenté de réaliser après ce barrage ?

— Il s'est évertué à tisser un filet dans le but d'attraper du poisson et de se nourrir exclusivement de ses pêches. "Ça fait trop longtemps, s'est-il justifié, que je dépends de vous pour ma nourriture."

Georges-Aimé jugea bon de préciser :

— Il avait encore l'intention de conserver ses prises pour les fumer, ce qui aurait produit beaucoup de boucane. Nous craignions toujours qu'il se fasse prendre, car il s'exposait de plus en plus. Il haussait les épaules quand nous lui en parlions. Nous avions beau lui rappeler que nous serions dans le même pétrin que lui s'il se faisait arrêter, ça ne semblait pas l'inquiéter. D'autant plus qu'il nous reprochait même de l'avoir aidé : "Je n'avais pas besoin de vous. Je me serais débrouillé tout seul."

— Il avait oublié, rappela Charles, dans quel état il était quand nous étions intervenus pour le tirer d'embarras. C'est ce qui nous peinait le plus. Il déraisonnait.

— Heureusement, son essai de pêche au filet ne s'est pas avéré un succès, expliqua Martial. Il ne semblait plus avoir la patience de fabriquer un bon filet. Ça l'a beaucoup irrité. Il s'impatientait pour tout et pour rien et se plaignait constamment d'étouffer dans cette prison. Nous avions de plus en plus de difficulté à le convaincre de demeurer au camp. Il menaçait de revenir au village. L'échec de son projet de pêche au filet l'avait particulièrement affecté. Il n'était pas habitué à manquer son coup. C'est pourquoi nous avons poussé un soupir de soulagement quand il s'est jeté dans une autre entreprise. Muni de sa hache, il a abattu plusieurs arbres près du camp. Il a sûrement dû passer deux bonnes semaines à essoucher un secteur. Avec les troncs d'un grand nombre de petits arbres et d'arbustes, il a construit un enclos entouré d'une palissade. C'était un magnifique ouvrage.

Rachel commenta :

— À ce moment, nous avions recommencé à lui rendre visite, Annabelle, Yolande et moi. Chaque fois, il réclamait Hélène. Pour changer de sujet, je lui ai demandé ce qu'il désirait faire de cet enclos. Il a refusé de me répondre.

— Si je ne me trompe pas, intervint Annabelle, ce n'est pas longtemps après l'avoir terminé qu'il a pété une coche.

— Vraiment ? dis-je.

— C'était après ou avant l'enclos ? Je ne me rappelle plus, se questionna Charles.

— Après, lui confirma Martial. Je suis arrivé ce soir-là un peu avant la brunante. Je lui apportais quelques lettres, de la nourriture et l'excellente nouvelle de l'avancée des Alliés sur un peu tous les fronts en Europe. Il avait haussé les épaules comme s'il ne me croyait pas.

« Ce soir-là, il tentait d'attraper du poisson à l'aide d'un harpon de sa fabrication. Par curiosité, je suis allé voir si son barrage tenait toujours le coup. Quelle ne fut pas ma stupéfaction de découvrir qu'il n'existait plus ! Les roues avaient été entièrement détruites : un vrai saccage. Il avait dû se défouler à grands coups de hache sur son barrage. Je lui ai demandé ce qui était arrivé. Je n'ai eu droit pour toute réponse qu'à un ricanement. »

— Son comportement ne vous surprenait-il pas ? demandai-je.

— Absolument, continua Martial. Je me souviens très bien qu'au retour de cette visite, j'ai prévenu les autres que les agissements de Norbert m'inquiétaient plus que jamais. Je comprenais sa mauvaise humeur, mais j'avais la nette impression qu'il perdait la maîtrise de lui-même. Les femmes étaient toutes de mon avis.

— Je voyais bien, me confia Annabelle, qu'il agissait à l'encontre de ses principes. Lui qui avait pris la peine d'acheter des oiseaux pour les libérer aussitôt de leur cage, il avait maintenant construit un enclos, manifestement pour y enfermer un animal quelconque. Il commençait à être temps que son confinement se termine. Nous espérions tous voir la fin de la guerre pour bientôt. Les déserteurs comme lui pourraient alors sortir progressivement de leur cachette sans trop de problèmes. Nous avions tous hâte de pouvoir enfin lui annoncer : “Tu es libre, la guerre est terminée.” Hélas, la guerre a continué pendant encore plusieurs mois.

— Son emprisonnement lui pesait beaucoup plus que nous ne le pensions, ajouta Hélène. Ensuite, les choses se sont rapidement détériorées.

Je lus sur leurs visages qu’ils n’avaient pas très envie de me raconter la suite. Hélène me le fit comprendre :

— Nous t’en parlerons à notre prochaine visite.

Quand ils partirent, une légère pluie venait de commencer. Le temps comme l’atmosphère était lugubre. Je me sentais réellement triste pour eux. Ils avaient vécu de bien pénibles moments en voulant venir en aide à leur ami. Je songeais qu’il était curieux comment la vie, malgré nos meilleures intentions, choisissait parfois de nous contrarier. Quarante ans plus tard, les événements vécus les laissaient encore tout désemparés. Je compatissais avec eux.

Chapitre 59

Le pourquoi de cette histoire

Je n'avais plus rien à lire concernant Norbert et je m'efforçais de coucher sur papier son histoire quand, un après-midi, mes amis s'emmenèrent en groupe pour pique-niquer, lors d'une de ces belles journées du mois d'août, idéale pour manger en plein air.

Par ma part, j'avais hâte de connaître la fin de cette histoire et je le leur dis. Hélène m'interrogea :

— As-tu deviné la raison pour laquelle nous tenions à ce que tu l'écrives ?

— Je le crois.

— Quelle est-elle, d'après toi ?

— Je pense que vous aviez tous besoin de justifier votre conduite durant cette année-là. En agissant comme vous l'avez fait, vous alliez à l'encontre de la loi. Sans doute après coup vous êtes-vous reproché d'avoir agi ainsi, et que ce récit est une façon de vous disculper pour ce qui a suivi.

— Tu as tout à fait raison. Sans même connaître la fin de l'histoire, tu as mis le doigt en plein sur le bobo. Nous allons bientôt t'apprendre comment les choses ont finalement tourné pour Norbert.

Ce soir-là, nous pique-niquâmes au bord de l'eau. Mes amis se remémorèrent leur répertoire de vieilles chansons et en fredonnèrent plusieurs. Il y avait beaucoup de nostalgie dans l'air. Je sentais que la mort de leur ami Norbert, survenue quelques mois plus tôt, hantait l'atmosphère. Je mesurais leur hâte de se délivrer de ce poids qu'ils portaient, tout comme leur désir de prolonger cette expérience, qui leur avait permis de passer un bel été en revivant ensemble un pan de leur passé.

Après qu'ils m'eurent quitté, je relus tout ce que j'avais écrit, en commençant par mon arrivée parmi eux et en notant ce que chacun et chacune m'avait dévoilé de la vie de Norbert. Je comprenais que cet événement les avait marqués pour la vie. Sans qu'ils me l'aient encore révélé, j'étais persuadé que cette histoire s'était mal terminée.

Il était bien triste de constater qu'en dépit de toutes les marques d'amitié qu'il recevait, Norbert n'avait cessé de dépérir. Il n'y a rien comme le fait de se sentir prisonnier pour abattre quelqu'un. Ses amis le savaient bien et quarante ans n'avaient pas suffi à effacer complètement les traces négatives de cette aventure dans leur esprit. Peut-être croyaient-ils qu'une fois couché sur le papier, cet épisode de leur vie leur paraîtrait moins dramatique. Ils espéraient certainement se libérer eux-mêmes des reproches qu'ils pouvaient se faire d'avoir aidé un déserteur. Jamais ils n'auraient pensé que Norbert irait si mal après plusieurs mois de réclusion. Tous étaient bien conscients que leur ami souffrait de plus en plus de sa solitude. C'était sans doute de cela qu'ils comptaient me faire part.

Chapitre 60

Tout se dégrade

Quand ils arrivèrent au camp trois jours plus tard, je les sentais très nerveux. Nous approchions donc du dénouement. Le fait de rebrasser ces douloureux souvenirs leur enlevait leur enthousiasme coutumier. Ils avaient dû ruminer tout cela au cours des jours précédents. Nous étions vers la fin du mois d'août et le temps fort agréable incitait à prendre l'air. Comme il n'y avait plus de moustiques, c'est dehors que nous prîmes place pour causer, bien assis sur les chaises pliantes qu'ils avaient pris la peine d'apporter. Charles alluma un feu pour y faire griller des guimauves. «Comme dans notre jeune temps», mentionna-t-il.

Ce fut de nouveau Hélène qui ouvrit la conversation:

— Norbert vivait de plus en plus péniblement l'obligation de demeurer prisonnier. Les hommes nous rapportaient qu'il était devenu indifférent à l'idée de se faire prendre. Il commençait vraiment à divaguer. Tu peux imaginer comme nous étions sur le qui-vive. S'il se faisait arrêter, nous y passions tous avec lui. C'est durant cette période qu'il nous a fait vivre à tous des moments extrêmement ardus. Ce texte que voici témoigne de la dégradation de son esprit. Malheureusement, Martial l'a découvert trop tard pour nous permettre d'évaluer la profondeur de sa détresse.

Elle me tendit un cahier à couverture noire. Je l'ouvris. Norbert y avait griffonné quelques lignes au crayon de plomb. Elles étaient assez difficiles à déchiffrer tant son écriture était mauvaise.

— L'hiver avait été particulièrement dur, rappela Charles. Avec le froid, Norbert devait avoir souvent le désir d'allumer un feu et il l'a sans doute fait à notre insu. Heureusement que le camp était dans les bois et assez bien dérobé à la vue des villageois. Tant que nous n'arrivions pas au bord du lac, nous ne pouvions pas l'apercevoir au fond de sa baie. À part l'épisode de la visite des policiers, il semble bien que personne, sauf nous, ne se soit baladé dans le coin de tout l'hiver. À compter de mars cependant, Norbert ne se terrait plus dans sa cache comme durant l'automne et l'hiver. Quand nous allions lui porter de la nourriture, il n'avait pas l'air content de nous voir.

Je l'interrompis :

— Ce camp où nous sommes est bien celui où il a passé tous ces mois, n'est-ce pas ?

— Tout juste, certifia Martial. C'est ici que Norbert s'est caché. Bien sûr, la toiture a été refaite depuis, mais les murs sont les mêmes et ce que tu y trouves n'a pas beaucoup changé. Il nous sert encore à l'automne pour la chasse et en été pour y passer une journée ou deux à la fois. À notre âge, tu comprendras que nous aimons bien nos commodités et nous n'y venons plus beaucoup. Grâce à toi, cet été s'est avéré exceptionnel.

— Avez-vous toujours l'intention de le vendre à l'automne ?

— C'est dans nos plans.

— Dans ce cas, dis-je, je suis preneur. Un camp isolé comme ça, l'écrivain que je suis ne peut demander mieux.

Ma proposition leur plut. Cependant, nous n'étions pas réunis là pour ça, et Georges-Aimé reprit le fil de l'histoire :

— Pour en revenir à Norbert, il était de plus en plus taciturne. Je l'avais remarqué comme tous les autres. J'avais beau lui parler de la fin imminente de la guerre, il faisait mine de m'ignorer. Son attitude ne manquait pas de nous heurter. Après toutes les précautions que nous avions prises, ce n'était pas le temps d'être découverts alors que la guerre achevait. Nous tentions de le raisonner, mais il n'y avait rien à faire.

— Il nous riait au nez, s'indigna Rachel. À la fin de mars, Solange, Annabelle et moi avons décidé de lui faire une belle surprise en allant le voir. Ce n'était plus le même homme. Nous l'avons trouvé bizarre. Il avait la barbe et les cheveux très longs et s'il se lavait, ce n'était pas souvent parce qu'il sentait mauvais. Quand nous lui avons suggéré gentiment de prendre un bain, il a ri. Nous avons profité de cette visite pour remettre de l'ordre dans le camp, qui était sens dessus dessous. Il ne voulait pas au début, puis s'est finalement laissé convaincre. Solange lui a aussi offert de lui couper les cheveux et de lui tailler la barbe, ce qu'il a refusé net. Nous sommes reparties très inquiètes.

— Les femmes nous ont fait leur rapport, enchaîna Martial. Nous étions bien conscients que notre ami passait un mauvais quart d'heure, mais nous pensions qu'il allait tenir le coup puisque sa réclusion achevait. Par contre, d'une semaine à l'autre, il devenait bizarre et renfermé. Il s'emportait pour des vétilles. Nous avions beau en parler entre nous, nous nous sentions impuissants. C'était lui maintenant qui menait le bal.

— Il semblait avoir décroché de la réalité, poursuivit Solange. C'est probablement ce qui expliquait ses haussements d'épaules chaque fois que nous lui disions que la guerre tirait à sa fin. Il ne nous croyait pas et sombrait peu à peu dans son monde intérieur. C'était un homme excessif. Autant il pouvait être de très bonne humeur des jours durant, autant il pouvait s'enfermer brusquement dans un profond mutisme. Pour employer un mot qui commence à être à la mode, je crois qu'il était bipolaire.

Yolande me révéla la suite :

— Pendant des semaines, son fameux enclos est resté vide. Puis, lors d'une de mes visites avec Martial, on s'est rendu compte qu'il y avait enfermé un jeune chevreuil. Ne me demandez pas comment il était parvenu à le capturer. J'ai eu beau questionner Norbert là-dessus, il se contentait de sourire sans répondre.

— Ce n'était certainement plus notre Norbert, déplora Rachel. D'être resté prisonnier dans le camp l'avait complètement démoli. C'est ainsi que je m'explique qu'il ait pu créer un enclos et y enfermer une bête. Ça allait contre tous ses principes. Il avait laissé s'envoler des oiseaux. Comment pouvait-il se réjouir de garder un chevreuil prisonnier tout comme lui ?

— Nous suivions tous la progression des Alliés vers l'Allemagne, continua Georges-Aimé. Nous espérions pouvoir lui annoncer des bonnes nouvelles, comme la jonction des troupes soviétiques et américaines qui a eu lieu à la fin d'avril 1945. Malheureusement, pour lui, tout cela venait trop tard.

Je m'informai :

— Que lui est-il arrivé ?

— Ça, nous te l'apprendrons à notre prochaine visite, me promit Martial. Nous préférons te raconter son histoire par petits bouts, c'est moins difficile pour nous. Crois-moi, il vaut parfois mieux boire un verre d'eau à petites doses plutôt que de s'étouffer en l'avalant d'un coup.

Mes amis me laissèrent ce soir-là en m'incitant à prendre connaissance du contenu du dernier cahier qu'ils m'avaient remis, et qui devait servir d'amorce à la rencontre suivante.

Chapitre 61

Le cahier

Le lendemain, je tentai tant bien que mal de déchiffrer le contenu de ce fameux cahier. Norbert avait réellement écrit là quelque chose d'étrange. On aurait juré qu'il s'était amusé à rédiger un texte impossible à lire, sauf à l'aide d'un code quelconque. Je passai inutilement des heures à chercher, avant de comprendre qu'il n'y avait aucun code. Ce texte semblait bel et bien le fruit d'un long délire.

Dans la nuit furibonde, je m'emberlificote. Bondée de soifs vagabondes à tout vent, ma source nauséabonde noircit le ciel de mes pensées difformes. Il y a des oiseaux morts dans l'urine de mes espoirs et je désespère de les ressusciter. Mes rêves sont revenus en lambeaux de leur pèlerinage. Je vois dans les nuages danser les déesses de l'enfance. Elles sont grosses de la semence du dernier matin. Je suis l'homme mort sans plomb et sans cervelle. La Faucheuse est proche, qui fait tomber les têtes. Pour elle, c'est toujours la fête. Olé ! Olé ! mortadelle, car elle est morte Adèle, et d'elle ne reste plus que les doigts d'une main que je mange avec du miel pour faire plaisir aux abeilles…

Et ça continuait ainsi pendant des pages et des pages, jusqu'à la fin, où Norbert n'avait plus écrit que les mots «ding» et «dong». Au début, ding couvrait une page entière et sur la page suivante, du même format, apparaissait un dong. Cela formait un défilé de ding et de dong, page après page. Puis, certains mots commençaient tout petits dans le bas de la page et grossissaient jusqu'en haut comme un crescendo. J'en comptai dix par ligne sur vingt lignes, en tout deux cents par page. Au début, les lettres étaient tracées avec beaucoup d'application, un peu à la manière d'un enfant qui apprend à écrire, puis graduellement l'écriture se gâtait jusqu'à devenir totalement illisible.

Je me demandai comment ses amis avaient réagi quand ils avaient vu ce cahier. J'appréhendais presque notre prochaine rencontre. Ce qui avait si bien commencé devenait progressivement plus lourd à évoquer. Je le voyais dans leur attitude quand ils arrivaient à nos rendez-vous. Eux qui au début chantaient et riaient paraissaient de plus en plus soucieux, au fur et à mesure qu'ils me racontaient comment avait changé leur ami.

Chapitre 62

Le dénouement

Ils vinrent pour une ultime rencontre, à tout le moins pour parler de leur ami Norbert. L'heure était grave. Ça se lisait sur leurs visages. C'est Georges-Aimé qui prit la parole.

— Ce jour-là, quand je suis arrivé au camp, Norbert n'y était pas. On était à la mi-avril. La glace sur le lac avait calé depuis peu. J'ai pensé qu'il avait tenté sa chance à la pêche. J'ai marché le long du lac sans le voir nulle part. De retour au camp, j'ai eu l'idée de jeter un coup d'œil à sa cache, au cas où il s'y serait réfugié. Il n'était pas là non plus. Je me suis promené dans les bois tout autour à sa recherche, sans succès. Je lui ai laissé la nourriture que je lui avais apportée. Tout à coup, j'ai pensé à aller regarder dans l'enclos au chevreuil. Ce que j'y ai vu m'a bouleversé. Il y avait du sang partout. Il avait tué la bête à coups de hache et l'avait ensuite dépecée en jetant les morceaux aux quatre coins de l'enclos.

«Je l'ai découvert assis par terre dans un coin, couvert de sang. Je me suis approché de lui tout en restant sur mes gardes. Je lui ai demandé: "Qu'est-ce qui t'arrive, Norbert?"

Il m'a regardé d'un air égaré. On aurait cru qu'il ne savait pas qui il était, encore moins qui, moi, j'étais. Je n'ai pas été capable de lui tirer un seul mot. Je l'ai pris par un bras. Il m'a suivi, doux comme un agneau. Je l'ai aidé à se laver et à se changer. Il ne m'opposait aucune résistance. Comme il me semblait calmé, et que je ne savais pas du tout quoi faire avec lui, je me suis dépêché d'aller voir les autres pour leur rapporter la scène. »

— Nous avions un beau problème sur les bras, soupira Martial. Norbert avait grandement besoin de soins. Par contre, il risquait d'être arrêté si on l'emmenait voir un médecin. Après en avoir discuté, nous avons décidé d'aller le chercher. J'ai offert de le garder chez moi pour voir comment il allait évoluer. S'il était pris, je déclarerais que je l'avais découvert ainsi dans mon camp et que Yolande et moi nous apprêtions à le mener à la police.

— Notre crainte, intervint Georges-Aimé, était qu'il devienne violent et qu'il s'attaque à Martial, à Yolande ou même aux enfants. Nous prenions de gros risques. Martial a promis de ne pas le quitter d'une semelle. Nous sommes donc retournés au camp. Mais Norbert n'y était plus. Quand j'ai constaté qu'il avait de nouveau disparu, le cœur s'est mis à me débattre d'une bien curieuse façon. J'appréhendais ce qui allait survenir.

— Une journée s'est écoulée, continua Charles, et une nuit, sans qu'on sache où il était passé. Puis, ce qui devait arriver est arrivé, sans que nous puissions y changer quoi que ce soit. Tu ne peux pas savoir, Maxime, comme nous nous sommes fait des reproches après coup.

— Nous ne pouvions pas deviner ses intentions, se désola Yolande, mais nous nous sommes toujours sentis coupables après le drame.

— Quel drame ? demandai-je.

— Eh bien, raconta Hélène, vers trois heures de l'après-midi, ce jour-là, la petite cloche de l'église s'est mise à sonner. Nous n'avons pas réagi tout de suite, mais le curé a fini par s'interroger sur ce qui se passait. Il est sorti du presbytère pour se rendre à l'église et là, il a constaté que toutes les portes étaient fermées à clé. Comme il s'en retournait au presbytère, la petite cloche s'est remise à sonner quelques coups. Intrigué, il a fait venir René Gagné, le serrurier. Celui-ci a réussi à déverrouiller une porte. Ils sont entrés, le curé et lui, juste comme la cloche tintait de nouveau. Ils ont été pratiquement terrassés par l'horrible spectacle qui se présentait à leurs yeux. Amable, le bedeau, était pendu par le cou au câble de la petite cloche et Norbert le tirait par les pieds pour la faire sonner.

— Il a été arrêté quelques minutes plus tard, ajouta Yolande. Mais le mal était fait.

À l'évocation de cette scène, ils restèrent muets un bon moment, puis Solange parla pour eux :

— Nous avons été bouleversés en apprenant ce qui s'était passé. Il nous a fallu beaucoup de temps pour nous en remettre. Aucun d'entre nous n'aurait pu prévoir que les choses allaient tourner ainsi. À nos yeux, Norbert était un homme bien trop équilibré pour agir de la sorte.

Émue, Yolande déplora :

— Lui qui ne voulait pas aller à la guerre parce qu'il refusait de tuer a fini par perdre l'esprit et assassiner un innocent. Vraiment, il a été tout comme Amable victime de ce maudit conflit.

— Selon moi, avança Rachel, il a commencé à dérailler quand il a rempli son cahier de ding dong. Dommage qu'on ne l'ait pas trouvé plus tôt. Comme il l'avait confié une fois à Hélène, il était devenu obsédé par le son des cloches, qu'il croyait entendre parfois. Dans sa folie, il a dû imaginer que le bedeau le narguait ainsi.

— Quand avez-vous mis la main sur le cahier ? m'informai-je.

— Quelques jours après son arrestation, lorsque nous sommes allés mettre de l'ordre dans le camp. C'est là que nous avons ramassé tous ses papiers tout comme nos lettres.

— Ce pauvre Norbert, enchaîna Charles, a été envoyé à l'asile de Saint-Michel-Archange à Québec. Il y est resté près de quarante ans avant de décéder cette année.

— Au début de son internement, rappela Martial, nous allions lui rendre visite, mais il ne nous reconnaissait pas. Il avait basculé dans un monde qui n'était pas le nôtre. Sa mort a fait remonter ces tristes souvenirs à la surface. Il fallait que nous en parlions. Ton arrivée a été en quelque sorte providentielle. Ça nous a permis de nous libérer de cette tragédie. Tu connais maintenant notre histoire. À toi de l'écrire de façon à ce que nous en soyons satisfaits.

— J'en ai déjà rédigé un bon bout, leur appris-je. Donnez-moi quelques jours et je serai en mesure de vous la livrer dans sa totalité.

Une semaine plus tard, ils me rejoignirent de nouveau au camp. Je pris la parole et commençai à leur lire mon roman :

Vous expliquer comment je suis arrivé parmi eux, je ne le saurais pas, parce que, ce soir-là, j'avais trop bu et je ne savais pas ce que je faisais là. Ils m'ont accueilli sans me poser de questions, des gens au cœur grand comme le monde, oui, vraiment, des gens comme nous croyons qu'il n'en existe plus, mais qui vivent sans doute un peu partout, sauf que nous ne savons pas les découvrir.

Georges-Aimé m'interrompit:

— Au fait, insista-t-il. Tu ne nous as pas dit dans quelles circonstances tu as eu cet accident de voiture.

— Ah çà! Je m'en rappelle maintenant. Je fréquentais une femme, Marjolaine, dont j'étais fort amoureux. Le jour où je me suis retrouvé ici, je revenais de Montmagny, où j'avais été voir les derniers grands voiliers prendre le large vers le golfe. Je me suis arrêté chez Marjolaine. Celle-ci m'a appris qu'elle me quittait, qu'il y avait quelqu'un d'autre dans sa vie, et que notre rupture était définitive. Je ne m'attendais pas du tout à ça. Je l'ai regardée passer la porte de sa cuisine sans se retourner. Je suis resté immobile pendant un moment, comme quelqu'un qui vient de recevoir un coup sur la tête. Je me suis levé et je suis allé m'acheter de la bière au dépanneur. Je m'en suis débouché une première bouteille, que j'ai calée d'un coup. Une deuxième et une troisième ont suivi. Je ne sais pas combien j'en ai bu. Ensuite, j'ai apporté le reste dans ma voiture et je suis parti. Vous connaissez la suite.

Yolande s'exclama:

— Bonyenne! Tu avais une sapré bonne raison de prendre une telle brosse!

Deux jours plus tard, le journal *Le Soleil* titrait en première page: «Le journaliste et écrivain Maxime Marion nous revient sain et sauf».

TROISIÈME PARTIE

ENFIN LA VIE

1984-1986

Chapitre 63

Le retour au bercail

De retour à la maison, après avoir reçu la visite de mon ami Gilles, à qui je racontai en long et en large mon séjour chez mes amis beaucerons, je compris que j'avais le choix entre retomber tout bonnement dans ma routine habituelle en reprenant mon ouvrage là où je l'avais laissé, ou encore prendre ma retraite. Mais tout d'abord, puisque j'avais évoqué l'amnésie comme excuse pour ma disparition, j'avais passablement de monde à rassurer quant à mon état de santé, et en premier lieu mon patron du *Soleil.* J'allai le rencontrer, songeant que son accueil déterminerait la suite des choses. Il me reçut avec une brique et un fanal, me reprochant d'avoir disparu si longtemps sans le contacter.

— Je veux bien croire à ton amnésie, admit-il. Sauf que quand la mémoire t'est revenue, tu aurais dû immédiatement nous faire signe pour nous calmer. Ta façon d'agir est impardonnable.

— Peut-être bien, mais mon séjour en Beauce m'a appris une leçon. La vie peut être autre chose qu'une course folle.

— Qu'entends-tu par là ?

— Comme journaliste, rien d'autre n'existe que les reportages que nous avons à réaliser chaque jour, avant l'heure de tombée. Voilà pourquoi nous ne disposons pas du temps nécessaire pour songer un peu à nous. Ça devient une seconde nature, si bien que, même quand nous sommes en congé, nous ne savons pas nous arrêter pour prendre le temps de respirer.

— Qu'est-ce que tu veux que je te dise, c'est ça, être journaliste ! Tu n'avais qu'à choisir un autre métier.

— Si j'en suis maintenant conscient, c'est que j'ai eu l'occasion de m'arrêter pendant tout un été. C'est ainsi que j'ai pu me rendre compte que vivre, ça peut être autre chose qu'une course aux nouvelles.

— Bon… Est-ce qu'on pourra compter sur toi dans les jours et les semaines qui viennent ?

— Je crains bien que non. Je souhaite prendre ma retraite.

Mon patron avait déjà engagé quelqu'un pendant mon absence. Il n'insista donc pas pour que je réintègre les rangs du journal. Je lui confirmai que désormais il devrait se passer de mes services. J'avais envie de vivre.

Mon ami Gilles me raconta qu'au début de ma disparition les policiers avaient ouvert une enquête. Mais comme ils ne détenaient aucune information pertinente, ils avaient bien vite classé l'affaire. Je n'avais donc pas à me justifier de ne pas les avoir prévenus que j'étais toujours de ce monde. Je ne leur avais pas fait perdre leur temps.

Dès que fut prise ma décision de quitter mon travail, je me sentis tout à coup léger comme l'air. Un poids énorme venait de tomber de mes épaules. Par la suite, je renouai avec ma famille. Je me rendis à Saint-Jean-Port-Joli. Chose étonnante, après avoir garé ma voiture non loin du fleuve, au lieu de me précipiter chez ma sœur Flavie, comme je l'avais fait les rares fois où je lui avais rendu visite, j'allai marcher sur la berge afin de me remplir les yeux et le cœur de la beauté du fleuve.

Les lieux étaient si paisibles que je me demandai comment j'en étais venu à oublier que la nature était le meilleur remède à nos maux. Je m'assis sur une moraine au bord de l'eau. La marée était à son jusant. L'eau se retirait lentement de la berge. Une bande de bécasseaux tirait profit de la manne qu'elle laissait derrière elle. Sans se presser, le soleil commençait sa descente vers les montagnes de Charlevoix. Au large, au milieu du chenal, un paquebot ouvrait son chemin vers la mer. Quelques nuages épars roulaient, telles des balles de coton, vers l'est. La lumière du phare du Pilier-de-Pierre lançait toutes les trente secondes ses clins d'œil lumineux et rassurants. Moi qui étais né en ce lieu, je me demandais comment j'avais pu ignorer tant de beauté pendant autant d'années.

Me rappelant la raison de mon séjour à Saint-Jean, je me rendis sans plus tarder chez Flavie, que j'avais prévenue de mon arrivée. Je me réfugiai chez elle comme l'enfant prodigue de l'Évangile, le cœur rempli à la fois de regrets et de projets.

Après m'avoir cru mort, elle était tout émue de me revoir bien vivant. Pauvre elle ! Je me rendais soudainement compte à quel point les miens avaient dû se faire du souci pour moi. Je lui racontai les circonstances de mon accident, ainsi que ma rencontre avec mes amis beaucerons.

— Tu as été chanceux de tomber sur eux, mais ils auraient dû avertir la police qu'ils t'avaient retrouvé, fit remarquer Flavie.

— Ils ont préféré attendre que je le fasse moi-même.

— Combien de temps as-tu mis à te rappeler qui tu étais ?

— Plusieurs semaines. Ça m'est revenu petit à petit.

— Quand tu as recouvré toute ta mémoire, pourquoi as-tu tant tardé à donner signe de vie ?

— Parce que j'étais dans un camp en plein bois et sans téléphone.

— Tes amis auraient pu prévenir à ta place.

— Oui, mais je leur avais demandé d'attendre. Je leur avais promis d'écrire leur histoire et, si j'avais fait savoir que j'étais toujours de ce monde, je n'aurais jamais pu remplir mon engagement. En plus, j'avais besoin de repos et ce camp était l'endroit idéal pour me retrouver.

— Rien n'empêche qu'on a été très affectés par ta disparition, Médéric, Florence et moi. On te croyait mort. On s'attendait d'une journée à l'autre à apprendre que ton corps avait été retrouvé quelque part.

— Je suis bien désolé de vous avoir fait vivre cette angoisse. Ce n'était pas du tout mon but. Il reste que mon accident a été un mal pour un bien.

— Qu'est-ce que tu racontes là ?

— Ça m'a permis de prendre conscience que je ne m'appartenais plus. Mon travail mangeait tout mon temps.

— Il était temps que tu t'en rendes compte ! On ne te voit presque plus depuis des années.

— C'est vrai. J'étais plongé jusqu'au cou dans mes reportages. Je ne vivais plus. Cette pause, où j'ai appris à profiter de chaque jour sans avoir de comptes à rendre à personne, m'a aidé à faire le point.

— Que comptes-tu faire ?

— Je n'ai pas décidé encore, mais ça ne saurait tarder. Une chose est certaine, je prends ma retraite.

Flavie me regarda avec de grands yeux.

— Tout de suite de même ?

— Absolument !

— Vas-tu rester à Québec ?

— Je ne sais pas encore. Peut-être que je vais déménager à Saint-Jean. Pour ça, il faudrait que je vende ma maison à Québec. C'est un pensez-y-bien.

— Comme ça, t'aurais idée de revenir ?

— Ça me travaille beaucoup.

Au sourire qui se dessina sur son visage, je vis que la possibilité de mon retour lui faisait un grand plaisir. Il me tardait de revoir aussi Médéric, qui habitait à deux pas de là, ainsi que Florence, qui vivait à Cap-Saint-Ignace avec sa famille. Que je revienne vivre ou pas à Saint-Jean, je me promettais de leur rendre plus souvent visite à tous les trois.

Il me restait maintenant à prendre ma décision : Québec ou Saint-Jean ? Si je retournais dans mon village natal, il me faudrait acheter une maison au bord de l'eau, pour ainsi jouir chaque jour de ce paysage unique que j'aimais tant. Le seul fait d'y penser faisait remonter à ma mémoire mes souvenirs d'enfance. Il me semblait regagner le port après un très long voyage.

Chapitre 64

Les adieux

Moi qui avais décidé de terminer ma carrière, à présent qu'arrivait le jour fatidique, j'avais certaines appréhensions. J'avais pourtant eu tout le temps d'y penser dans mon camp en Beauce. Même si j'étais bien déterminé, maintenant que je ne pouvais plus revenir en arrière, j'hésitais, comme quelqu'un qui, rendu à un carrefour, ne sait pas trop quelle route prendre.

Au fil des années, j'avais vu partir plusieurs de mes confrères à la retraite. Pour au moins deux d'entre eux, il s'était agi de la retraite finale. La mort était venue les chercher avant même qu'ils aient eu le temps de profiter d'une vie sans travail. J'entendais encore l'un d'eux me décrire tout ce qu'il se proposait de réaliser durant sa retraite. Comme moi, il n'était pas marié et il avait scrupuleusement épargné ses sous en vue de ce moment béni où il pourrait écouler le bon temps qu'il lui resterait au chalet qu'il avait acheté pour s'y retirer. Mais la vie s'était chargée de mettre fin à son existence, un peu comme quand ce mot apparaît au terme d'un film sur nos écrans. Au fond de moi, je craignais de subir le même sort.

Le destin, qu'on y croie ou non, se charge de nous mener là où il veut et ultimement pour chacun de nous, à notre mort. J'ignorais comme tout le monde quand surviendrait la mienne, mais avant qu'elle ne vienne me chercher, j'avais choisi de mettre fin à ma trépidante bien qu'épuisante carrière de journaliste. Je voulais partir dans des conditions idéales. Aussi, malgré mes doutes, je me rendis au *Soleil* et fis le ménage dans mon bureau. Je ne voulais laisser derrière moi que des papiers utiles à ranger aux archives du journal.

Je lus tous les articles que j'avais fait paraître dans le journal depuis que j'y avais débuté. J'étais vraiment impressionné par la quantité de notes que j'avais accumulées au cours de ma carrière. Je mis passablement de temps à examiner le tout. J'y allai par ordre alphabétique et par catégories de sujets. Une fois mon tri terminé, j'eus peine à croire que tout ce qui resterait de mes quarante-deux années de travail entre ces murs se résumerait à quelques boîtes d'archives. Ce serait pourtant bien le cas.

Puis le fameux jour arriva. C'est dans le cadre d'un souper avec tous les employés du journal que mon patron choisit de souligner mon départ. Comme il se devait, plusieurs s'amusèrent à faire allusion à mes pertes de mémoire. J'encaissai le tout en riant et, à la blague, je laissai entendre que je ne me souviendrais pas d'un seul d'entre eux dès que j'aurais passé la porte. On me demanda ce que je comptais faire pour ne pas m'ennuyer. Je leur dis de ne pas s'inquiéter pour moi, que je saurais m'occuper. Mon patron me remit un cadeau pour rendre hommage à mes quarante-deux années de carrière. Il s'agissait d'une montre. « C'est afin, m'expliqua-t-il, que tu ne perdes pas une minute du bon temps qu'il te reste sur le plancher des vaches. »

Il y eut bien sûr des discours. Certains de mes confrères tenaient à rappeler nos bons rapports. L'un d'eux, Marc Labbé, pour ne pas le nommer, fit rire tout le monde en évoquant quelques moments cocasses ayant marqué mon séjour parmi eux. Il raconta notamment comment, étant distrait un beau matin, je m'étais retrouvé dans le mauvais bureau à chercher vainement l'article que j'avais écrit la veille, et également comment, après m'être muni d'un café, je l'oubliais souvent quelque part, si bien qu'on disait que si certains aimaient le thé glacé, moi, je préférais les cafés froids.

Quand on a vécu pendant des années avec les mêmes personnes et dans le même milieu, nous tournons la page avec une vive émotion. Voilà ce qu'il m'arriva le jour de mon départ. Toutefois, quand je passai la porte de ce prestigieux édifice pour la dernière fois, je me sentis comme un prisonnier libéré de sa cellule. C'était maintenant à moi et non plus à mon patron de déterminer comment se dérouleraient mes journées.

Il me restait une grande décision à prendre : devrais-je rester à Québec ou déménager à Saint-Jean-Port-Joli ? Finalement, je me mis à la recherche d'une demeure à Saint-Jean-Port-Joli qui pourrait faire mon bonheur. Malheureusement, nous étions à l'automne et j'eus beau parcourir la route longeant le fleuve sur plusieurs kilomètres, je ne vis pas une seule maison à vendre. La saison n'était pas propice aux déménagements. Il me faudrait probablement patienter jusqu'au printemps. Je fus donc contraint de rester à Québec, ce qui me permit de me poser à nouveau sérieusement la question : Québec ou Saint-Jean ?

Je profitai de ce répit pour y réfléchir et j'occupai mon temps en écrivant un nouvel ouvrage quelque peu fantaisiste intitulé: *Les malheurs de Jean de La Fontaine.* Je m'amusais à imaginer comment cet auteur serait devenu lui-même victime, d'une façon ou d'une autre, des mésaventures survenues à certains animaux de ses fables.

Puisque c'était un peu ce que je vivais, je songeai en premier à sa fable *Le rat de ville et le rat des champs.* J'inventai une histoire où Jean de La Fontaine, après être allé chez un ami à la campagne, revenait chez lui déçu de sa visite, trouvant que son ami vivait dans une maison très petite et se contentait de peu sur la table. Ayant par la suite invité cet ami chez lui en ville, ils furent dérangés durant leur repas par pas moins de cinq visiteurs. L'un d'eux désirait lui demander des conseils pour écrire une fable, l'autre comptait se servir de sa notoriété pour être publié, un troisième tenait à lui dire son admiration pour ses écrits, un quatrième avait idée de lui emprunter de l'argent et un dernier s'était trompé d'adresse. Les deux hommes n'eurent pas un instant de répit pour échanger paisiblement. Habitué au calme de la campagne comme le rat des champs, son ami le quitta en affirmant qu'avoir la paix dans une petite maison qui nous appartenait valait cent fois mieux que les dérangements subis dans une maison dont on était locataire et qui ressemblait à une auberge espagnole ouverte aux quatre vents.

Chapitre 65

Une visite inopportune

Pendant que, sans trop me presser, j'attendais l'occasion d'acheter une maison à Saint-Jean, je subis une mésaventure dans ma demeure de Québec.

Après un repas au restaurant, je revenais tout bonnement chez moi, l'âme en paix quand, entrant dans ma maison, je la trouvai sens dessus dessous. Quelqu'un y était entré par effraction. Le contenu des tiroirs de mon bureau tout comme celui de mes étagères de livres avait été renversé sur le plancher. Les dossiers de mes classeurs étaient étalés un peu partout. Qu'est-ce qui avait pu susciter pareil vandalisme? Pourtant, j'avais été loin de la maison durant tout l'été sans que rien ne se passe, et voilà que cette malchance m'arrivait à peine quelques semaines après mon retour.

La première chose que je fis fut d'appeler la police. Je l'attendis avec impatience avant de ranger quoi que ce soit. Le chef Girard et son assistant Marcoux prirent ma déposition. Ils examinèrent les dégâts puis m'assurèrent qu'ils allaient mener une enquête pour tenter de retrouver le ou les coupables. Un ami photographe au *Soleil* vint également prendre des photos de chaque pièce telles que je les avais découvertes, afin que je puisse les envoyer à mon assureur.

Je mis des jours à tout remettre en place. Étrangement, rien n'avait été volé. Quelqu'un avait-il pensé trouver de l'argent chez moi ? Je n'étais pourtant pas du genre à cacher une fortune dans mon matelas. Les investigations policières ne donnant pas de résultats, le chef Girard m'informa qu'il classait l'affaire, car il y avait des enquêtes plus urgentes à mener. Ça ne réglait pas pour autant mon problème.

Qu'avais-je fait ou dit pour m'attirer pareil malheur ? À qui avais-je laissé entendre que j'avais suffisamment d'argent pour me payer une bonne retraite ? Je constatai une fois de plus qu'il valait mieux être prudent dans tout ce que nous disions ou écrivions. Un de mes confrères journalistes me fit remarquer que nos articles faisaient parfois beaucoup réagir. « Je ne serais pas étonné que tu aies été victime d'une vengeance. Un de tes textes, par exemple celui sur la lutte des femmes, a peut-être suscité la colère d'un lecteur qui te l'a fait payer en saccageant ta maison. Compte-toi chanceux qu'il n'ait pas démoli en même temps tes objets les plus précieux ou, pire encore, qu'il ait mis le feu à ta résidence. On ne sait jamais ce qui se passe dans la tête des autres », m'exposa-t-il. Je dus admettre que son explication était bien sensée.

Toutefois, comme le dit le proverbe : *À quelque chose malheur est bon.* Cette mésaventure eut des répercussions positives. Étant contraint de faire le ménage, j'eus l'occasion de me débarrasser de tout ce qui ne me servait plus. Je me rendis compte combien nous étions enclins à conserver une tonne de trucs inutiles. J'avais souvent tendance à mettre tel ou tel objet de côté, croyant qu'il me servirait plus tard. Puis je passais à autre chose et j'oubliais tout bonnement que je le possédais. Cela me permit de comprendre l'existence des greniers et de tout le bric-à-brac qu'on y entassait et qui finissait toujours, au bout de plusieurs années, par prendre le chemin des poubelles.

Je m'interrogeai sur ce qui nous poussait à faire tant de provisions, un peu comme les écureuils et les geais bleus, pour les oublier ensuite. Il me semblait que nous devrions plutôt nous contenter de vivre au jour le jour, puisque nous ignorions totalement de quoi le lendemain serait fait. Au fond, tout ce qu'il était pertinent de mettre de côté, c'était l'argent que nous gagnions. Je pouvais me louer là-dessus d'avoir été prudent. J'avais tout ce qu'il me fallait pour m'assurer une bonne fin de vie. Une fois de plus, je constatai à quel point il fallait trouver le juste milieu en tout.

Je profitai d'une fin de semaine ensoleillée pour étaler tous les objets dont je souhaitais me départir sur des tables dans ma cour avant, afin de les vendre à bas prix aux passants. Je me débarrassai de la sorte de beaucoup de choses encombrantes ainsi que d'une foule de livres que je ne lisais plus. Sans le savoir, je devenais de la sorte un des précurseurs de ce qui deviendrait bientôt une mode chez nous, ce que les Français appelaient chez eux les marchés aux puces.

Cette activité me conforta dans mon idée de retourner à Saint-Jean. J'avais de plus en plus hâte d'y déménager. Il est vrai qu'il y avait de nombreux avantages à vivre dans une ville comme Québec. Nous pouvions jouir de bons films, de spectacles de qualité, d'excellents restaurants, et Québec était une ville unique par sa beauté. J'aurais pu y terminer ma vie, mais mon idée était faite. J'avais eu le temps de réfléchir à ce qui me rendait heureux et mon séjour au chalet en Beauce me l'avait confirmé : être près de la nature. Saint-Jean-Port-Joli, ce si beau et si paisible village, baignait dans la grande nature au bord du fleuve. Toutefois, je comptais bien profiter au maximum du temps qu'il me restait à vivre dans la Vieille Capitale. Même quand je serais à Saint-Jean-Port-Joli, je me promettais bien d'y revenir parfois pour de courts séjours.

Chapitre 66

Une halte bienfaisante

Grâce à cette halte avant un nouveau départ, je mesurais combien le temps qui nous était imparti était précieux, et le grand prix qu'on devait attacher au fait de vivre. Il n'y avait pas une minute à perdre. J'avais de la difficulté à comprendre les gens qui s'ennuyaient. Il y avait tant à découvrir. J'avais soif de tout connaître, moi qui étais ignorant de tellement de choses.

N'ayant plus à me rendre au travail, je me bâtis un horaire me donnant pleine satisfaction. Levé vers les sept heures, je déjeunais, puis je me mettais à l'écriture de mon ouvrage sur les mésaventures de monsieur de La Fontaine. Pour m'inspirer, je lisais quelques-unes de ses fables, en m'imaginant quel malheur je pourrais faire tomber sur sa tête. J'en choisissais une qui me paraissait intéressante et je faisais vivre à mon personnage des déboires qu'il attribuait à l'un ou l'autre des animaux dont il racontait les déconvenues.

Ainsi la fable de la cigale et la fourmi fut l'occasion pour moi de dépeindre un Jean de La Fontaine dépensier. N'ayant plus un sou, il allait voir un de ses amis qui, un peu comme la fourmi de la fable, lui répondait: «Tu dépensais au lieu d'épargner? Eh bien! jeûne, à présent!» Je m'amusai ainsi tout au long de l'hiver avec mon personnage de Jean de La Fontaine. Il n'y avait pas de limites à ce qui pouvait lui arriver.

Ainsi, grâce à la fable du lièvre et de la tortue, je pus montrer le fabuliste, trop enclin à parler, arrivant en retard à un rendez-vous où on offrait un travail d'écriture. Il se faisait damer le pion par un débutant qui le narguait: «Dommage, vous auriez dû vous présenter avant. *Rien ne sert de courir, il faut partir à point.* D'ailleurs: *Qui va à la chasse perd sa place!*»

Parfois, quand j'étais trop paresseux pour me préparer à dîner, j'allais me régaler au restaurant le plus proche en compagnie de mon ami Gilles, puis je me rendais à la bibliothèque, histoire de me retrouver bien au chaud parmi tous ces livres qui savaient me mener dans des mondes à la fois si différents et si semblables au nôtre. Certains pouvaient me tenir en haleine des heures durant. Je me laissais captiver par le récit, au point que lorsque la bibliothèque fermait, je n'avais pas vu le temps passer. C'était si agréable de pouvoir lire que je plaignais ceux, assez nombreux tout de même, qui ne disposaient pas dans leur vie de ce merveilleux moyen d'évasion.

Le lendemain, je commençais ma journée de la même façon, réinventant les fables de La Fontaine, pour la terminer souvent au cinéma à vivre avec les personnages des aventures fascinantes. Pendant ce temps, je me demandais ce que serait ma vie à Saint-Jean-Port-Joli. Par chance, tout dans le grand livre de la nature m'intéressait: les insectes, les champignons, les plantes, les mammifères et les oiseaux, sans compter la pluie, le vent, les nuages, les arcs-en-ciel et les aurores boréales. L'univers entier m'intriguait. Je me réjouissais déjà de pouvoir me perdre le soir dans le ciel étoilé, ce qu'il ne m'était pas possible de faire en ville en raison des lampadaires et autres sources lumineuses qui effaçaient un des plus beaux spectacles qui soient, celui de milliers d'étoiles.

Je m'imaginais au temps de nos ancêtres, eux pour qui la nuit demeurait un moment rempli de mystère, et je songeais à tout ce que l'obscurité faisait alors naître dans leur esprit, des anges aux fantômes, des diables aux lutins, des loups-garous aux feux follets. La vie était pour eux une énigme, comme elle le demeurait pour chacun de nous. Je m'émerveillais devant l'ingéniosité des humains qui avaient réussi à apprivoiser en partie la nature, et qui avaient su profiter depuis toujours de tout ce qu'elle leur offrait. Qui avait été le premier à se rendre compte que l'eau pouvait supporter une embarcation dans laquelle il se déplacerait sur une rivière, un fleuve et bientôt l'océan ? Comment, d'une invention à l'autre, les hommes étaient-ils maintenant parvenus à se propulser dans l'espace et à y survivre ? Comment en était-on venu à pouvoir remplacer un cœur humain ? Jusqu'où notre intelligence nous mènerait-elle ? Finirait-on par pouvoir marcher au plafond tête en bas comme les mouches ?

Ainsi s'écoulèrent les mois d'hiver. Le printemps se montra le bout du nez avec la fonte des neiges. Je mis ma maison en vente, sûr d'en trouver une à Saint-Jean-Port-Joli, que j'aurais bien rebaptisé tout bonnement Port-Joli. Mais nous étions tributaires du passé, c'est pourquoi tout notre territoire ressemblait à un calendrier religieux. Non loin de Saint-Jean-Port-Joli, certains villages comme Rivière-Ouelle et Kamouraska avaient eu la chance d'éviter de se voir affubler obligatoirement du nom d'un saint. La Pocatière y échappait, quand on laissait tomber le Sainte-Anne, de même que Montmagny, qui avait par contre vu sa première paroisse recevoir le nom de Saint-Thomas, elle qui s'appelait jadis si bellement Pointe-à-la-Caille. Si Rivière-du-Loup l'avait échappé belle, il y avait cependant Saint-Aubert, Saint-Damase, Saint-Roch-des-Aulnaies, Sainte-Félicité, Sainte-Perpétue, Saint-Pamphile, etc.

D'ailleurs, ne pouvions-nous pas, au simple relevé des noms des villages de chez nous, reconstituer une partie de l'histoire sainte dans laquelle avait baigné notre enfance avec les villages de L'Annonciation, La Visitation, Esprit-Saint, La Conception, L'Enfant-Jésus, L'Épiphanie, Sacré-Cœur, L'Ascension, L'Assomption.

Pour ma part, je tâchais de donner un sens autre à la vie que celui que nous imposait la religion, soit un voyage plus ou moins malheureux vers un bonheur hypothétique. En cela, je rejoignais les propos de mon père Bruno dans le conte qu'il avait écrit et je me proposais, comme j'avais déjà commencé à le faire, de mettre la vie avant tout.

Chapitre 67

Mes angoisses

Aussi étonnant que cela puisse paraître, je ne m'étais pas vraiment préparé à ma retraite. Je n'avais pas pris une minute pour m'interroger sur la façon dont j'allais occuper mon temps indépendamment de mes loisirs préférés : lecture, écriture... Cette prise de conscience subite me jeta dans un trouble profond. Qu'allais-je devenir ? Je ne me voyais pas assis à la maison, à regarder la télévision ou encore à faire des mots croisés. Non pas que ces activités ne soient pas agréables, seulement j'étais convaincu que je pouvais faire mieux. Je songeai sérieusement à me lancer dans la sculpture. J'irais voir mon frère Médéric. Il me donnerait des cours et, au bout d'un certain temps, j'arriverais probablement à produire des pièces intéressantes. Mais qu'est-ce que j'en ferais ensuite ? Ce n'était pas tout de sculpter des personnages ou des scènes, il fallait parvenir à écouler les pièces au fur et à mesure. Il y avait déjà tellement de sculpteurs à Saint-Jean-Port-Joli que le marché était pratiquement saturé. Dans ce contexte, comment pourrais-je intéresser les acheteurs ?

Je pensai alors me tourner vers la peinture. Cependant, on comptait tellement de personnes retraitées qui s'y mettaient en croyant produire des chefs-d'œuvre, que je ne me voyais pas barbouiller des toiles à mon tour en m'affublant, comme tant d'autres, du titre d'artiste peintre.

C'est grâce à mon ami Gilles, une fois de plus, que je me sortis du pétrin. Il me suggéra de me rappeler ce qui me passionnait quand j'étais jeune. J'avais été un sportif aguerri. J'avais touché un peu à tout : hockey, baseball, football, basketball, cyclisme, tennis, badminton, athlétisme, alpinisme, ski, natation, etc. Cependant, je n'étais plus en âge de pratiquer ces activités et je ne me sentais plus le courage de m'adonner à l'une d'entre elles. On me conseilla le golf, ce sport que je considérais davantage comme un loisir et qui ne demandait pas de qualités athlétiques très développées. Frapper une balle en moins de coups possible pour la faire rouler dans un trou requérait sans doute beaucoup d'habileté, mais à quoi ça pouvait m'avancer ? Ça m'obligerait à marcher ? Je pouvais facilement le faire sans ça. Il me semblait que je pouvais mieux occuper mon temps. J'en voyais trop dont c'était devenu pratiquement le seul intérêt dans leur vie.

« Songe à tes autres passions », insista Gilles. Tout jeune, je collectionnais les timbres, mais je n'avais plus le goût de m'y remettre. Il me fallait vraiment trouver autre chose. Heureusement, j'aimais écrire et j'avais déjà entrepris la rédaction de mon volume sur les malheurs de Jean de La Fontaine. J'étais assuré d'y consacrer encore pas mal de temps. J'aurais sûrement d'autres idées de livres, si l'inspiration ne me lâchait pas. Par contre, j'avais beau y réfléchir, aucune autre activité ne me venait en tête.

Ce qui était certain, c'est que je m'ennuyais des grands espaces qu'offrait Saint-Jean-Port-Joli avec le fleuve à perte de vue. J'avais toujours aimé me balader dans les bois où je me sentais à mon aise, curieux de connaître le nom des plantes et des arbres, de découvrir des nids et des tanières, de croiser des bêtes, de relever leurs pistes et d'observer les oiseaux.

À force de réfléchir, je finis par mettre le doigt sur le passe-temps idéal pour moi. J'allai m'acheter des jumelles, une lunette d'approche et un appareil photo. Je me mettrais en chasse, non pas pour tuer des animaux, mais pour les photographier. Ça m'inciterait à sortir de chez moi et à prendre l'air. En somme, je ferais de l'exercice tous les jours et j'éviterais de m'ankyloser comme les vieillards qui ne quittent plus leur maison et tuent le temps en jouant aux cartes et au bingo, avant qu'il ne les tue, comme l'avait si bien écrit Rachel.

Quand la météo ne me permettrait pas de sortir, je lirais et écrirais. Il y avait tellement de bons romans que j'aurais aimé dévorer, et que, en raison de mon travail au journal, je n'avais pas pu lire, sachant fort bien que je laisserais tout en plan, faute de temps à y accorder.

Ainsi, je planifiai comment j'occuperais mes journées dorénavant. Du coup, je retrouvai mon aplomb et cessai d'être angoissé. Ma vie de retraité promettait d'être belle.

Chapitre 68

Mon nouveau chez-moi

Le printemps est la saison idéale pour repartir à neuf. Tout dans la nature se remet à vivre. Ce que je n'avais pas pu faire à l'automne, je le réalisai au début d'avril. Ma sœur Flavie me téléphona.

— Si tu veux vivre ta retraite à Saint-Jean, c'est en plein le temps. Une maison est à vendre au bord du fleuve, m'apprit-elle.

Je sautai dans ma voiture et filai jusqu'à Saint-Jean-Port-Joli. Je n'allais pas laisser passer l'occasion qui se présentait. *Le malheur des uns fait le bonheur des autres*, comme le dit le proverbe. La veuve qui habitait là venait de mourir. Je visitai sa maison et, sans plus attendre, déposai une offre d'achat. Le courtier allait la soumettre aux héritiers et me ferait connaître leur réponse dès que possible.

De retour à Québec, j'étais préoccupé comme on l'est toujours dans l'attente d'une nouvelle importante dont dépend tout notre avenir. Puis le téléphone sonna. Je décrochai l'écouteur nerveusement. C'était le courtier. Les héritiers acceptaient mon offre. Je poussai un grand soupir. On aurait dit qu'une tonne de briques se déchargeait d'un coup de mes épaules. L'heure était à la célébration. Je sortis une bonne bouteille de vin. Le premier que je prévins de cette heureuse nouvelle fut mon ami Gilles qui vint trinquer avec moi. J'appelai Florence, Flavie et Médéric pour les informer à leur tour. Ils se montrèrent enchantés.

Je songeai alors à mes amis beaucerons. Mon idée de me porter acquéreur de leur chalet venait toutefois de s'éteindre. Ma maison au bord du fleuve allait combler ce désir qui m'habitait de vivre dans la grande nature. Mieux encore, je serais près de mes sœurs Florence et Flavie et de mon frère Médéric. Je me sentais comme quelqu'un qui vient de placer les derniers morceaux d'un casse-tête.

Il y a comme ça dans nos vies des moments forts. J'en vivais un et j'étais énervé comme un enfant qui reçoit le toutou dont il rêvait. Je contactai mon courtier et le priai de baisser le prix de ma maison, pour accélérer la vente. Ce stratagème attira aussitôt deux visiteurs. L'un d'eux me fit une offre que j'acceptai. Dès le lendemain, j'étais dans les boîtes à préparer mon déménagement prévu pour la fin d'avril. Les choses se précipitaient. J'étais euphorique.

Je profitai d'un premier voyage à Saint-Jean pour apporter quelques boîtes dans ma voiture. Fort heureusement, la maison était vide. Toutefois, les lieux me paraissaient tristes, comme imprégnés par la mort. Je mesurai l'ampleur des travaux à exécuter pour redonner le sourire à cette maison. Il me faudrait en premier lieu rafraîchir les murs en les peinturant d'une couleur à mon goût. Je devrais ensuite habiller les fenêtres. Je disposerais les meubles du salon de façon à ce qu'une fois assis dans mon fauteuil, je puisse voir le fleuve. Après tout, je déménageais à Saint-Jean d'abord et avant tout pour cette raison : pouvoir apercevoir le fleuve depuis chez moi.

J'avais de la difficulté à comprendre ceux qui écoulaient toute leur existence dans des logements collés les uns contre les autres, au bord d'une rue sans horizon. Sans doute n'avaient-ils pas connu autre chose, et que c'était pour eux une façon de se sentir en sécurité.

Quant à moi, j'avais besoin de pouvoir m'évader, d'un simple coup d'œil par la fenêtre, vers l'horizon, qui me rappellerait toute la beauté du monde. C'est ce que je venais chercher dans ma nouvelle demeure de Saint-Jean et, rien que d'y songer, je me sentais déjà bien chez moi.

Je fis le tour de la maison. Dans ma tête se dessinait la couleur de chaque mur, la place de chaque meuble. Je filai à la quincaillerie acheter tout ce dont j'avais besoin pour concrétiser mon rêve. Je passai des jours à peinturer et à orner mes murs des toiles représentant divers paysages, que j'avais achetées au fil des vernissages où j'avais été invité. Je possédais des œuvres de différents peintres de chez nous, dont plusieurs avaient habité une région du Québec. Marc-Aurèle Fortin m'amenait en Gaspésie. Avec Vladimir Horik et Bruno Côté, je me retrouvais quelque part dans Charlevoix. Grâce à René Richard, je me promenais en pleine forêt et je me retrouvais en Beauce avec Albert Rousseau.

Chacune de ces toiles était en quelque sorte une fenêtre ouverte vers l'extérieur, ou mieux une invitation à aller me balader dans la grande nature, devenue du jour au lendemain mon nouvel environnement. Mon horaire m'appartenait désormais. Je n'avais plus aucune contrainte. C'est moi qui décidais du déroulement de mes journées. Si elles étaient mal employées, je n'aurais que moi à blâmer.

Chapitre 69

Ma passion des oiseaux

Le printemps étendait lentement son emprise sur la nature. Une douce chaleur nous accueillait dès l'aube. Il faisait bon au soleil en plein midi. J'étais bien installé dans ma nouvelle maison. Chaque jour ou presque, je me promenais en pleine forêt, je furetais autour d'un lac ou je marchais le long d'une rivière. Un jour, je cheminais au bord du fleuve vers la rivière Port-Joli quand un voilier d'outardes formant le V de la victoire passa au-dessus du fleuve. Je m'arrêtai pour les observer. L'oie de tête, en lutte contre le vent, était régulièrement remplacée et le voilier filait vers l'est comme une noce heureuse.

Je n'étais pas sans savoir que les outardes, tout comme les oies des neiges, fuyaient chaque année notre hiver pour le passer sous les chauds rayons de la Caroline ou de la Floride. Cela me fit penser à ceux et celles de chez nous, que nous appelions affectueusement les *snowbirds* qui, l'hiver, troquaient le froid et la neige contre le soleil et la chaleur de la Floride. Je songeai avec amusement que nous imitions ainsi le comportement de certains oiseaux.

C'est ce qui me décida à m'adonner à l'observation des oiseaux. Je me documentai sur le sujet. J'appris toutes sortes de choses les concernant. Ainsi, comme chez les humains, certains confiaient leurs petits à d'autres. Le vacher, il avait le nom de l'emploi, était habitué à se nourrir des insectes qui se posaient sur le dos des vaches mais, trop paresseux pour se bâtir un nid, il pondait donc dans celui d'autres oiseaux, laissant à plus petits que lui la tâche de couver et d'élever sa progéniture. Les pauvres bruants chanteurs devenaient souvent, à leur insu, les parents de futurs profiteurs. Les parulines jaunes, elles, se rendaient compte qu'un œuf étranger avait été déposé dans leur nid. Incapables de s'en débarrasser, elles construisaient alors un nouveau nid par-dessus le premier et y pondaient une nouvelle couvée.

Chez les parulines masquées, comme chez les humains, les mâles qui possédaient le plus beau masque avaient plus de chances de conquérir les femelles. Pendant ce temps, on observait les meilleures actrices parmi les femelles du pluvier kildir. Dès qu'un intrus s'approchait trop près de son nid, la femelle en sortait et traînait de l'aile comme un oiseau blessé. Elle attirait vers elle le visiteur indésirable et l'éloignait de son nid avant de s'envoler d'un coup en émettant de nombreux «kildir», cris qui lui avaient valu son nom.

J'appris que si chez les oiseaux c'étaient les mâles qui affichaient les plus beaux plumages, c'était parce que les femelles se devaient d'être bien camouflées quand elles couvaient leurs œufs. Des couleurs voyantes auraient attiré trop facilement sur elles le regard des prédateurs. Mais comme il y avait des exceptions à toute règle, à titre d'exemple, les femelles des phalaropes arboraient un plumage fort coloré, tout bonnement parce que c'étaient les mâles qui couvaient les œufs.

J'avais placé sur mon terrain de nombreux nichoirs pour les hirondelles bicolores. Je fus déçu de constater qu'un seul avait trouvé preneur, moi qui comptais en voir au moins trois ou quatre occupés. Quel ne fut pas mon étonnement, en ouvrant ceux que je croyais vides, de les trouver remplis de brindilles ! Que se passait-il ? Je découvris le pot aux roses quand, en m'approchant du nichoir le plus en retrait, je fus accueilli par les cris de protestation d'un troglodyte familier. Pour se garder l'exclusivité de son territoire, il avait rempli les autres nichoirs de brindilles avant que d'autres s'y établissent.

J'ajoutai ensuite à mes connaissances de la faune ailée que le faucon pèlerin pouvait piquer vers une proie à une vitesse de trois cent quatre-vingt-dix kilomètres à l'heure, que la frégate marine, dont les ailes avaient une envergure de deux mètres, pouvait se maintenir en vol pendant plus de deux mois sans jamais se poser, tout en trouvant le moyen de dormir. Pour se nourrir, certaines frégates attrapaient d'autres oiseaux de mer par la queue et leur faisaient régurgiter leur prise. Ce n'était pas pour rien qu'on l'avait surnommée le pirate de l'air.

On retrouvait donc chez les oiseaux de nombreuses caractéristiques également présentes chez les humains. Voilà pourquoi j'aimais tant les observer et que j'avais fait de l'ornithologie l'activité principale de ma retraite. Quand je n'aurais plus l'énergie d'aller les voir, les oiseaux me resteraient fidèles en visitant les mangeoires et les nichoirs disposés sur mon terrain.

Chapitre 70

Une rencontre providentielle

En prévision de mes randonnées aux oiseaux, je m'achetai le guide Peterson des oiseaux de l'est de l'Amérique du Nord et, conseillé par un des photographes du *Soleil*, je me procurai pour mon appareil photo une lentille grossissante digne des professionnels. Nous étions en mai. Comme je comptais réaliser le plus d'expéditions possible durant l'année, et sachant que j'aurais amplement l'occasion tout au long de l'été d'observer les oiseaux de Saint-Jean et des environs, je résolus de satisfaire ma nouvelle passion en me rendant en Gaspésie. Je passerais une bonne semaine au bord de la mer à y admirer des oiseaux qu'on ne retrouvait que dans cette région. En outre, j'aurais plaisir à les photographier.

Le destin avait d'autres plans pour moi, car pas plus loin qu'à Sainte-Anne-de-la-Pocatière, ma voiture me joua le tour de tomber en panne. Je la fis remorquer à un garage où on m'assura pouvoir me la réparer pour le lendemain. J'allais devoir coucher une nuit à La Pocatière. Je réservai une chambre dans un motel le long de la route 132. Comme il me restait une bonne partie de l'avant-midi et tout l'après-midi devant moi, et que le temps était beau, je résolus d'aller me promener du côté du fleuve.

Il n'y avait pas dix minutes que je marchais sur la grève quand je croisai une femme de mon âge portant des jumelles au cou. Je la saluai et lui demandai tout de go :

— Êtes-vous comme moi amatrice d'oiseaux ?

À son sourire, je compris que j'avais visé dans le mille.

— C'est ma passion, me répondit-elle.

— La mienne aussi, l'assurai-je. Je viens tout juste de prendre ma retraite et je suis en route pour la Gaspésie, où je compte passer une semaine à contempler les oiseaux marins.

Elle s'exclama :

— Comme je vous envie ! C'est un de mes rêves de me rendre là-bas un jour.

— Je m'appelle Maxime Marion. Puis-je connaître votre nom ?

— Certainement. Je me nomme Claire Laverdière.

— Que faites-vous dans la vie ?

— Je suis veuve et retraitée. J'ai fait carrière dans le domaine bancaire et depuis, mon amour pour la nature et les oiseaux occupe le plus clair de mon temps.

— Je suis libre toute la journée. Vous connaissez bien ce secteur. Accepteriez-vous de me guider ?

Elle hésita à peine.

— Pourquoi pas ?

C'est en sa compagnie que j'écoulai ces heures à La Pocatière. Je l'invitai à dîner dans un petit restaurant du coin. Je l'écoutai raconter ses découvertes récentes en admirant ses yeux pétillants. Elle connaissait les meilleurs endroits où observer des oiseaux dans la région. Et puisqu'il y a un commencement à tout, je sortis mon carnet tout neuf et, tout au long de la promenade qui suivit notre dîner, j'y notai le nom des espèces d'oiseaux que nous voyions. Le premier qui apparut sur ma liste fut le merle d'Amérique, suivi de près par une hirondelle bicolore, un moineau et un étourneau sansonnet. Dès que nous fûmes de retour au bord du fleuve, j'inscrivis le nom du pluvier kildir, puis celui du goéland argenté et du goéland à bec cerclé. Un martin-pêcheur nous fit la surprise de planer au-dessus de l'eau avant de se percher sur la branche d'un saule. Un oiseau de proie, que nous ne pûmes identifier de façon certaine, voulut en faire son repas en se jetant dessus. Le martin-pêcheur évita la mort en s'envolant très bas, au ras de l'eau. Dans le boisé non loin de là, nous eûmes le plaisir d'apercevoir un pic flamboyant puis, près d'un étang, des carouges à épaulettes de même qu'un bruant des marais et enfin quelques chardonnerets jaunes. Quand j'hésitais en voyant un oiseau, Claire l'identifiait aussitôt. Une corneille vint s'ajouter à ma liste puis un tyran tritri.

Notre promenade nous ramena du côté du motel où je devais passer la nuit. J'eus une soudaine inspiration.

— Êtes-vous libre ces prochains jours ? lui demandai-je.

— Oui, pourquoi ?

— Je vous connais à peine, mais j'ose quand même.

— Quoi donc ?

— Vous offrir de m'accompagner en Gaspésie.

Elle éclata de rire et fit spontanément remarquer :

— Vous allez vite en besogne.

Puis, après avoir hésité un instant, elle ajouta :

— J'avoue que je suis bien tentée. Vous comptez partir à quelle heure demain ?

— On m'a dit que ma voiture serait prête vers dix heures.

— Elle est à quel garage?

— Au garage Lemay.

— Je vais y penser d'ici là. Vous aurez votre réponse demain. Si je me décide, je vous retrouverai au garage à dix heures pile.

Le lendemain, à dix heures, munie d'une valise et d'un sac à dos, elle arriva à la dernière minute. Je la remerciai de me faire ainsi confiance. D'emblée, elle me dit:

— À compter de tout de suite, nous allons nous tutoyer. Nous louerons chacun notre chambre. Je défrayerai ma part de l'essence et toutes mes dépenses de voyage.

Je l'admirai de se montrer aussi résolue. Ma voiture étant réparée, nous prîmes la direction de Rivière-du-Loup. Le long trajet vers Percé nous permit de nous mieux connaître. Je lui confiai combien j'étais heureux de partager ce moment avec elle, et qu'elle se sente assez à l'aise pour voyager avec moi. Sa réflexion me fit bien rire.

— Un homme qui s'intéresse aux oiseaux ne peut guère être dangereux pour une ornithologue passionnée comme moi. Même si je ne suis pas une oie blanche, après tout, tu ne me sembles pas être un gros hibou sauvage. Nous devrions bien nous entendre.

Ce fut le cas. Elle était vive et enjouée. Elle mordait dans la vie et y puisait toute son énergie et sa bonne humeur. Elle avait voyagé et vécu en France un certain temps. C'était une adepte de la beauté sous toutes ses formes. Elle savait profiter à plein de l'instant présent. Tout l'intéressait et en particulier la nature. Elle aimait les fleurs, le grand air, les paysages nouveaux. Sa passion pour les oiseaux s'avérait être aussi forte que la mienne. Elle aimait beaucoup rire. Que de fous rires n'avons-nous pas eus ensemble, tout au cours de ce voyage où le soleil sut nous combler !

La Gaspésie nous enchanta tous les deux. Du fou de Bassan au macareux moine, en passant par l'aigle royal, les canards, l'harelde kakawi et le magnifique arlequin plongeur, notre séjour nous permit d'ajouter une quarantaine d'espèces d'oiseaux à notre liste d'observations. Ainsi, le destin se servit de notre passion commune pour les oiseaux et la nature pour faire naître entre nous un bel amour.

Chapitre 71

Enfin la vie

Un amour qui naît lentement a souvent plus de chances de durer. Ce que nous vivons, Claire et moi, en est la preuve. Nous avons passé ensemble la fin du printemps et l'été à observer les oiseaux dans leurs habitats, à apprendre à les reconnaître par leur chant et à les inviter dans nos cours respectives en installant des nichoirs et des mangeoires.

Nous avons admiré le va-et-vient des orioles, tout comme celui des moucherolles et des parulines en quête de nourriture. Nous nous sommes confié par bribes nos joies et nos peines passées. Petit à petit, nous n'avons plus eu de secret l'un pour l'autre.

Un jour que nous étions en pleine forêt, Claire a trébuché sur une branche. Pour lui éviter de tomber, je l'ai attrapée dans mes bras, nos lèvres se sont jointes, puis nos corps ont suivi tout naturellement, ne faisant qu'un sur la mousse forestière, dans la plus pure intimité à l'abri des regards indiscrets. L'amour que nous ressentions l'un pour l'autre s'est exprimé dans de longues étreintes accompagnées d'un plaisir profond et renouvelé. C'est ainsi qu'a débuté notre union, en pleine nature, là où cela devait tout naturellement arriver.

Une fois ce seuil franchi, nous avons décidé de continuer à vivre encore un temps chacun dans notre maison, tout en nous rendant visite quotidiennement. Nous avions été tous les deux témoins d'échecs amoureux parmi nos connaissances et amis trop pressés de déménager avec leur nouvelle flamme. Nous ne voulions pas de cela pour nous. En gardant chacun notre maison, nous conservions ainsi une certaine indépendance, ce qui ne nous empêchait pas de profiter chaque jour de la compagnie de l'autre.

La fin de l'été a sonné le signal du départ des oiseaux migrateurs. Les parulines, les hirondelles, les moucherolles et les bruants ont regagné le Sud. L'automne venu, nous avons assisté au rassemblement des outardes, des oies blanches et des étourneaux sansonnets, avant qu'ils migrent vers des lieux plus cléments où ils passeraient l'hiver.

Qui de nous deux allait migrer chez l'autre ? La question demeurait en suspens. La première neige est arrivée d'un coup, abondante, silencieuse, magicienne. Sous sa baguette, le paysage a changé en quelques heures, devenant tout blanc sous l'assaut de ses milliers de confettis. Les poteaux des clôtures ont mis leur chapeau d'hermine, les toits des maisons se sont endormis sous leur douillette de ouate, les arbres ont revêtu leurs habits de noces. Comme une page blanche, cette neige invitait à un recommencement.

Nous en avons longuement discuté, pesant le pour et le contre. Finalement, Claire a accepté de venir vivre chez moi, parce que ma maison est située au bord du fleuve, où chaque jour la vie se dessine sur le majestueux cours d'eau et ses rives, et où le regard peut se perdre aussi loin que notre rêve le porte. Claire a mis sa maison en vente et, un beau jour de février, elle m'est arrivée avec sa joie de vivre, son sourire et son amour. Depuis, les oiseaux se bousculent à nos mangeoires.

Afin de célébrer l'union de nos vies, nous avons fait un voyage au Costa Rica. Il fallait voir avec quel enthousiasme nous avons ajouté, à notre liste d'oiseaux déjà observés, quelques dizaines d'espèces nouvelles, dont le magnifique quetzal, des aras et des colibris de toutes les couleurs.

Ce voyage a contribué à ce que nous nous aimions encore davantage. Il n'y a rien qui me rende aussi heureux que de lire dans le regard de Claire tout le bonheur que je m'efforce de lui apporter.

L'hiver est maintenant chose du passé. Le printemps est à nos portes avec sa vigueur éternelle. Nous espérons au cours des prochains mois ajouter suffisamment d'oiseaux à notre liste pour approcher les trois cents espèces.

Tous les soirs, quand le soleil décline à l'horizon et que le ciel s'embrase au-dessus des montagnes de Charlevoix, nous nous assoyons sur la galerie devant la maison pour admirer les voiliers d'oies des neiges et d'outardes, les chicanes d'écoliers des goélands pour un poisson et les courses en ligne droite des canards au-dessus de l'eau. Pour nous, vivre c'est cela. Nous pouvons vraiment dire que nous sommes aux oiseaux.

Table des matières

DEUXIÈME PARTIE

MES AMIS BEAUCERONS
Été 1984

TROISIÈME PARTIE

ENFIN LA VIE

1984-1986

Suivez-nous

Achevé d'imprimer en octobre 2021
sur les presses de l'imprimerie Marquis-Livre
Montmagny, Québec